3
Kotobuki Yasukiyo
寿安清
賢者大叔的
異世界生活日記
Kadokawa Fantastic Novels

雷娜
伊莉絲
傑羅斯
路賽莉絲
Characters

嘉內
庫洛伊薩斯
茨維特
瑟雷絲緹娜
楓

《黑衣魔導士
「明明就強得跟怪物一樣，你還真好意思說啊？」
「我年紀大了，希望你別這樣嚇我吶。應該要尊敬年長者吧？」
伴隨著響起的金屬撞擊聲，兩個人的動作都停在劍與劍互相抵著的狀態下。也就是所謂僵持不下的狀態。

賢者大叔的異世界生活日記

3

Kotobuki Yasukiyo

寿安清

Kadokawa Fantastic Novels

Contents

序章　往伊斯特魯魔法學院的航路

歐拉斯大河上，一艘商船順著流水，朝著下游的某個城鎮為目標前進著。

這艘以商務為用途的船，除了商人以外，也有幾名穿著伊斯特魯魔法學院制服的學生搭乘，年輕人們讓船上顯得很熱鬧。有些人因為長假結束而感到憂鬱、有些人則是期待著可以再度回到學校與朋友一起學習，各式各樣的思緒交錯著。

長達兩個月的返鄉，度過有意義的生活而成長，抑或是自甘墮落、虛度光陰，未獲得任何成果，對學院的學生來說其結果也各不相同吧。

其成果將在學院中上課時明顯的展現出來，學生們也會因此分為心情為此上上下下，以及極度後悔的人。在充滿著這些思緒的商船甲板上，有一對兄妹的身影。

那是身為哥哥的茨維特．汎．索利斯提亞，和妹妹瑟雷絲緹娜．汎．索利斯提亞。

他們出身於守護索利斯提亞魔法王國的四大公爵家之一的索利斯提亞家，是最知名魔導士之一的「煉獄魔導士」的孫子。

雖然還有一個名為庫洛伊薩斯．汎．索利斯提亞的次男，但這長達兩個月的假期他都在學院內度過，一次也沒有回過家。因為他凡事都以研究為優先，過度沉迷於其中，連半點想要返鄉的心情都沒有。以某方面來說，這也很像魔導士會有的個性。

只是因為連一次都沒有回來過，他的母親因此而鬧起了彆扭，讓身為丈夫的德魯薩西斯・汎・索利斯提亞公爵相當困擾。

雖然對同父異母的兄妹茨維特及瑟雷絲緹娜沒帶來任何影響，然而一想到被兩位妻子逼迫的德魯薩西斯公爵費了多少心力，就令人不禁同情起他來。

不過德魯薩西斯公爵正因為會確實地照顧妻子們的心情、維持夫妻和樂的家庭才令人感到佩服。不愧是擁有許多情婦的能者。

不著痕跡地處理這件事，使孩子們不會遭到波及。真是相當深思熟慮且細心的對應。

兩個孩子完全不知道這些事，正等著船抵達港口。

初秋時節會綻放白色花朵的「薩庫德雷斯」。

花瓣隨風飄飛，在歐拉斯大河上如雪花般舞落在水面上，順流而去。

由大自然所創造，既美麗又飄渺——這個季節獨有的夢幻景色。

「好美……」

瑟雷絲緹娜將她以率直的心感受到的純粹感想說了出口。

那充滿純真無邪少女感覺的笑容，配上這夢幻的景色，讓她看起來有如妖精一般。清純、彷彿未被任何事物給污染的少女般純粹無瑕的舉止，喚起了中板上許多人的憐愛之情。甚至令年齡相仿的少年們紅了臉頰、低頭將目光別開。

不過在她旁邊，身為兄長的茨維特正面色鐵青的靠在船邊。

純粹是暈船了。

「嗚噁……還沒到港口嗎……我會死……要死了……」

儘管不說話就是個五官端正的青年，但現在的他身上找不到半點平日那強悍模樣的影子。難得一見的美景也被他給破壞了。

「哥哥……你還在暈船嗎？」

「噁……已經……吐不出東西了……我說不定……已經撐不下去了。」

雖然只是暈船，卻不可小看。意外地有許多和茨維特一樣為暈船所苦，破壞了美麗景致的人。以觀光為目的而搭上船的人冷眼看著他們。

然而暈船畢竟是體質與習慣的問題，苦於暈船的人們也無計可施。

「蜜絲卡在做什麼啊……不是只要她去拿藥嗎……嗚噁噁……」

為了擔任瑟雷絲緹娜的護衛並打理周邊事務，宅邸的女僕長蜜絲卡也與他們同行。但是她去船艙拿藥後就再也沒回來了。

「是啊……已經過了快要一個小時，她到底在做什麼呢？」

「她該不會是……想要整我吧？看著我痛苦的樣子，一個人偷偷地嘲笑我嗎？」

「就算是蜜絲卡，也不會做這麼過分的……」

『不會做這麼過分的事』。完全沒有任何根據或是保證可以說出這句話。畢竟蜜絲卡在各種意義上個性都很糟，實在不是一個人格高尚到能讓人斷言她不會去惡整他人的人，不如說她根本是個會率先以若無其事的樣子去整人，非常不成熟的人。

「為什麼話說到那裡就停下來了呢？大小姐……」

「呀啊！蜜、蜜絲卡……妳是什麼時候……」

「剛剛才來的。有什麼問題嗎？」

身穿女僕裝的女性不知為何出現在身後。藍色的短髮，眼尾有些上揚，戴著三角形鏡片的眼鏡，光以外表來看是個冷酷的美女。只是個性相當瞧不起人。

就連有著「煉獄魔導士」別稱的祖父克雷斯頓她都敢矇騙，實在是個膽大包天的女豪。而這樣的她沒讓人察覺到半點氣息，不知何時躲在瑟雷絲緹娜身後，害她嚇了一跳。

「蜜絲卡……妳至今為止都在做什麼……有拿藥來嗎……」

「抱歉。我在途中從小販那裡買到了非常少見的點心，好好地享受了一番。真的非常美味，一不小心就買了一大堆呢。」

「……果然是在整我啊……妳就那麼想看我痛苦的樣子嗎……嗚噗！」

「您這還真是說了奇怪的話呢，茨維特少爺。再說暈船藥原本應該是要在乘船前就服用的東西喔？忘了這件事，等到暈船了才要吃就太遲了。就算現在吃了藥，等到藥效發作時船也差不多入港了吧。我建議您以後還是好好閱讀注意事項比較好。」

這話是對的。但是放著他接近一個小時不管也是事實。

「……已經，不行了……我的意識……」

「不過就是搭個船而已，真不像樣。這樣的人居然是堂堂索利斯提亞公爵家的下任當家，可見前途多難啊。得重新鍛鍊才行吧。」

「蜜絲卡……為什麼妳可以擺出那麼了不起的態度啊？仔細想想妳是僕人耶？一般來說不可能會做出像妳這樣的行為吧？」

「這個嘛，大小姐……是因為我比任何人都還要了不起喔？真的能夠跟我互相抗衡的只有主人吧。雖然這已經是我厭惡到不想提起的事了……但我是打算總有一天要分出勝負的。」

面對這完全想像不出是僕人、超乎尋常的態度，瑟雷絲緹娜驚訝到嘴都闔不攏了。聽見這番不知道到底哪些部分是認真的話，她也只能啞口無言。

而且兩位兄長的母親，也就是公爵夫人們很懼怕蜜絲卡也是事實。是只要和她碰上面，兩位公爵夫人就會立刻逃走的程度。

「我從之前就這麼想了，蜜絲卡到底是何方神聖？為什麼連那兩位公爵夫人都這麼怕妳？雖然我想應該是跟父親大人有什麼關聯，可是……」

「大小姐，我是擁有九十九個祕密以及胸圍有九十九公分的人喔？我是不會輕易地揭開祕密的。」

「胸圍九十九公分……說謊可不……對不起，請不要做出打算揍我的動作……」

在這令人無力的空氣中，船靜靜地順流而下。

載著以各種意義上來說見到了地獄的兩兄妹……

第一話　沒有大叔的日常

伊斯特魯魔法學院是聚集了出身較為富裕的年輕人的魔導士培育機構。在索利斯提亞魔法王國建國前便已創立，擁有三百年歷史的名門學院聲名遠播國外，是相當知名的學術機構。在以其寬廣為傲的廣大腹地中，魔法研究機構林立，甚至有支撐著學生們生活的城鎮，就算稱這裡為學院都市也不為過。

雖然有許多以成為魔導士為目標的人都希望能在這裡學習，但其大門僅為一小部分的人敞開，是受學歷所左右的窄門。

現在學院中樹立了許多派系，各區域的權力鬥爭不斷擴大。若這單純只是學生們之間的意見衝突那還好，然而實際上這根本近乎於是魔法貴族們的代理戰爭。

成為畢業校友的貴族們操控自己的孩子們形成派系。甚至貶抑、排擠其他不順從的人，只想著提升自己的權勢。

而這些人大半都是繼承了祖先代代傳承下來的特殊繼承魔法，或是因為某些理由透過遺傳傳承下來的特殊魔法，這些一般被稱為血統魔法的魔導士們。從一般市民的角度看來這些人相當令人困擾。

這個學院不僅是社交場合，同時也是沉溺在欲望漩渦中的貴族們企圖增加權勢，說起來就如同邊境的戰場一樣的地方。雖然希望陰謀劇之類的事情只發生在貴族之間，然而令人遺憾的是貴族的鬥爭也會波及到一般學生身上。光是屬於某個派系，就很容易被捲入鬥爭之中。

而瑟雷絲緹娜也處於這種無法從鬥爭中逃離的立場。

「唉～……真鬱悶。這所學院裡，真的有我可以學習的事情嗎？」

就算一邊從馬車上取下行李，瑟雷絲緹娜仍不死心地在抱怨。

從接受大賢者指導的立場來看，實在不覺得在這所學院中有什麼值得學習的事物。

在這兩個月內變得可以使用魔法，而且或多或少可以解讀、改良魔法術式，對她來說這裡的確是稍嫌不足。

「大小姐？人家說嘆氣的話，會增加小細紋喔？還請您多加留意。」

「正確的說法是幸福會逃走才對吧？唉……最近過得太充實了，提不起幹勁啊。在這裡到底要學些什麼呢……」

「我想那應該是學院的學生才能說這些吧？我認為結交朋友、享受騎著偷來的馬匹奔馳這種青春的生活，也是學生才有的特權喔？」

有著藍髮的冷酷眼鏡女僕知道瑟雷絲緹娜連朋友都沒有。其實是有一個可以稱為朋友的人，但那個人稍微有點問題。

「既然都已經回來了，事到如今抱怨也沒有幫助。雖然我知道自己心裡放不下，但我還是做好覺悟吧。唉～～……」

「做好覺悟是指？比起那個，請幫忙搬東西吧。我現在忙得連貓的手都想借來用了。」

「蜜絲卡……我是貓的手嗎？行李這種東西我自己來搬。」

儘管有些不滿，瑟雷絲緹娜仍拿起大大的包包。在樓梯處雖苦戰了一番，最後還是想辦法搬到了宿舍門口。

學生宿舍是以古羅馬的混凝土技術建造而成，建築物本身則是早期的哥德式建築。從正門進去後立刻就能看見這類建築特有，有如兩塊魚板交叉構成的交叉式拱頂的寬廣大廳。左右兩側連接到學生住的房間的通路，以及在正面呈左右對稱的樓梯很引人注目。由於裝飾性不強，說難聽點是有些寒酸的建築物。但對瑟雷絲緹娜來說，反而因為構造跟別館的氣氛很像，讓她覺得很平靜。

建築物的左右建有小小的尖塔。主要是作為懲罰房，平常不太會用到。

由於是古老的建築物，商家或是一般民家出身的學生大多在這裡生活。

『喂，那個……是無能者耶？』

『什麼啊，明明就不會用魔法，還要繼續待在這裡喔？』

『都已經這麼無能了，還不知道自己的斤兩嗎？還不是靠公爵家的勢力走後門才能進入這所學校的……』

『雖說是公爵家出身，但她是情婦生的孩子吧？怎麼可能會知道羞恥兩字要怎麼寫呢。』

『真的很厚顏無恥呢。明明早點消失就好了。』

看到瑟雷絲緹娜回來的人們，以明顯帶有嘲弄意味的表情看著她。在他們眼中，公爵家出身的瑟雷絲緹娜給人的印象就是「有能但無才」、「只是憑著權勢才能待在這裡的無能者」、「走後門的」。對付出高額學費、拚命學習的他們而言，瑟雷絲緹娜的存在看起來肯定很讓人不爽。

她自己也很清楚這件事，以前都窩在學院裡的書庫。一方面是對他們感到抱歉，一方面也是拚命想要讓自己變得可以使用魔法。

雖然這麼做的結果並不如預期，但這也是「以前」的事情了。

現在的瑟雷絲緹娜可以使用魔法，如果是簡單的魔法甚至可以不須詠唱。

只是學生們還不知道現在的她的改變。瑟雷絲緹娜在不斷重複著嚴苛生存競爭的魔之森戰鬥並存活了下來。她的實力早已遠勝過其他學生。

「大小姐，還請您別太在意。他們還不知道現在的大小姐已經不一樣了。」

「我知道，不過兩個月前的我還真有辦法待在這種地方呢。說實話，只讓人覺得不悅。」

「正因為心情比較有餘裕了，才能夠看到周圍的事吧。接下來才是重頭戲喔？」

「我知道，蜜絲卡。我會成為一個不使老師名聲蒙羞的魔導士，從這所學院畢業的！」

帶著充滿幹勁與決心的表情，她毅然的邁出步伐。

在瑟雷絲緹娜的左手上，老師傑羅斯製作的手環型魔法媒介正閃閃發光。接下來她的新生活就要開始了。

◇◇◇◇◇◇

兩天後，她帶著決心，以挑戰苦難的氣勢去上學院的課，但狀況當然沒什麼變化。

只是和兩個月前重複著一樣的情形，帶著侮蔑及嫌惡的視線始終纏繞在她身上。

老實說她也升起了一股想要逃走的心情，但瑟雷絲緹娜仍想辦法克制自己，繼續上課。

學校的講師們也以視而不見的態度對待她，不對她說任何多餘的話。因為要是胡亂丟課堂上的問題要她回答，她會反過來從不同的角度提出質疑，令講師們難以回應。

對講師們來說瑟雷絲緹娜非常棘手，儘管對她那想要去理解不懂的事物的態度抱有好感，但她會追問一些連講師們也答不出來的問題，所以是個麻煩的存在。

不能使用魔法卻十分優秀。光是這樣對講師們而言就是個難搞的對象，最後他們便對瑟雷絲緹娜採取無視的態度。

儘管站在指導者立場的人不該這麼做，但從講師們的角度來看，她真的優秀到很難搞的程度，要是承認她的優秀，就會顯得自己很卑微。

若是她能使用魔法，那事情又不一樣了。然而講師們對於不會使用魔法，只會提出各種理論的瑟雷絲緹娜感到不快這點也是事實。

不管這些講師的思緒，瑟雷絲緹娜將上課的內容記在紙上。

這個世界上沒有像筆記本這種方便的東西，紙必須自行購買，要是不買的話就只能憑靠記憶力默背。所以學生們都很認真的在聽課。

『這堂課的內容我以前就在圖書館看過了。雖然老師也說預習是很重要的，但在將魔法文字視為一個有意義的話語的時間點就已經搞錯了不是嗎？雖然利用魔法文字組成能使魔力變質的指令文字，將之連接成為魔法術式這一點是正確的，可是照現在這樣繼續把對魔法文字的誤解給推廣開來真的好嗎？』

對她來說，現在的學院沒有值得她學習的事物。光是知道魔法文字與魔法術式的本質，就足以說上這堂課是沒有意義的。

然而將錯誤的知識推廣開來感覺也不是件好事。她認為必須在此阻止錯誤的上課內容才行，這也是為了往後的魔導士們著想。

於是她便行動了。

「薩瑪斯講師，我可以發問嗎？」

『來啦——————！』講師薩馬斯在內心大喊著。

這對他來說是十分不想見到的發展。

「有什麼問題呢？瑟雷絲緹娜同學。上課內容有什麼奇怪的地方嗎？」

「不，只是我從以前就這樣想了，魔法文字是以56個表音文字及其他用來代表數字的10個表音文字所構成的對吧？而這些字各有各的含意，並將其經過複雜的組合構成魔法術式。現在的魔法理論一般都是這麼想的，這一點應該沒錯吧。」

「這、這有什麼問題嗎？」

「雖然是很單純的疑問，但這個魔法文字難道不是作為文字，組合成話語來使用的嗎？要是文字不是各有含意，而是將文字組成話語，藉此構成使魔力變質的命令文字的話，現在所學的東西還有意義嗎？」

對薩馬斯講師而言，這是非常具有衝擊性的發言。

現在魔法術式的解讀工作充滿阻礙。與其這麼說，不如說完全處於停滯的狀態。

有許多魔導士都認為魔法術式是由魔法文字串連而成，像拼圖一樣，想使用魔法，就得倚靠魔法文字所發生的連鎖反應來發動魔法。

然而魔法術式本身是話語的排列組合的話，所代表的意義就大不相同了。

「等等，瑟雷絲緹娜同學。妳……知道妳自己在說什麼吧？」

「是的，我很清楚自己在說什麼。」

「妳所說的是將至今為止的研究從根本推翻的事情喔？而這將會讓妳與許多魔法研究者為敵。妳說的事情就是這麼地危險。」

現今研究中的魔法文字解讀，是認為魔法文字每個字有各自的含意，藉由將魔法文字像拼圖一般組合起來的方式，讓魔力轉換為物理現象顯現出來。也就是說魔法術式就像是一個底盤，是透過將魔力輸入底盤中來轉換為物理現象的技術。

可是瑟雷絲緹娜說的是完全不同的概念。魔法文字就如同字面上的意義，是創造出話語的文字，使用這種文字來組合出促使魔力變質的話語，藉此引發物理現象。

無論哪種理論都是將魔力轉化為物理現象，但是根本的部分是完全不同的。要是瑟雷絲緹娜說的話是真的，那就代表至今為止的研究全都是白費功夫。

『又說了這種麻煩的事情……這無能者……』

講師們雖然沒掛在嘴上，但內心裡也輕蔑地視瑟雷絲緹娜為「無能者」。只是因為對象是公爵家的女兒，在表面上可不能侮蔑對方。

在這方面，薩瑪斯講師也是一樣。

「妳、妳為什麼會有這種想法呢。這實在是很值得玩味呢，可是……」

「如您所知，我以前無法使用魔法。正因如此，我想透過了解更多的事情來找出其原因，可是假設從一開始『現在的魔法就劣於古代魔法』呢？所以我才會產生這樣的想法。」

「原來如此……這的確不是不可能。但是妳提出的論點無法實際驗證喔？」

「這個世界的人全都擁有魔力，然而跟古代相比，現代魔導士的人數卻很少，這是為什麼？若是研究途中將古代的魔法改變為錯誤的形式，導致要發動魔法一事會產生個人差異的話，就代表現在的魔法研究方向是錯的。」

研究反而破壞了舊時代完成的魔法，這絕對不是不可能的事。

不如說這可能性非常高。如瑟雷絲緹娜所言，在現在的世界中魔導士的數量十分有限。依據文獻傳承，舊時代的人民大多數都會使用魔法，在基本的生活上也有許多利用魔法的東西。在此同時，薩瑪斯講師發現她的話中有一點很令人在意。

「瑟雷絲緹娜同學，妳剛剛說『我以前無法使用魔法』對吧？為什麼說是以前？」

「我現在可以使用魔法。經過這兩個月的鍛鍊，我變得可以使用魔法了。」

「什麼？這、這怎麼可能。經過這麼短時間的鍛鍊就能夠使用魔法這種事……要是這是真的，到底是用怎樣的方法……明明至今為止沒有人能夠讓妳使用魔法的……」

「我每天都持續做戰鬥訓練，在訓練的空檔不斷練習如何運用魔力。每天一直使用自己的魔力，最後也經歷了實戰訓練。」

衝擊性的發言第二彈。瑟雷絲緹娜曾經戰鬥過的話，等級當然也提升了。

等級提升後，身體為了能夠善加運用這些力量，會開始調整為最佳的狀態，身體能力與魔力持有量也會大幅上升。如果相信她說的話是真的，那就代表她一直戰鬥到了能夠使用魔法的等級。這可不是放暑假的學生會做的事。

「妳、妳還真是相當亂來呢。等級迅速提升會讓身體狀況發生變化，很危險的。」

「可是在生死交關的時候，根本沒有空說這種話。因為食物被魔物給奪去，大約有四天都得一邊狩獵一邊求生，每過幾個小時就會有魔物襲來。」

「到底是多麼嚴苛的狀況啊，在那種情況下根本不可能存活下來！」

「但就是因為存活下來了，我才能出現在這裡啊……我的兄長與騎士團的各位也和我同行，您想和他們確認也沒關係喔？」

她想起的是在法芙蘭大深綠地帶的野外求生生活。

和騎士們一起經常保持著警戒，為了填飽飢餓的肚子而踏入魔物徘徊的森林中狩獵，在人格都有些許扭曲的狀況下生存了下來。

謙恭有禮的騎士們在幾天內變成了狂野的戰士，尊敬的師長傑羅斯毫不留情地殲滅魔物，哥哥則是了解到鍊金術的樂趣而欣喜若狂。瑟雷絲緹娜自己也因為等級提升一事感到開心，變得很期待魔物的到來。

「戰鬥……是會毀壞人心的事物。」

「妳、妳為什麼……會露出那麼空虛的眼神呢？」

「現在的魔導士是無法在那座森林裡存活下來的……那個地方是地獄，太過嚴苛了……」

「妳該不會……去了法芙蘭的大深綠地帶苦行吧？」

「那座森林深處的魔物似乎非常凶暴且更為強悍。現在的我去的話就像是去送死吧。」

這超乎想像的內容，令周遭聽到的學生們都嚇得發不出聲音來。

法芙蘭的大深綠地帶是愈往深處走，魔物的強度也就愈發強大的魔境。就算是在森林的邊緣處，魔物也有著和這附近完全不能比的強度。在這種地方不斷戰鬥根本是地獄。

此外，會進行這種實戰訓練的只有騎士團，各派系是無法跟著他們一起去戰鬥的。光是和騎士團之間的不合就已經廣為人知了，陪同政治上對立的組織一起行動更是瘋了才會去做的事。有可能這麼做的魔導士，只會是新的派系「索利斯提亞派」的人。

薩瑪斯的背上流下冷汗。他是屬於惠斯勒派的，但要是索利斯提亞派會讓其他魔導士進行實戰訓練的話，情勢就大不相同了。

身為實戰派的惠斯勒派將會失去其存續的意義，而且在此同時索利斯提亞派和騎士團間的關係也會變得更為強固。這樣一來，惠斯勒派長久以來期望的「由魔導士掌控軍事權」這件事就不可能實現了。

「索利斯提亞派聚集了許多戰鬥經驗豐富的魔導士嗎？」

「這我不知道，但至少我沒有打算加入其他的派系。畢竟其他派系的魔導士們對我的狀況都無計可施。」

「妳、妳是接受了誰的指導？到底是哪個派系的……」

「因為是爺爺的朋友，所以我也不是很清楚。也沒有權力將這件事公諸於世。」

無論在哪個派系，都沒有能夠指導瑟雷絲緹娜的魔導士。然而要是她實際上已經變得可以使用魔法了，那就代表一定有指導她的魔導士存在。

若是享譽高名的「煉獄魔導士」的朋友，便能推測是與其實力相當的強力魔導士，這個爆炸性的發言更對周遭帶來的極大的影響。那就是視她為無能者而輕蔑她的學生們。

「真的假的……那個無能者可以使用魔法了的話，我們會怎麼樣啊？」

「喂……我們至今為止都很瞧不起那女孩對吧？」

「那是公爵家的女兒吧？我們是不是糟了啊？」

「怎麼辦，我以前曾經在她的面前笑她無能耶……」

曾經嘲笑她的人，現在全都面色鐵青。

雖然沒有當面做出一些輕視她的舉動，但刻意用聽得見的音量說些帶有侮蔑意義的話語是千真萬確的。原本這是不可能被容許的行為，但這個學院的營運方針和表面的權力無關。宣稱為所有的學生敞開大門、給予眾多的人們學習的機會，事實上卻是權力與派系鬥爭橫行的魔窟。

而在這之中，身為公爵家的大小姐卻沒有魔法才能的她，沒過多久便成了犧牲者。他們將平日累積的不滿全都發洩在瑟雷絲緹娜身上。

「反、反正她一定只是在虛張聲勢。要是兩個月就能提升實力，我們還那麼辛苦幹嘛。」

「說得對。一定沒什麼了不起的啦。」

「對啊，這種事情是不可能發生的……」

其中也有否定現況的人。他們是成績低下，瞧不起無法使用魔法的瑟雷絲緹娜的人。瑟雷絲緹娜雖然印象中有見過他們，但如今他們已經降為無關緊要的存在了。

課堂上開始騷動起來的時候，正好響起了下課的鐘聲。

「今天的課就到此為止。瑟雷絲緹娜同學，妳的問題中所提出的學說相當有趣，我會試著以我自己的方式來驗證看看的。」

「這樣啊。要是知道了什麼還請務必告訴我。我很期待喔，薩瑪斯講師……」

這時候，薩瑪斯認為瑟雷絲緹娜早已知道結果了。他認為在短期間內變得能夠習得魔法這件事本身就很難以置信了，瑟雷絲緹娜一定是從「煉獄魔導士」認識的魔導士身上，得到了一些自己所不知道的知識。

身為魔法講師，薩瑪斯也有不可退讓的尊嚴，然而他感到前所未有的不安。對於自己所學、認為是理所當然的魔法常識即將崩壞的不安。

結果薩瑪斯並未去試著實際驗證瑟雷絲緹娜所提出的學說。

將魔法文字組合成話語來使用，要證明這個方法等於要將現在所知的研究成果全部捨棄。考慮到文字解讀等工作，必須跟學院剛設立時一樣，從零開始調查線索才行。也就是說至今所學的常識將會完全被顛覆。

正因他是以優秀的成績畢業的，更無法認同新的可能性，否定了這一切。

而這最終究竟會產生怎樣的結果，現在的他還無從得知。

◇　◇　◇　◇　◇　◇

學院裡也不是只教魔法。也有國家的歷史與文學，甚至是數學、藥學等各種類別的課程。

學生們可以自由選擇想聽的課，沒有必要去聽沒興趣的學科。雖然有些類似大學的講座制度，但問題是只要一堂課沒去聽，後面的課就會聽不懂了。

瑟雷絲緹娜選修的課主要是魔法學及物理學，這個新學期開始也去上了鍊金學的課，過著上課抄筆記後，在圖書館預習的每一天。這段期間內沒有任何人向她搭話。有些人在遠處興味盎然地圍觀著她，有些人則是帶著敵意，對她投來各式各樣的視線。

前者是對被大家說無能的瑟雷絲緹娜會使用怎樣的魔法感興趣，後者則是害怕至今為止瞧不起她的行為是否會被追究。

此外，還有一部分的人是以宛如看背叛者的眼神看著她。這些人是俗話所說的「吊車尾」，也就是成績最差的一群人。

儘管根本沒道理因為他們自己的方便而被當作背叛者對待，但從他們的角度來看，無法使用魔法的瑟雷絲緹娜是能夠慰藉他們的無能的存在。『我會用魔法就很不錯了』、『就算腦袋再好，還不是沒才能，所以我比較厲害』，他們以這些扭曲的想法將她視為最後的防波堤。

要是不這樣做，被輕視的他們根本沒辦法好好待在這個派系鬥爭極為激烈的學院中。但畢竟是他們擅自這麼想並瞧不起她的，事到如今也沒什麼好說背叛的吧。

在這段時間中，有些人引頸期盼、有些人不希望迎接的課終於到來了。那就是魔法發動訓練。將學生們聚集在訓練場，施放魔法來訓練的課程。

這堂課是在接近一個小時的時間內，只是不斷地以魔法攻擊目標，讓身體記住行使魔法會消耗多少自身魔力的訓練。

在實戰中，魔力要是用盡了就會被丟在戰場上。就算多少留有一點魔力，只要不能成為戰力就沒有意義。雖然可以舉出這麼合理的理由，但這堂課事實上只是學生們用來紓解壓力的場合。

使用的魔法是初階魔法「火球」。依據其威力來推測個人的總魔力量及控制能力。

在失去古時「利用自然界的魔力」這個概念的現在，他們必須得完全依靠自己的魔力來行使魔法才行。在魔力枯竭的回數會增加的情況下，如何掌握並活用自己的魔力量便是這個訓練的目的，然而實際上這個訓練只是不斷地放出魔法而已，不會獲得任何的成果。

要是換成某位大賢者來上課的話，一定會讓學生們學會「操縱魔力」或「增加魔力」的技能，遺憾的是學院的講師們經驗不足到了連這種事情都想不到的程度。

講師們也不過只是學生的延伸版罷了。

「唉～……」

瑟雷絲緹娜只能嘆氣。

「看來大小姐您提不起幹勁呢……」

「以魔像為對手還比較好呢。那個訓練不但可以同時鍛鍊身心，也具備各種要素，讓人可以明確地感覺到自己有成長。」

「這樣太輕鬆了反而一點都不有趣？」

「因為我已經體驗過遠勝於在這裡能夠體驗到的事情了。」

感覺到自己侍奉的主人有多可靠的同時，蜜絲卡也嘆了一口氣。

她也認真覺得這所學院中沒有值得學習的事物。

「可是這所學校裡有大量的資料，我得盡可能地蒐集更多的情報才行。老師所作的魔法媒介……太吸引人了！」

「這個世界的『物理性法則』嗎？是傑羅斯大人所指定的課題之一對吧。」

「是啊，對構築魔法來說，理解物理現象的意義是很重要的。雖然也可以從魔法術式中解讀這些資訊，但畢竟我現在還不是很清楚，要是可以對照法則的話，就能理解魔法發動的原理了。」

儘管多少可以解讀魔法術式了，但還不到可以創造出新的魔法的程度。現在累積知識是她最優先該完成的事，而這堂課卻是有名無實的玩樂，她只想敬而遠之。以這層意義上來說，她不能使用魔法的時候可說度過了十分有意義的時光。

接著她嘆出了不知道是今天的第幾口氣。

「哎呀？在那邊的不是瑟雷絲緹娜小姐嗎。原來妳還在這所學校裡呀。」

令人頭痛的事又多了一件。

出聲向她搭話的，是頂著一頭金色法國捲髮型的少女，名為卡洛絲緹・路德・聖捷魯曼。

她是魔法研究派中地位最高的聖捷魯曼派之領導者一族，聖捷魯曼侯爵的女兒。也是有事沒事就會找瑟雷絲緹娜說話的稀有人物。

「是卡洛絲緹小姐啊，好久不見了。」

「嗯，好久不見了呢。不過還真難得妳會來上這堂課呢。」

「上課嗎？我覺得這只是在玩而已。畢竟根本學不到任何東西。」

「是呢。話說回來，聽說妳可以使用魔法了……到底是用了什麼手段呢？這實在非常令人感興趣呢。」

「妳想知道嗎？」

「還請務必告訴我。我在意到晚上都睡不著了。」

瑟雷絲緹娜不太擅長和她相處。

雖然本人並沒有惡意，但她的言行在周圍的人看來就像是在找瑟雷絲緹娜麻煩。也有一部分是因為這樣，周遭的人才會毫不掩飾對瑟雷絲緹娜的輕視。

因為不是什麼壞人，所以也不好冷淡地對待她，是個在各方面都很難搞的少女。

「以泥魔像為對手連續戰鬥三個小時。雖然能夠同時鍛鍊身心，但我並不推薦仿效。」

「……真、真是勇猛呢。不過那麼多的魔像是從哪來的？」

「是我爺爺認識的魔導士施展『魔像創造』所做出來的。不僅很強，還會做出有系統的行動，所以也會受傷呢。」

「從沒聽過有這種實力的魔導士呢。莫非是『師』程度的人嗎？」

「是在那之上的強者呢。因為都在四處旅行，所以很少有機會能夠見到他，但這次放假回去時碰巧遇見了。便在暑假期間接受了他的指導。」

由於在立場上不能說出傑羅斯的事情，所以她瞬間胡謅了個說法來矇混過去。

儘管如此，有這種實力驚人的魔導士存在，仍讓卡洛絲緹十分驚訝。

「那位魔導士現在人在哪裡呢？我務必想見上一面呢！」

「很遺憾，在暑假結束的同時他又踏上旅程了……因為他是個淡泊名利的人。」

「太棒了，真是太棒了。這個世界上還有真正的魔導士存在呢！」

聖捷魯曼派是擁有許多魔法研究者的派系。他們認為魔法研究之所以沒有進展，是因為優秀的魔導士不足，所以為了網羅各國實力優秀的魔導士，才會做出獲取權力的行動。他們在藥草的栽培與醫療魔法藥的開發，甚至是考古學等各種領域發表研究成果，進行驗證或實驗、挖掘調查等工作。

研究才是派系的存在意義。其派系創始者的理念在不僅是學生，同時也是其血脈的卡洛絲緹身上也表露無遺。他們對古代的賢者抱有非常強烈的憧憬。要是得知大賢者的存在，肯定會用盡全力，為了延攬傑羅斯而虎視眈眈吧。也算是為了想要過著平穩生活的老師著想，瑟雷絲緹娜的話中虛實交錯，避開了這個話題。

『不能告訴她我的老師是大賢者呢。要是知道的話，她一定會馬上說希望能夠和他見面，就算拒絕，感覺她也會跟學校告假，硬是去見老師吧。』

卡洛絲緹似乎也擁有過剩的行動力。

「下一位！瑟雷絲緹娜．汎．索利斯提亞。」

講師的聲音讓瑟雷絲緹娜回過神來，看來輪到她了。

「那麼我要過去了。」

「大小姐，還請掌握好分寸。」

她踏著消極的步伐走向講師等待之處。

「瑟雷絲緹娜小姐真的能使用魔法了嗎？老實說我感覺不出她跟以前有什麼不同……」

「只要看了就知道了。因為現在的大小姐比普通的魔導士來得更強。」

「是說為什麼蜜絲卡小姐會在這裡？女僕不是應該待在宿舍裡嗎？」

「因為我是這裡的畢業生。」

這完全不成理由。就算是畢業生，也不能擅自在學院內走來走去。但是她絲毫不覺得自己有什麼不對，一派自若的樣子。

在觀眾的注目下，瑟雷絲緹娜測量著自己與標的之間的距離。

標的是以大馬士革礦與祕銀混合的素材製成，並加上了對魔法抗性的魔法術式的鎧甲。

由於這個鎧甲無法輕易被破壞，正適合拿來觀察是否有正確地擊出魔法及其威力。鎧甲製作的非常堅固，是只要能在上面留下一點傷痕，都能夠算是優秀的魔導士的程度。

「好，那麼我要開始了。」

瑟雷絲緹娜在手掌上展開魔法陣，出現了小小的火球。雖然看起來像是火球魔法，但比起其他學生的要小得多了。

看到這火球的人們都心想『什麼啊，只有這種程度嗎？』，不禁失笑。

然而講師卻因別的事情而感到驚訝，那就是瑟雷絲緹娜沒有詠唱便使出了魔法。

「發射。」

她朝著鎧甲射出火球。以超高速擊出的火球擊中鎧甲後，便以高溫溶解貫穿裝甲，並從內側爆炸，將鎧甲炸飛成了粉末。

就算一樣是火球魔法，只要將火球壓縮，熱量和威力也會提升，火球爆炸的話破壞力也會大幅攀升到另一個層次。因為壓縮的熱量會轉換為破壞力，所以其威力遠勝過其他學生的魔法，能夠發揮出更高的效果。

儘管魔法本身是一樣的，魔法術式結合「控制魔法」、「操縱魔力」的技能，就能將威力提升至此。

若是再更進一步的說，瑟雷絲緹娜的魔法是傑羅斯改良後的產物，比起舊時代的魔法可說毫不遜色。她自身的魔力消耗率很低，威力又高，以某種意義上來說這也可以說是作弊吧。

「什、什麼──────？」

「不可能……那個威力是怎麼回事啊？」

「那是一樣的魔法吧？她哪裡是無能者了啊！」

訓練場中一陣騷動。因為施加有魔法抗性的鎧甲被徹底粉碎，這是至今為止從未發生過的奇特事件。而且做出這件事的，還是學院裡知名的「無能者」少女。

這一天，被稱為「無能者」的少女，以學院的「才女」之名聞名於世。

然而，對她來說這些稱號根本沒有意義。

因為她當作目標的老師的背影，在那遙遠彼方的高處……

第二話　茨維特的日常

茨維特．汎．索利斯提亞。大賢者的學生，同時也是索利斯提亞公爵家的長子及繼承人。他自己也對此事有所自覺，有著時時刻刻都不忘鑽研精進，認真上進的一面。

他正在參與所屬的派系「惠斯勒派」的戰術研討會，然而現在的他覺得眼前正在爭論的內容實在太脫離現實了。

「所以說把騎士團安排在這個地方，讓魔導士團在左右兩方展開，使用魔法攻擊的話，就能從左右包夾敵人了。」

「但是事情會這麼順利嗎？只要敵人也是人，面對這麼顯而易見的戰術，我想他們是不會上鉤的。你對情勢的判斷太天真了！」

「依據情勢不同或許有用，但是騎士團會接受我們的要求嗎？這很明顯是要他們當誘餌吧。」

「考慮到戰力的消耗，那些傢伙不會行動吧。而且在那之前，我們是否能抵達可以進行這種佈局的場所也是個問題。」

這個研討會會設想特定的敵人陣營，模擬該如何攻略敵陣。然而這明明是個該藉由討論來提升彼此戰略知識的場合，大家卻都只顧著挑別人的毛病。

在場超過三十人的學生幾乎都沒有實戰經驗，顯然缺乏對戰場的認知，討論也脫不了紙上談兵的範疇。

「茨維特，你怎麼看？」

「迪歐，這是在討論戰術的場合對吧？那麼不是應該叫了解現場狀況的騎士來嗎？這好歹也是集團式的作戰吧。」

這句話讓現場的空氣陷入沉默。

騎士團與魔導士團現在是水火不容的關係，實在難以想像他們會配合這樣的討論。

況且惠斯勒派中有許多認為騎士團只要服從自己就好的人在，這句話等於是背叛了他們的尊嚴。

「為什麼要叫騎士來？他們可是沒有我們的援護就什麼都辦不到的傢伙耶。」

「戰爭可不是一個人能打的。必須在眾多將領詳細討論後去執行作戰計畫。個人的意見充其量只能作為參考，畢竟依據時間及情勢，戰況會有很大的變動。」

「這我知道，但我不覺得騎士們會聽我們的話。」

「那這樣討論還有意義嗎？不管我們想了多少作戰，感覺也無法實行。更何況設想中的敵人行動實在太緩慢了。」

「是這樣嗎？我覺得已經想得很周到了說。」

就連身為朋友的迪歐都沒注意到，這個戰術研討會有一個很大的破綻。

正因為從可說是全國最危險的地方的法芙蘭大深綠地帶歸來，茨維特才會覺得這個研討會毫無意義。

「那我問，為什麼敵方跟我方的戰力總是勢均力敵？裝備和兵糧，甚至連人數都一樣喔？之前甚至還是我方壓倒性有利的狀況呢～」

「這是……因為戰爭時要準備和敵方相等的兵力應該是最基本的吧？」

「我說啊～……原本就不可能會有這麼剛好的狀況啦。依據政治情勢、季節，還有國力的差距都會改變兵力的數量喔？這樣一想，作戰本身就會有很大的變動，雙方的兵力總是勢均力敵，對手也都很剛好的會順著我們的意行動，這種事情是不可能發生的。」

「你可以直接說結論嗎？你說的道理我懂，但我不知道你到底想說什麼。」

「這個研討會沒有設想到最糟的狀況。只是把自己會獲勝這點當作大前提，讓假想中的敵軍配合著這個前提行動罷了。這樣的討論還有意義嗎？」

這就是現在的惠斯勒派。

畢竟只是一群沒有體驗過戰爭的學生，沒有過那種彷如身處地獄般的經驗，讓他們無法想像出最糟的狀況。

正因為無法想像，才會變成理所當然一定會獲勝的作戰。

「那我想問問，你會怎麼樣設想敵國的兵力？」

「這個嘛……鄰國發生饑荒，食物的物價高漲，人民都飢餓不堪。敵人發動全國的力量進攻索利斯提亞，展開掠奪。兵力還要再加上民眾的數量，戰力比我方多十倍，這樣如何？當然，是我方無法掌握敵人的行動，遭受奇襲的狀況。」

周圍的學生們聽到茨維特與迪歐的對話，這太過突如其來的侵略戰，讓研討會一下子騷動了起來。

至今為止從未想像過對方擁有十倍的兵力。而且茨維特舉出的假想戰爭中，敵方的行動還是突發性的奇襲作戰。敵軍將以軍團的規模開始侵略，搶奪食物等物資。狀況太糟了，讓他們一時間想不出任何作戰方式。

「這不可能！這才是紙上談兵吧！！」

「薩姆托爾，你為什麼可以斷言這不可能發生呢？以敵人的立場來看，比起讓人民挨餓，從其他國家搶奪比較快，而且還能夠擴張領地。同盟這種事情說穿了也只是一張紙，根本不能信任吧。一有危機就會去攻打其他國家的。」

「這、這……」

「所以呢？你們會怎麼突破這個狀況？像這樣在這邊挑我意見毛病的同時，侵略也在繼續進行，人民失去性命、財產被奪走。是需要立刻做出決斷的狀況。」

面對茨維特所提出的敵方侵略情境，他們完全提不出任何意見。他們只能想像出能夠獲勝的戰役，無法構思這麼緊急的作戰計畫。

這真的是考慮到實戰及最糟的狀況所設定的作戰情況。

「順帶一提，我會採取的戰術是將一半的兵力設在拉歐斯城砦防衛。讓剩下的騎士們或召集來的傭兵帶人民去避難，引敵人進來。在避難的同時將可能會被奪走的食物放火燒得一乾二淨，使敵人受飢餓所苦。這樣就能使幾成的人民獲救。」

「那樣不是有大半的領地都被奪走了嗎！」

「這樣哪能拯救國家！」

「拉歐斯城砦很難被攻陷。而且正因為他們想要食物，所以才要拉長戰線，在敵軍無法補給的狀況下，我們才能分別擊退他們吧。如此一來就能在被滅國前使敵軍撤退。」

不是為了獲勝，而是為了避免國家滅亡的作戰。

敵軍反覆掠奪的話進攻速度就會減緩，可以爭取讓人民逃走的時間。而且為了確保食物，敵軍的戰力一定會分散，就算迎擊也不用以全軍為對手。為了迅速地作到這些調度，必須時時刻刻掌握國家的狀況，確保擁有無論何時都能立即行動的戰力。此外在這個作戰計畫中，魔導士也必須上前線，負責將可能會被奪走的食物給燒毀。

「說什麼蠢話！為什麼我們非得上前線啊！」

「為了讓敵人挨餓得燒掉食物。這時候不就該輪到魔導士上場了嗎？你在說什麼啊？」

「讓騎士團帶著油之類的易燃物不就好了！」

「你覺得在緊急狀況下有可能那樣做嗎？那樣頂多只能燒掉一成的食物喔？」

「這樣的話，就讓騎士團使用魔法……」

「喂，你這話是說魔導士團就算不存在也無所謂喔？騎士團學會魔法的話，我們就沒有存在的意義了吧。首先，不肯上前線的魔導士根本不可能受到信任。」

大家都說不出話來。茨維特所說的假想戰爭，對他們來說是從未想過的最糟情形，而且還要求迅速對應。在國王的詔令下，魔導士團也非得上前線不可，至今為止那些輕鬆簡單的作戰根本不可能被軍方採納。那些作戰方案就是如此的幼稚。

「戰爭是最糟的政治情勢，但你們以為可以在這種最糟的狀況下，持續地從後方發動小型的攻勢嗎？依據情況不同，我方陷入缺乏糧食的狀態也在預料之內，為此需要可以維持體力、確保食物的技術。在這些前提之下，我問你們，這個研討會有意義嗎？我們可沒有足以好好戰鬥的技術喔。關於這方面你們怎麼想？」

這是極為中肯的意見。沒有實戰經驗的學生們不可能想像出悲慘的戰況。戰爭是活的，是會明確分出勝敗的相互廝殺。

「茨維特！雖然說得很了不起的樣子，但你也沒有體驗過戰爭吧。」

「戰爭是沒有，但我有過實戰經驗喔？食物被魔物給搶走，過了整整四天的野外求生生活。在法芙蘭大深綠地帶呢……」

「「「「什麼？」」」」

「那個時候我終於學到了。必要的不只有知識，還有如何習得在嚴苛的狀況下生存下來的技術啊……維持現狀的話，你們真的會死喔。」

現在的茨維特並非沒有實戰經驗的人，身上帶有某種氣魄。因為了解何謂最糟的狀況，茨維特才會假設這樣的情形，主動開始重新檢討軍略研究的缺失。其結果只要看到現在的狀況應該就很清楚了。

「我知道你們想獲得騎士團的指揮權，但現在這樣是不行的。他們哪有可能會把權力交給想出的作戰都稚嫩又滿是缺陷，還只把騎士當作用完就丟的棋子的魔導士。士兵不是消耗品，正因為數量有限，才必須將損傷壓制在最小限度才行。」

「你是在說我們無能嗎！」

「因為是不懂戰爭的烏合之眾啊。應該說礙事比較好嗎？讓騎士們學會魔法還更有用呢。而且在這裡的人，有幾個人是能夠保護好自己的？」

「我、我們有強力的魔法！這樣你還能說我們沒辦法保護自己嗎！」

「使用魔法攻擊導致魔力用盡的話呢？或是在撤退途中魔力用完了又怎麼樣？畢竟因補給速度延宕而無法取得魔法藥的狀況也是可以預料到的，這樣一來無法近身戰鬥的魔導士只有死路一條喔？實際上我也差點就死了，還好有認識的魔導士相助才得救。」

「你看，果然魔法很偉大不是嗎！」

「順帶一提，那個人是用劍打倒魔物的喔？明明一樣是魔導士。他也是用斬擊救了我的。去大深綠地帶之前他就對我說過『在戰場上無法做近距離戰鬥的魔導士只有死路一條喔？』，那句話是真的。若是碰上混戰的話現在的魔導士可就糟了……」

「「「「…………」」」」

再怎麼紙上談兵，只要實際上那是有可能發生的，就完全不一樣了。

戰略雖然很重要，但畢竟還是要靠人類自己來實行，和關係不好的防衛組織不可能好好攜手合作的。在戰場上若是沒有緊密的聯絡手段便會招致孤立，要是用兵不當，損害就會擴大。戰爭是活的。

接著開始了激烈的辯論。茨維特將至今為止討論過的模擬作戰內容作為範例，詳細地指出其缺陷，將在場的學生所提出的方案全都反駁回去了。

茨維特的指摘使他們的自信從根本處被瓦解，理論正確且全盤否定的方案，毫不留情地擊潰了他們。

這場辯論持續了約三個小時。

「我啊，覺得在戰場上戰鬥的魔導士，以及做魔法研究的魔導士兩者分開來比較好。照現在的狀況只能培養出一些不上不下的魔導士，我不覺得這些人在戰場上能派上用場。我不是想要否定派系喔？只是我們有必要重新從客觀的角度來檢視目前的自己是處在怎樣的狀況下吧。」

「……嘖，不過就是有過一次實戰經驗而已，跩什麼……」

「在你們看來是會覺得我很跩吧，但是你們曾經在戰鬥中讓自己暴露在生命危險下嗎？我經歷過的那四天，可是就算打倒了魔物，也會有其他魔物接連襲來的地獄喔。為了生存而去狩獵的話又會碰到其他的魔物，打倒了之後又有新的魔物。大家輪流守夜，每隔一個小時換班，要是魔物群出現的話就把所有人叫醒迎戰，就這樣反覆過了四天。雖然是為期一週的實戰訓練，但後來才體悟到剛開始的兩天真是運氣好。回來的時候第一次真正感受到自己活了下來，不過因為體驗過了一次地獄，我變得只要有一點聲音就會整個人清醒過來。直到最近才好不容易能夠好好入睡。」

「「「不，你到底是從怎樣的地獄活下來了啊……」」」

「去訓練前有過近身戰的經驗真是幫了大忙啊。拜此所賜，就算魔力用盡了還是可以戰鬥，也不會誤判情勢，可以冷靜的對應。什麼事情都該體驗過才對呢。」

他所回想起的，是身為師傅的大賢者讓他們進行的那些地獄般的訓練。要是沒有經過跟那些打倒了也會再生並攻過來的魔像的戰鬥訓練，自己恐怕沒有辦法活著站在這裡吧。

他在法芙蘭大深綠地帶時活用了這些經驗，雖然經過了一番苦戰，但更感覺到自己變強了。到了最後一天甚至還興奮地期待敵人出現。

「哼！的確，擁有實戰經驗的魔導士很珍貴吧。然而只要有我派系研究中的大範圍殲滅魔法，這些閒雜人等都不足為懼。」

「那個啊……雖然只是推測，但我想應該沒辦法用喔？畢竟單靠一個魔導士是無法處理那個龐大的魔法術式的，再說就算想啟動，魔力也不夠。只會量產出廢人而已，還是別用吧。」

「你懂什麼！那個魔法術式可是我們派系的王牌，你是瞧不起它嗎！」

「不，冷靜想想，光靠人類的魔力是無法啟動那個的吧。而且要是真的可以啟動的話，你打算怎麼搬運那個超巨大的魔法陣？」

「這、這個，刻劃在腦內……」

「不可能。人能夠記住的魔法數量有限，依據魔法術式的密度不同，能夠記住的魔法數量也會減少。沒有實戰經驗的魔導士不僅等級低，持有魔力量也很低。至少等級不到１０００的話是沒辦法使用那個魔法的。這種魔法誰能用啊。」

大範圍殲滅魔法的研究從根本的部分就錯了。要以人類的魔力啟動的話，這個魔法術式過於龐大，而且魔力也不足。要是真的可以啟動，前提條件也是那個人是等級有１０００以上的魔導士。雖然不能說研究是無用的，但基本的理論從一開始就是有問題的。

和大叔魔導士的魔法相比，根本從製作過程開始就不同了。

茨維特正因為在近距離見過超高等級的魔導士，才更深刻地感受到自己有多不成熟。現在的他認為期待不可靠的殲滅魔法是沒用的。

「我認為比起執著於不知道能不能用的殲滅魔法，鍛鍊自己還比較有建設性。」

「唔唔……這豈不是對我派系的反叛嗎！」

「不是，我只是作為肩負這個國家的一位魔導士來發言罷了。薩姆托爾，這種程度就說是反叛或是背叛的話，會被人看穿你的程度的喔？」

「你這傢伙……！」

「而且你說錯了一件事。不是我派系，而是我們的派系。這裡可不是你的私有物，搞清楚。」

薩姆托爾滿臉通紅、表情僵硬，拚命地忍住怒氣。

薩姆托爾・伊汪・惠斯勒。惠斯勒侯爵家的次男，抱持著總有一天要肩負起這個派系的重要人物的野心。

然而不幸的是好戰的性格使得他欠缺人望。雖然頂著一族的權力恣意妄為，但到了這裡，索利斯提亞公爵家的長男卻讓他碰壁了。

原本是想利用公爵家的權力來增強派系的力量的，結果茨維特的優秀反而使他的權勢被推翻。他為了操控茨維特而在私底下做了許多努力，然而這些在暑假期間全都化為了泡影，而且茨維特的勢力還增長了，成了他的強力對手。

薩姆托爾對這樣下去派系會被搶走一事感到十分焦躁。

「弱小的魔導士能派上什麼用場，研究只要交給聖捷魯曼派就好了吧。我們往提升實力，讓國內的組織化能夠順利進展的方向進行比較好。照現在的狀況，要是發生戰爭，我們會被擊潰的。」

「說我等會吃敗仗，這有些太看不起我們了吧！」

「這是事實。在這個國家內部進行派系鬥爭的期間，你敢說其他國家沒有增強實力嗎？」

怒瞪著對方的薩姆托爾，以及若無其事的承受其視線的茨維特。

這個時候便已經明顯地顯露出兩人的格局差距。

「國家的防衛是不可能交給眼中只有權力，沒有遠見的傢伙的。薩姆托爾……看看現實吧。只要大範圍殲滅魔法沒有完成，你所說的論調就只是理想。不，跟妄想差不多吧。」

「你這傢伙，是想擾亂惠斯勒派的秩序嗎！你是想倒向索利斯提亞派吧，是這樣對吧！」

「雖然理念是很接近啦，但那個派系預定會以我妹妹為中心來運作喔？我只是要完成身為四大貴族的責任。」

「嗚咕……」

索利斯提亞家與惠斯勒家的家世不同，索利斯提亞家是被任命負責保衛國家的王族直系貴族。所以要講起發言的影響力，是茨維特比較強。

光是繼承權比較高，薩姆托爾就沒有可以說話的餘地。更何況茨維特說的都是正論，而薩姆托爾的論點在任何人的眼中看來都充滿了缺陷。

「好了，時間也差不多了。我回宿舍去吧。」

「茨維特，等等我。別拋下我啊。」

迪歐追在離開房間的茨維特身後。雖然說是派系內的事情，但他們做的事情和社團活動差不多。只要時間到了，就算討論得再熱烈也會中斷，回到宿舍去。

隨著茨維特離去，學生們也全都開始準備回去宿舍。

剩下的只有包含薩姆托爾在內的貴族一派。

「到底是怎麼回事，為什麼茨維特變回原樣了！布雷曼伊特，你的魔法失效了！」

「他恐怕是受到了強烈的精神衝擊吧。我的血統魔法雖然可以漸漸地控制住對方的精神，但要是精神上產生巨大動搖的話效果就會被破除。」

「你是指他回到公爵領地時發生了些什麼嗎？會令他精神動搖的事情……」

茨維特之所以會變成愚蠢放蕩的富二代，其實就是他們在背後搞得鬼。

血統魔法是一族透過血脈傳承，生下來便會繼承的魔法，然而其效果並不強。布雷曼伊特的血統魔法是藉由在對話中混入魔力，漸漸地掌控與其對話者精神的洗腦魔法。要說這個魔法的缺點呢，就是對強大的魔導士完全無效，以及精神受到巨大的衝擊便有很高的可能性會解除洗腦狀態。其他還有不持續多次施加魔法的話，洗腦狀態也有可能會因體內魔力而解除；因為要花上很長的時間來使對方的精神狀態改變，所以一開始的時候無法判斷到底有沒有成效等，有許多小缺點。

他們為了利用公爵家的權力而拉攏茨維特進入派系中，花了好幾年洗腦他，然而這些努力都化為泡影了。

他們想也想不到，洗腦被解開的原因是由於初戀引發的戀愛症候群，以及洗腦魔法的效果重疊而引發失控。再加上赤手空拳便打散了祕藏魔法的大賢者，徹底地動搖了他的精神。接著又被父親及敬重的祖父斥責，洗腦狀態便完全解除了。任誰都沒有想到計畫居然會因為這種理由而出現破綻吧。

而且他們對派系內的其他學生也做了一樣的事，可是由於茨維特那些衝擊性的反論，使大家的精神產生了嚴重動搖。這下沒人能預料他們的洗腦什麼時候會解除。

「有可能再洗腦他嗎？」

「沒辦法。我在討論的途中試了好幾次，但我的魔力全都被彈開了。茨維特那傢伙恐怕變強了吧。」

「可惡！麻煩的傢伙。乖乖的被我們洗腦不就好了……」

「暫時不要有所行動比較好。我的事情有可能已經暴露了。」

「這樣的話洗腦就會解除，在我們掌控下的傢伙會倒戈的。」

「事情要是被公開，我們可是會被處以極刑喔。現在應該要謹慎行動。」

至今為止都很順利的奸計出現了破綻，變成無法隨意出手的狀況了。

學院內是禁止對他人使用魔法的，雖然程度上有差，但洗腦魔法很有可能會被處以極刑。

薩姆托爾憤恨的咂了咂嘴，不滿地離開了作為研討會會場的房間。

看來到處都有這種小壞蛋呢。

◇◇◇◇◇◇

「布雷曼伊特那傢伙，在那裡好像想做什麼啊……」

「他嗎？我什麼都沒感覺到耶？」

「他每次開口說話時，就會對我施放魔力。恐怕是精神系的魔法，要說起在那裡可以做到的事……是洗腦嗎？」

「不會吧！在學院內對他人使用魔法是犯罪喔。如果這是真的，他是為什麼要這樣做……」

「我是大概知道了啦。」

研討會中，只有薩姆托爾提出的方案沒有任何人提出否定意見。

回想起至今為止發生的事，就會發現只有他提出的作戰方案總是被大家所接納。

仔細想想這很明顯的不對勁。一般情況下，不管是再怎麼優秀的方案，都至少會有一個人持反對意見，可是只要扯上他就完全沒人反對。簡直就像是大家心底認定這一定是對的一樣，輕易地就被大家給接受了。這點非常不自然。

「那些傢伙有可能洗腦了派系裡的所有人，包含我在內。」

「該不會連我也被洗腦了吧？真不敢相信……」

「效果應該不強吧。我想他要持續施放魔法數次才會發揮效果，是累積型且到發動為止有時間差的魔法。」

「為什麼你會這麼清楚啊？明明連被放了魔法都不知道。」

「只是因為回想起過去的自己，做出了太多不像我會做的行動罷了。而這種時候那些傢伙一定在旁邊。這樣就很值得懷疑了吧。」

「懷疑的理由確實很充分呢。雖然我一點都不覺得有哪裡不對勁就是了。」

「那些傢伙想要的是公爵家的權勢。竟然打算利用我……真令人不爽！」

現在這些都只是臆測。抑制住不滿的心情，他們繼續往回宿舍的路上走著。

在這所學院中，某些成績優秀的學生們是可以在某種程度上不去上課的。茨維特也是其中一人。特別學生可以在學院內自由出入，確保可以做魔法研究的時間。茨維特打算回宿舍，認真地面對師傅給他的課題。

迪歐向心中做此打算的他搭話。

「茨維特，我想繞去一個地方，可以嗎？」

「是可以，不過你要去哪？」

「其實啊，我有個在意的女孩。雖然想跟她搭訕，但隨行的女僕太可怕了。」

「啊～……真好～春天來臨的傢伙……」

茨維特現在還沒脫離失戀的傷痛。

被春天的氣息給引誘的迪歐帶他前往的，是中等學生的魔法訓練場。

在那裡可以看到正以魔法攻擊施加有魔法抗性鎧甲的學弟妹們。

「喂，這裡是中等學部喔，你喜歡的對象是年紀小的喔……」

「是啊，我第一次見到她的時候內心充滿衝擊呢。感嘆著『啊啊……多麼美麗的女孩啊』……」

「這樣啊……所以是哪個女孩？」

「咦？她平常總是坐在參觀席的啊～……」

「怎麼，那女孩是吊車尾的喔？」

茨維特對這件事不太有興趣。但是他在那裡看見了妹妹瑟雷絲緹娜的身影。隨侍的女僕蜜絲卡一如往常的陪在她身邊。

『蜜絲卡這傢伙，為什麼會在這裡啊……欸，等等！「隨行的女僕」？迪歐喜歡的對象該不會是……』

茨維特的腦中閃過不好的預感。

「是那個女孩喔。有著金色長髮的……」

「果然是啊！……那個是我妹喔？」

「茨維特……我們是好朋友吧？」

「啊？喔，是啊……」

說時遲那時快，迪歐以兩手緊緊握住茨維特的手。

這是會讓某些女生感到歡喜，不禁令人側目的詭異景象。

「介紹她給我認識吧！」

「認真的？你做好受死的覺悟了嗎？」

「被你嗎？還真意外你是個妹控呢。」

「不……是我爺爺……」

「『煉獄魔導士』？」

茨維特的祖父克雷斯頓，由於他一個大男人獨自將瑟雷絲緹娜給帶大，對她投注了非比尋常的愛情。是就算換成變態又異常這種說法也不為過的寵愛她。迪歐肯定會變成悽慘的屍體。

「不過還真稀奇呢，她居然會上訓練課。」

「啊～……哎呀，發生了很多事。」

他察覺到因為至今都無法使用魔法，所以瑟雷絲緹娜才不得不在旁參觀。

接著輪到她上場了。

「沒想到可以看到她展現實力……說不定我能夠幫上她的忙。」

「…………」

『不，那傢伙比你還優秀喔？以前的話或許還能幫上什麼忙啦……』哥哥的心中想著這些說不出口的事情。

然後就在這兩人的視線前方，瑟雷絲緹娜開始使用魔法。

她的手掌中出現了一個小小的，卻發出有如太陽般光輝的火球。

未能掌握狀況的學生們不禁失笑。

「那女孩沒什麼才能嗎。這樣的話我也有機會……」

迪歐似乎也是以發動的魔法大小來判斷。然而……

——轟隆隆隆隆隆隆隆隆隆隆隆隆隆隆隆隆隆隆隆！

施加有魔法抗性的鎧甲被擊破，化為粉塵。這是原本不可能出現的景象。

大家都看得瞠目結舌。除了知道狀況的兩個人之外。

『動手了啊……瑟雷絲緹娜這傢伙，做得太過火了吧。再控制一下威力啦！』

在這裡的所有人都目擊了「無能者」成為「才女」的瞬間。

「那個是……『火球』嗎？可是威力……」

「迪歐……那個不是『火球』，只是『火焰』。」

「啥？」

這不可置信的答案令他十分吃驚。

「那個哪裡是『火焰』了啊！威力整個不一樣啊！」

「不，正確來說『火球』是把『火焰』化為球狀擊出的魔法對吧？那傢伙沒有使用把火焰化為球狀的魔法術式，只是用手掌將『火焰』的魔法給壓縮後擊出而已。原本『火焰』跟『火球』的差別就只在有沒有將火焰化為球狀的魔法術式。既然可以自己壓縮『火焰』達到同等的威力，就沒必要拘泥於使用『火球』的魔法術式吧。」

再補充說明的話，不如說不用「火球」的魔法，更能提升技能等級，也牽涉到控制魔法及操縱魔力技能等級的提升。「火球」雖然可以輕易發動，也具有威力，但也可說是加上了減損魔導士技術的魔法術式在內。

瑟雷絲緹娜以「火焰」重現了「火球」。而且還順帶加強了威力。

「居然有辦法做到這種事啊……這豈不是天才嗎，沒有什麼我能教她的了……」

『啊啊~……這傢伙原本的計畫也全都泡湯了。瑟雷絲緹娜……妳真是罪過啊。』

茨維特以憐憫的眼神看向愣住的迪歐。

他似乎受到了相當程度的衝擊，肩膀微微地顫抖著。

「太美了……她簡直就是天使……」

「欸？」

「有著少女的外表卻又如此堅毅，清純又強悍的樣子，完全是魔法的天使。不，是女神！」

「說到這種地步？是說你重新迷上她了喔！」

「那當然！我會成為一個配得上她的男人的！」

迪歐的心中燃燒起來了。而且也萌燒起來了。他的幹勁之火正熊熊燃燒著。

好友的身影，令茨維特腦中鮮明地浮現了迪歐被祖父給殺掉的景象。被祕藏魔法給烤得熟透的好友。不知為何說著『烤得不錯呢……咯咯咯。』的祖父克雷斯頓的聲音彷彿在他耳邊響起。

正熱血沸騰的迪歐，還不知道自己的生命之火已經有如風中殘燭。

「煉獄魔導士」的魔掌，應該很快就會襲向他了吧……

雖然是題外話，但迪歐的洗腦效果在這個時候解除了。戀愛的力量真是驚人。

第三話　庫洛伊薩斯的日常

庫洛伊薩斯・汎・索利斯提亞。

是索利斯提亞公爵家的次男、魔法學院首席，被一部分的人稱做天才魔導士。

冷靜沉著且只對魔法研究有興趣的他，就算得知老家中起了什麼騷動，也像是若無其事似地整天專注於研究。反正只是周遭的人擅自起鬨罷了，他本人完全沒有想要繼承家業的意思。他的興趣就是魔法，是渴求知識的研究者。

不斷追求真理，甚至覺得就算最終將會招致破滅也正合己意。

而他現在正埋首於眾多的書籍當中。

「……沒辦法順利進行呢。到底少了什麼？」

他在研究的是魔法術式。當然，魔法藥等研究他也有接觸，但專門領域還是在這邊。追求知識才是他的生存意義，同時也是他的興趣。

簡單來說是個有御宅族氣質的人。這樣的他有著繼承自母親的銀髮，外觀看起來是個五官端正的青年。適合戴眼鏡，且給人冷靜、能看穿一切事物印象的他，雖然性格如此，還是很會照顧周遭的人，備受大家的信賴，更有許多支持者對他投以熱情的視線。也就是個毫無自覺的現充。

但是這充其量也只是從他人的觀點所得到的評價，若是問本人的話會被完全否定吧。

知道家業將由兄長繼承，今天的他對魔法研究的欲望也盡情燃燒著。

雖然對於爭奪繼承權的人們來說這事實在很悲哀，但權力之類的東西對他而言毫無魅力。

以某種意義上來說和某處的大叔魔導士一樣，但以他的情況來說，魔法研究以外的事情怎樣都好，照顧別人也只是為了讓工作效率變得更順暢而已。

一切都只是為了追求合理性與效率，甚至有種現在開心就好的感覺。他的行動全都是為了自己。

他對家人的評價也很冷漠，父親德魯薩西斯雖然很有能力但女性關係很亂；母親超寵孩子，只要回去就很煩人；哥哥很粗線條，這幾年又變得很愚笨；而其母親對他來說只是母親的朋友；祖父雖然值得尊敬，但因為很寵愛無能的妹妹，所以扣分；他畢竟也生於魔導士世家，所以對無法使用魔法的瑟雷絲緹娜毫無興趣。就算人在旁邊，他也只會把她當作空氣一般繼續無視她的存在。這點到現在還是一樣。

只是現在的他還不知道，這些評價中有一部分已經必須修正了。

要說為什麼的話，就是因為他這兩個月都關在房間裡，其中有約三週的時間都在學院分配給他的研究室中度過。外頭的傳聞這種事情他從一開始就毫無興趣。是個重度的繭居族。

而他現在正在進行的研究是魔法術式的解讀。庫洛伊薩斯對學院教的魔法文字及魔法術式的解釋抱有疑問，所以正以他個人的解釋來切入這個議題，那就是……

「魔法文字並非各自有獨自的意義，而是串連在一起後才是有意義的。要是這個假設是正確的，就能找出至今所有研究無法解開的一切要因了……」

他認為魔法術式是以話語，或是類似的形式來表示命令的東西。

在學院中是教導學生文字分別有各自的含意，而使魔力順暢地導入其排列中，魔力便會轉化為現象。可是這樣在啟動魔法術式時，有完全無法發動的情況就很不自然。因為要是魔法術式是為了讓魔力能夠更順利轉化為現象的東西，那就算組合起來的魔法文字有哪裡不對，也應該會出現某些反應才是。以一般的知識來說，魔法文字中有決定屬性的文字，無法發動就表示魔力本身沒有流入其中。這點非常奇怪。

他相信課堂上的內容，將無法發動的魔法術式和可以正常發動的魔法術式做比較，將覺得不對勁的魔法術式紀錄下來。

他辛苦的將兩邊的魔法術式，以及從其他屬性魔法的魔法術式中所找出的共通魔法文字字串給標記起來，徹底地調查了剩下那些尚不明瞭的魔法術式。結果發現這個魔法術式在好幾代以前被改寫了。

依據這一點，他推論舊時代完成的魔法被當時的魔導士們給破壞了。

同時，他也有了魔法文字或許是將物理法則現象以「話語」來表示的想法。

以風屬性為例，將這個魔法屬性共通的字串視為使魔法本身變換為加上屬性的物理現象的魔法術式，便可以導出除此之外所有共通的魔法文字是用來控制及調整威力的結論。他一個人完成了這些工作，徹底調查，將所有過程記錄下來，整理成論文。然而光是這樣還無法讓周遭的人接受，缺乏更確切的證據。

聖捷魯曼派的魔導士或許會認可，但其他派系不僅會批判，還會找機會抹滅他的研究成果吧。在跟他人互扯後腿的現況下，這篇論文還不能問世。

他打算喘口氣而起身，卻因為長時間坐在椅子上造成的痠痛而皺起了眉頭。

「唔……這麼說來，我已經不記得自己在這邊坐了多久了呢。」

「你昨天也說了一樣的話喔～？庫洛伊薩斯你到底是多認真啊。」

他看向聲音傳來的方向，那裡有位長有犬耳的少女披著毛毯在沙發上休息。一頭及肩的亞麻色頭髮，親和力十足的少女正揉著惺忪的睡眼。

「是伊．琳啊。妳什麼時候入侵我房間的？我完全沒發現……」

「真過分～我還是有跟你打聲招呼的喔？你完全沒注意到啊～」

頭髮睡得有些翹起來的伊．琳露出了天真無邪的笑容。她是庫洛伊薩斯的同學，也是隸屬於同一個派系的研究者。因為是人類與獸人族的混血，所以她生來就擁有很高的魔力，在學院中名列前茅，相當有實力。

獸人族原本是很不擅長使用魔法的種族，但她反而很擅長使用魔法。

「年輕女性獨自跑進男性的房間裡，這行為可令人不敢恭維喔？」

「沒問題，因為我很信任庫洛伊薩斯啊。」

「那還真是榮幸。」

「那個……我是指要是有了孩子，你會好好負責的意思……」

「妳到底是怎樣信任我啊……」

庫洛伊薩斯疲憊地嘆了口氣。他雖然是個現充，但更是個遲鈍的木頭。

兩人聊了些上課內容之類的事情好一陣子，然而——

「話說回來，庫洛伊薩斯你有個叫做瑟雷絲緹娜的妹妹對吧？」

不知為何對方提起了同父異母的妹妹。這對他而言老實說是件無關緊要的事。

到這個時候為止——

「是沒錯，那又怎樣？」

「我記得她沒辦法使用魔法對吧～那是真的嗎？」

「是啊，小時候就被人判斷沒有資質，這又怎麼樣？」

「那女孩現在是中等學部的優等生喔？不能使用魔法這件事情簡直就像是騙人的，成了很強的魔導士喔？」

這話讓庫洛伊薩斯手上的書掉了下來。

「……是不是有什麼地方搞錯了？我不覺得她能辦到這樣的事……」

「根據我聽來的傳聞，她好像去了大深綠地帶修行喲～？庫洛伊薩斯的哥哥也一起去了。」

「怎麼會，這才是最不可能發生的事。因為哥哥很討厭她。」

「可是啊～那兩個人最近好像常常一起在書庫找資料喔？雖然好像在討論什麼很艱澀的話題，大家都聽不懂的樣子。」

至少他認識的茨維特不是會跟瑟雷絲緹娜感情良好地一起行動的人。不如說在兒時的記憶中他還會帶頭欺負她。

庫洛伊薩斯的記憶和她所敘述的兄妹有所出入。

「是有什麼心境上的變化嗎……可是我不覺得這樣就能讓他們的感情變好。」

「然後啊～因為很在意，我就去調查了一下，這些好像都是事實。他們從下午到閉館時間為止一直都在查資料的樣子喲？兩個人一起……」

「……真令人在意。雖然對我來說那兩個人怎樣都好，但他們一起行動這件事很令人疑惑，太奇怪了。」

「兩個人偷偷摸摸的……該不會是有什麼不可告人的關係？」

「為什麼話題會轉到那邊去啊？應該要認為是在老家的時候發生了些什麼吧。」

庫洛伊薩斯冷靜地吐槽，對此伊．琳回了句「庫洛伊薩斯你真無趣耶～」，令他有些受傷。

「還有啊～書庫的管理員說希望你早點把借的書給還回去喲？」

「……這麼說來借了很長一段時間了呢。來拿去還吧……」

「為什麼要露出那麼疲憊的表情？」

「因為啊……那邊堆成一座小山的，全都是我借的書……」

「這個……需要推車呢。」

在他們眼前的是多到從地上一直疊到天花板的大量書籍。

無論何時塌下來也不奇怪。

「畢竟妳不時會借住在這裡，妳會幫忙吧？」

「欸～……這個量耶？到底要往返書庫多少次啊～？」

「誰知道？至少要用推車搬個十次左右吧？」

「啊……我忽然想起有急事要辦……」

庫洛伊薩斯用力地抓住打算逃走的伊．琳的手臂。

「妳……會幫忙吧？」

「不，你靠這麼近盯著我看……我會害羞的。」

「妳的臉在抽搐喔？是說回答呢？」

以特寫距離放出非常驚人的氣勢，庫洛伊薩斯帶著笑容逼近她。

伊．琳被對方的氣勢壓制住仍想往後躲，卻因手臂被抓住而無法逃脫。

「不要～～十次做不完的啦～～～～！我的身體會撐不住啦～～～～！」

「不要緊的，因為妳的體力比我還好啊。」

「不行不行不行不行不行，就～～說～～～～不行了嘛～～～～～！」

可能是真的很不想做，她硬是甩動被抓住的手，開始掙扎。

另一方面庫洛伊薩斯也不想失去這個珍貴的勞動力。

就在這互不相讓的纏鬥中，兩人互相糾纏著倒在了沙發上。

「「…………」」

結果兩個人變成像是接下來將有什麼情色發展的姿勢互相看著彼此。

不知為何時間就在兩人相對無言的情況下流逝。搞不清楚是過了一分還是一秒，兩人之間瀰漫著尷尬的沉默。

「你、你……你們在做什麼？」

「喂～～庫洛伊薩斯，我有事想……拜託……你……喔喔喔喔喔喔喔喔喔喔？」

「瑟琳娜？」「馬卡洛夫？」

然後這現場就被人看到了。

「庫洛伊薩斯……雖然我多少有感覺到，但這樣不行吧……」

「你、你們兩個是什麼時候發展成這種關係……」

「「這、這是誤會！」」

「而、而且……你意外的強健呢？要十次這種事……就算有獸人的血統，她……就算是伊．琳，身體也撐不住吧……」

「什麼？庫洛伊薩斯！你這傢伙，一臉『我對女人沒興趣』的樣子，該做的事情還是很會做嘛！」

完全被誤解了。瑟琳娜在滿臉通紅又亂了方寸的狀態下又加深了兩人間的誤會，馬卡洛夫則是伸出了將拇指夾在食指與中指間握成的拳頭，流下了血淚。

「你們誤會了。我只是想拜託她幫我搬書到書庫……」

「就無法控制的把人推倒了嗎！不小心衝動起來了是吧～……可恨啊！」

「不、不是這樣的喲？真的只是意外……」

「嗯……是意外呢。因為年輕而發生的意外……有好好避孕嗎？」

「「……根本沒在聽人說話。」」

光是拚命地讓徹底誤會的瑟琳娜跟馬卡洛夫冷靜下來就很花時間了，他們卻又開始失控地使事情更加混亂，結果讓他們兩個人理解狀況就花了將近三個小時。

到了這個地步，庫洛伊薩斯和伊．琳的精神疲勞都已經到達了頂點。這兩個人雖然算是接受了他們的說詞，但拋下「嗯……我知道的。你們希望我當作是這麼一回事對吧？我好歹也是個成熟的女人……很明事理的。」「今天就這樣放過你們吧！喂，庫洛伊薩斯，感覺怎麼樣之類的，之後再好好告訴我啊！」這樣的話就走了。誤會仍未解開。

隔天早上兩人開始交往的流言便廣為流傳，成了聖捷魯曼派內部公認的情侶。

伊斯特魯魔法學院是認可學生們結婚的，夫婦一起努力念書的人也不在少數。

在這種狀況下兩人雖試圖解開誤會，卻被周遭的人認為只是想要掩飾害羞，有一部分的人則因嫉妒而不聽他們解釋，最終還是以失敗收場。

儘管不知道兩人之後會變得怎樣，但至少伊．琳對此並沒有太多不滿。

體認到不管說什麼都沒用的庫洛伊薩斯窩在房間裡，好幾天不見人影。結果從書庫借來的書又晚了幾天才還。

◇◇◇◇◇◇

五天後，庫洛伊薩斯來到了書庫——正確來說是學院內所設的大圖書館，但由於其龐大的藏書量而被大家簡稱為「書庫」。

理由當然是為了還他一直借了沒還的書。

一想到這天為了還書得在自己的研究大樓與書庫之間往返多少次，他就只想嘆氣。

他原本就是室內活動派的，從沒有率先跑出去外面玩過。為了充分享受獨處的時光，他每天總是在房內一邊喝著紅茶一邊看書。正因如此，對於學院高層近期即將舉辦的實戰訓練，他甚至抱怨道：「麻煩的季節要來了。」

他很討厭為了研究以外的事情操勞，他甚至認真的考慮要聚集大家集體拒絕參加這個例行活動。雖然長得高，看起來體力也不錯的樣子，但庫洛伊薩斯是個扯上體育相關的事情就不行的運動白痴。就連來還個書都要拖拉半天，不是普通的討厭外出，對這樣的他而言，要參加名為實戰訓練的狩獵魔物活動這種事，他連想都不願去想。

只是身為成績名列前茅的學生，他便有義務要參加這個活動。

一些謠言中認為他是個頭腦聰明、成績卓越、眉清目秀、四肢發達、家世顯赫，無可挑剔的超人。然而大家並不清楚實際上他只是個繭居族。處於一個深受外表所害的可悲立場。

推著推車的他腳步極為沉重。不用說，實際上推車也確實很沉重。

「呼……終於到了啊。要是能再近一點就好了，這位置實在是不行。」

一邊碎唸一邊走進書庫，在他眼前的是一片閱覽區座位，由於是上課時間，所以連一個學生的影子都沒有。不，有學生在。而且是他不想碰到的人。

那裡有著他同父異母的哥哥，茨維特的身影。

茨維特把書堆成了一座小山，似乎在查找什麼的樣子，不時提筆記錄在紙上，又再度看向書本。在庫洛伊薩斯的記憶中，他是個「魔法就是要看威力啦，哇哈哈哈哈哈！」的人，實在不是個會像這樣調閱大量書籍求知，勤勉向上的人。

然而這個印象一開始就是錯的，茨維特只是不太在人前努力，實際上個性十分認真。庫洛伊薩斯之所以到現在為止不知道這件事，單純只是因為他都窩在房間裡，沒機會看到茨維特努力的樣子。

也可以說庫洛伊薩斯對於周遭的事情就是這樣地漠不關心。儘管如此，既然都在這裡碰面了，不打個招呼也不是。思及此，他便露出鬱悶的表情嘆了口氣。

「還真稀奇呢。哥哥你居然會在這種地方……我還以為你一定在參加派系慣例的『紙上談兵大會』呢？」

「啥？什麼啊，是庫洛伊薩斯喔。那邊暫時休息，因為我把那些傢伙所想出來的戰術理論全都反駁回去了，所以內部好像起了點爭執。暫時禁止我去參加。」

庫洛伊薩斯瞬間在心中「哦？」地驚訝了一下。在他的記憶中，哥哥不是這麼好相處的人。

「可惡，到底是誰啊！借走《古代魔法術式全集》和《羅塞納・賽雷斯特的魔法理論》那麼久還不還的人，這裡的書上寫的魔法術式全都是改寫過的東西嘛……」

「……啊，那個是我借的。應該埋在我房間的書山裡。」

「嘖，是你喔……可以理解。難怪我找不到。」

茨維特一邊說話，眼睛也沒從書上移開。庫洛伊薩斯感到困惑。因為在他所知的範圍內，哥哥並不是這麼熱衷於研究魔法的人。

「你這是忽然怎麼了？是打算從現在開始投入魔法研究中嗎？」

「只是因為有些作業要做。必須改良祕藏魔法，讓它變得更好使用才行……」

「作業嗎？該不會是爺爺或父親大人出的吧？」

「不，是師傅出的。瑟雷絲緹娜也受了他的指導，現在可是『才女』喔。」

「？」

學院的學生擁有「師傅」。這是讓所有身為魔導士的人都極為憧憬的事，因為能夠接受優秀魔導士的指導，往往能成就一番偉業。

比方說拜像克雷斯頓或其他在國內享譽名聲的魔導士為師，其實力受到認可的話，就有很高的可能性能夠就任國家的重要職務。只是這必須以才能或在學成績為基準，成績優秀到被認可成為弟子的前提。

庫洛伊薩斯對於茨維特和瑟雷絲緹娜擁有師傅這件事情感到不可置信。

「你們到底是接受了誰的指導？是涅加斯子爵嗎？還是阿特麥亞侯爵？」

「……庫洛伊薩斯，接下來我要說的是索利斯提亞公爵家的祕密，絕對不可外傳……你辦得到嗎？」

「那就代表是有那種程度的人物嗎。畢竟能讓那個『無能者』可以使用魔法呢。」

「這件事是最高機密。是連對陛下都不能透露的事，千萬不能說出去。要是公諸於世會造成大騷動的。」

茨維特前所未有的認真。這是令人想不到他以前是個恣意妄為的人，而是個認真要背負起責任的人的表情。庫洛伊薩斯也繃緊神經，做好了覺悟。

「告訴我吧。我也是索利斯提亞家的一員，如果是關係到一族的事情，我有知道的義務。」

「……我知道了。」

茨維特環視周遭，確認這裡沒有其他人在。

再謹慎地使用了魔法，考慮到有人竊聽的可能性等而特別用心防範。

「以結論來說，我們的師傅是個默默無名的魔導士。」

「啊？」

從哥哥的口中說出了不可能出現的答案。

「在暑假返鄉途中，爺爺和瑟雷絲緹娜在路上遭受盜賊的襲擊。而拯救他們脫出險境的就是那個魔導士。因為是恩人的期望，所以這件事不能流傳出去。而且他的實力也超乎尋常。」

「……等一下。只是個默默無名的魔導士，卻要保密成這樣，這件事本身就很奇怪了。他到底是何方神聖啊！」

「問題就在於那個魔導士的職業是『大賢者』啊。這種事情要是洩露出去，你應該能預想到會發生什麼事吧？」

「什麼？的確……別說其他貴族了，陛下也會招攬他吧……」

在這個世界上，職業是會選出對擁有技術的人來說最適合的職稱，顯示在能力參數上的東西。這是被世界所認定的稱號，而且由於大部分的人都會去做好這個職業該做的事，所以也可以說是人生中的天職。

而在這些職業當中，「大賢者」、「賢者」、「聖人」、「聖女」、「勇者」等職業是被列在傳說的範疇內的。要是真的有這種職業的人出現，國家會使出全力逼迫，將對方納入國家的管轄之下吧。

「當事人只想過著平靜的生活。要是不小心被國家給知道了，一個沒弄好可能會亡國的喔。」

「……這是真的嗎？這事情太突然了，令人難以置信……」

「是真的。他可是把這所學院的教科書上所寫的魔法術式全都改寫了喔？你能辦到這種事嗎？連我都辦不到。」

「原來如此……這就是瑟雷絲緹娜變得可以使用魔法的原因啊。」

大賢者改寫過的魔法。只要使用這個，無能的妹妹變得可以使用魔法也就沒什麼好奇怪的了。庫洛伊薩斯大致上做出了結論。

「雖然不想這麼說……但我們使用的魔法全都是被改寫成錯誤形式的東西喔？瑟雷絲緹娜不能使用魔法的理由是魔法術式本身就有問題，或是該說有缺陷吧。就算有個人差異，但魔法應該是誰都能使用的東西。我們對她做了很過分的事啊。」

「……果然是這樣嗎。現在的魔法術式比起遠古時期的魔法更差勁，是將原本已經完成的東西給破壞後的結果。這下就證明了異端魔導士薩哈克爾在《遺失的魔法與破壞者們》中所寫的論點全都是事實。還有，只有哥哥對她做了很過分的事喔？我只是對她沒興趣而已。」

「……完全無視她這點，你還比較過分吧？」

庫洛伊薩斯和瑟雷絲緹娜在知識方面都極為優秀，透過自學得出了同樣的結論。

「是說瑟雷絲緹娜也找到了薩哈克爾的論點喔。因為她就算不能使用魔法，還是可以改寫魔法術式的樣子。」

「嗯，看來我得改變對她的評價才行，我的妹妹很優秀啊。」

「是啊……而且她現在比你還強。畢竟累積了實戰經驗吶。」

「大賢者還真是優秀呢。居然能讓她在這麼短的期間內有所成長……」

「不，他只是奉行實戰主義罷了。雖然跟你很像，但性質完全相反。是會以實戰來嘗試其理論的怪物。」

「……那還真是可怕。」

和庫洛伊薩斯處於完全相反立場的，就是肉體勞動派的人。庫洛伊薩斯對於會硬是將喜歡室內活動的人拉去做戶外活動的傢伙們感到十分棘手。若是實戰派，他便能輕易地想像出對方渴求戰場，並在戰場上反覆進行魔法實驗的樣子。

「話說回來，那個魔導士出了怎樣的作業給你？老實說我很感興趣呢。」

「剛剛也說了，是祕藏魔法的效率化作業。要是重新解析這個魔法的術式，就會發現這對施術者的負擔極大，也會耗費很多魔力。而且明明這樣威力卻不穩定，還以非常惹人厭的形式構築成了一個極佳的魔法術式。製作這個魔法的人以別種意義上來說是個天才啊。只要稍微想要讓它變得更有效率一點，就會無法發動。」

「超乎想像的困難啊……是說你可以解讀魔法術式嗎？」

「是啊……在這兩個月內確實地學會了。一方面在預習，一方面也為了解讀話語而在查辭典。」

這時庫洛伊薩斯對於自己沒有回老家一事後悔的要死。

同時他也注意到茨維特的話中有很令人在意的詞語。

「你剛剛說『解讀話語』？那麼魔法術式的文字果然是成句的話語對吧！」

「沒錯。是以魔法文字寫出物理法則，構成名為魔法陣的迴路後發動的。你剛剛說『果然』對吧？你透過自學導出了這個結論嗎？」

「之前我就覺得學院裡教的理論有些奇怪之處。真正開始認真調查大概是在兩個月前吧？原來如此，所以我的假設是正確的。呵呵呵……得到提示了。這樣研究又能有所進展了。」

對於研究又往前邁進了一步這件事，庫洛伊薩斯難掩心中的喜悅。而且自己還未發表的論文所統整出的假設被證明是正確的，讓他突然湧出了幹勁。

相較之下，茨維特對庫洛伊薩斯產生了複雜的感情。

「庫洛伊薩斯……老實說我好像太小看你了。」

「怎麼了？忽然這麼說……感覺很不舒服耶？」

「我和瑟雷絲緹娜是因為有師傅指導，才能夠解讀魔法術式的。然而你卻靠著自學辦到了這件事。這之間有很大的差異。」

這兩個月內茨維特有了顯著的成長。雖然也有可能是洗腦狀態解除了的影響，總之他的心中有了可以老實地承認過失的餘裕。

「這是我的興趣罷了。我只是因為樂在其中才這麼做的。」

「但你要小心，你和師傅是同一種人。最終說不定會做出什麼糟糕的東西。」

「危險的東西……有那種東西嗎？」

「大範圍殲滅魔法……師傅能夠使用那個。」

寂靜的圖書館內吹過一陣寒風。

「大範圍殲滅魔法……？說什麼傻話！那可不是人類能使用的魔法。憑個人的魔力根本不可能發動，而且要從哪裡調來龐大的魔力啊。這不可能！」

「路基烏斯的《世界的法則與神祕學》……答案就在那裡。」

「什麼？該、該不會是利用自然界中的魔力……原來如此，我以為那本書不值一提，沒想到其中卻蘊藏著真理……我還有得學呢。」

「不，已經很優秀了。你比任何人都還像個魔導士……你想知道解讀方法嗎？」

「不用，既然都到這個地步了，我要自學到最後。畢竟答案已經揭曉，我已經知道那是可以解讀的了。」

在庫洛伊薩斯的腦中，已經在某種程度上大略掌握了魔法術式的解讀方法。

之後只要回到研究室去實際證明徹底調查的成果，試著實際構築魔法術式就可以了。

他會被稱為天才可不是浪得虛名。

「哦，都忘了。這是師傅要給你的。」

茨維特丟了個東西給他。瞬間落入他手中的東西是個白銀的戒指。仔細一看表面上刻著複雜的魔法術式圖樣。

超乎想像的精緻程度讓庫洛伊薩斯不禁屏息。

「這、這個戒指到底是……」

「魔法媒介……用來取代魔杖的。希望你可以試試看這用起來感覺如何。他是說如果能把感想整理起來寫成報告給他就好了啦。」

「金屬製的魔法媒介。是用祕銀製作的啊，真有趣。恐怕刻有精緻的魔法術式吧。」

「報告就寄給爺爺吧，這樣師傅就會收到了。」

「我知道了。我會在近期內寫好給他的。」

「還有，趕快把書還一還啦。也有其他人需要這些書啊！」

「……………」

他不認為把堆成山的借出書籍給搬回來是件輕鬆的事。

只是不知道還要花上多少時間才能把所有書給還完。已經用推車來回搬了好幾趟累得要命了，一想到接下來還要繼續往返就沒力。

「哥哥，你可以幫忙嗎？」

「不要。這是你自己做事隨便導致的後果吧，自己搬。」

雖然本來就不抱期望，但果然被拒絕了。庫洛伊薩斯得暫時反覆做他一點都不想做的重度肉體勞動。

「這麼說來，聽說……你和女人同居？」

「我沒有。她只是不知何時跑來睡在我的研究室裡而已。」

「已經蔚為話題了喔？兩個人裸體抱在一起什麼的，不是超令人羨慕的嗎，可惡……」

「有令人羨慕到需要流下血淚的程度嗎？明明就只是誤會……」

庫洛伊薩斯對哥哥因失戀而受傷的事情一無所知。只看到他的血淚。

「真好啊～無論哪個傢伙都春風滿面……乾脆去襲擊情侶好了！」

哥哥那因嫉妒而發狂的樣子，實在難看得令人不忍卒睹。

「是誰在散播謠言的？可以的話希望你能告訴我。」

「啊？中等學部時同班的……我記得是你們派系裡的……是叫馬卡龍嗎？」

「馬卡洛夫是吧。這樣啊……是他啊……咯咯咯。該怎麼辦才好呢～」

「你跟師傅果然是同類啊……」

庫洛伊薩斯臉上浮現陰沉的笑容，一邊推著推車，消失在一排排的書架中。

茨維特目送他離去後，又將視線移回書本上。

「……那傢伙也變了呢。」

他低聲說道。

以前的庫洛伊薩斯對他人毫不關心，就算表面上笑著對應，也沒把任何人放在眼裡。對人不在意到了就連親哥哥茨維特都只被他視為一個擺設的程度，根本不會去記住其他人的名字。是個日復一日只顧著看書的人。

茨維特覺得他的言行舉止就像是在找人麻煩，更何況他連自己都不放在眼裡，所以茨維特很不喜歡這個弟弟。但現在的庫洛伊薩斯並不像以前那樣冷漠。

說話的時候也是，庫洛伊薩斯的目光始終未從茨維特身上移開。遺憾的是本人對於這件事似乎毫無自覺。不過自己本來就最難以察覺自己的變化。

「果然是女人嗎？是因為女人的關係嗎？女人會讓男人改變嗎？可惡……難道春天就不能降臨在我身上嗎！」

心處於寒冬中的茨維特，現在正熱烈地徵求戀人。雖然是處於洗腦狀態，但正因為路賽莉絲是他喜歡的類型，他心中的傷比想像中的還要深。

「布雷曼伊特……給我記住。我一定會報仇雪恨的。」

因失戀而產生的憤怒，矛頭指向了他認為是使用洗腦魔法的當事人的布雷曼伊特。

儘管這幾乎可說是遷怒，但以某種意義上來說或許是正確的行為也說不定。
茨維特的春天仍不知何時才會到來。

第四話　大叔前去打工

大叔魔導士傑羅斯十分困擾。

從礦山採礦回來後，他就沒日沒夜的忙著製作各種用具。

設置在地底，比鐵桶還要大三倍的金屬製圓柱桶。有三個這樣的東西並列在一起。這是傑羅斯製作的附乾燥機的筒倉。

利用既有的魔法術式順暢地調節溫度，可以將米一直保存在最適合的溫度下。

他以同樣的技術製作了冰箱，也做了腳踏式打穀機和攜帶式菸灰缸，洋洋得意之時，才發現到他遺漏了一件很重要的事。

「沒有米！」

沒錯，就算成長速度很快、一年可以收穫七次，然而稻米目前才長到腳踝高而已。等到可以收穫還要再過好幾個星期。心情上急著想把用具做好是沒關係，但這些東西要派上用場得再等上好一陣子，根本沒必要這麼急著動手。

發現米這件事似乎讓傑羅斯相當興奮的樣子。

「沒辦法……先來找找米麴菌好了。」

米麴菌是要做味噌或醬油不可或缺的一種黴菌，也是發酵菌。可以使用米麴菌製作種麴。關鍵是持續培育種麴使菌不致滅絕，讓手邊能夠常備有米麴菌。

順帶一提，傑羅斯已經試著用老麵法來培育同樣是發酵菌的酵母菌。因為孤兒院有在烤麵包，所以這個的培育倒是很輕鬆。可是扯上酒和味噌，他卻找不到重要的米麴菌。

傑羅斯下定決心要找出米麴菌，打開了玄關的大門。

「……你在幹嘛啊……」

「欸？」

嘎……打開大門後，站在外面的是工匠那古里。

不，正確來說他不只是工匠，而是負責所有建築相關工作的專業人士。

「才不是什麼『欸？』吧！我應該有拜託你今天開始來工作啊。」

「啊……我記得是要負責橋墩地基的工作吧。是從今天開始嗎？」

「之前我不是跟你說了是下週嗎！」

「麻煩你跟我說清楚是哪一天啦。只說下週這種模糊的時間，這我當然不會知道吧？」

「……我沒說嗎？」

「我沒聽你說過。」

這裡出現了認知上的差異。工匠的下週大多是指星期一，除此之外就是指星期日。可是對於上班族來說，這個常識是不適用的。做事粗線條的工匠和以分鐘來規劃行程的上班族，對同一句話的解釋完全不同。

「算了，反正已經約好要請你來幫忙一下了，你就跟我來吧？」

「等等，我今天要去找米麴菌……」

「喔，今天開始要去現場施工啦。你可要好好幹啊？這可是大案子呢。」

「就算發音一樣，意思也不一樣啦————！」（註：日文漢字「麹」（米麴菌）和「工事」（施工）的發音都是「こうじ」。）

可惜！大叔就這樣被多娜多娜的給帶走了。（註：《多娜多娜》是描述牛被牽去宰殺的猶太歌曲。）

工匠大部分都很強勢。在現場要是沒有什麼突發狀況，他們總是會以完成工作為優先。對施工沒有半點妥協。

順帶一提，這個施工的現場監工就是那古里本人。

他們飯場土木工程公司今天也要繼續挑戰最火熱的施工現場。

拖著一個打工的大叔……

◇◇◇◇◇◇

——某個森林的深處，傭兵們正在和魔物戰鬥。

——咕啊啊啊啊啊啊啊啊……

用盡最後的力氣，森林灰熊沒了氣息。

有超過三公尺龐大身軀的熊是貨真價實的魔物，前腳有四指是其特徵。在這個國家算是中級的魔物。而打倒這隻巨大熊的，是四位傭兵。

「讓我們費了這麼多功夫……肚子都餓得咕咕叫啦！」

「真是的。不過肚子餓了呢……最近啊，老是忽然覺得肚子很餓耶。」

「你也是喔。我最近也覺得真是餓得受不了啊～不管吃多少都不夠……」

「可是啊，這個道具的效果真的很強耶？雖然肚子很餓……」

他們作為傭兵的能力雖然稱不上優秀，但這幾天狀況忽然改變了。傭兵們在這幾天內接了好幾個討伐獸人的巢或鎧蜥蜴一類，據說很危險且憑四人之力絕對無法完成的任務，而且全都討伐成功了。他們變強的速度連傭兵公會都感到驚愕，今天也完成了魔物討伐的委託。

而這其實是因為他們某天在酒館裡從一個魔導士那邊得到的守護符。那只是個把暗黑色的石頭固定在銀製五金上，看起來十分不起眼的東西。

可是只要將魔力灌入這個守護符，就會湧出令人難以置信的力量。

本來守護符是護身用的魔導具，大多是些可以提升屬性抗性或是展開魔法屏障的東西。

但是他們所持有的守護符會給予他們超出尋常的力量，取而代之的是會被無法消除的飢餓感給折磨，傭兵們不管吃了多少都無法獲得滿足。而那份飢餓感逐漸變得更為難耐。

「肚子餓了啊……」

「啊啊，這是地獄啊……」

「好想吃飯……」

「那個看起來好像很好吃……」

他們的目光停留在森林灰熊的屍體上。

傭兵們敗給了襲來的飢餓感。四個人一起奔向屍體，沒有支解便直接咬了上去。撕裂肉塊、吸著流出的血、啃碎骨頭，他們完全無法抑止自己的食慾。

在短短的時間內，森林灰熊就被吃的一乾二淨、屍骨無存。剩下的只有血跡而已。

「不……夠……還不夠……」

「根本不夠～啊～……好想，吃飯……」

「好想吃……什麼都可以，讓我吃……」

「飯……飯啊啊啊啊啊啊啊啊啊啊啊啊啊！」

四個人的模樣急速產生奇怪的變化。他們的肌肉同時從衣服的內側膨脹，現出了被剛硬的毛給包覆住的手臂。臉上暴出青筋，和手臂一樣——不，他們的身體完全變成了不一樣的東西。在那裡的不是人。而是曾經是人的某種生物。

原本是傭兵的生物們各自行動了起來，其中一人朝著某個方向前進。

在那前方的是一個小小的村落。是委託他們討伐森林灰熊的村子。

完全化為野獸的傭兵流著大量的唾液狂奔而出，襲向一間民宅。

最後，那個小小的村子傳出了悲鳴。異形生物無差別的襲擊所有會動的東西，不斷地貪求其屍肉。

令人產生貪欲的飢餓感支配了這魔物。

這一天，將近兩百人的村人被四隻謎樣的野獸襲擊，幾乎全被吞噬虐殺了。

活下來的只有不到二十個人。

◇◇◇◇◇◇◇

森林中有可疑的人影。有兩個人，同樣都穿著一身黑衣。

他們在樹上用望遠鏡不斷觀察著特定的方位，窺視其狀況並記錄下詳細的情報。透過望遠鏡看到的，是四位傭兵的身影。

「狀況如何？」

「外觀看起來沒有變化，但力量變強了，食慾也異常的強。」

「嗯……這在預料範圍內吧？」

「等等！那個是怎樣……」

窺視著望遠鏡的男人因眼前意外的發展感到驚愕。

「怎麼了？」

「他們吃了森林灰熊……不，應該說他們吸收了魔物嗎……？」

「因為我看不到，你直接說結論吧。」

「人、人類變成了怪物……」

「什麼？」

拿著望遠鏡的手顫抖著。過於驚悚的景象，令他因恐懼而不住顫抖。

「糟、糟了！那些傢伙往這裡來了。」

「什、什麼？該不會是聞到我們的味道了吧！」

「快逃吧！我們打不贏牠們的。」

他們慌忙開始撤退。同時灑出了會吸引魔物的禁藥「邪香水」。

他們採取了吸引魔物來擾亂局面，讓自己能夠從野獸手中平安脫身的戰術。

沒過多久，棲息在這附近的魔物便聚集而來，開始了可怕的互相捕食。

而讓事情發展至此的傢伙們，以魔物為誘餌拚命的逃走了。

◇◇◇◇◇◇◇

在觀察這個狀況的不只有他們。

某個人在樹上使用魔法，觀察著化為魔物的傭兵們。

「嗚哇……這還真慘，沒想到會到這種程度……我做出了危險的東西啊……」

一身黑衣的魔導士帶著驚愕及些許的後悔說道。

「雖然真有什麼狀況的話，我來處理就好了，但要是被那些傢伙找到也很麻煩。不過副作用的效果太糟了……感覺很難對付啊。」

儘管守護符是黑衣魔導士製作出來的，但他也沒想到那會是這麼可怕的東西。他思索著該如何打倒魔物，必須想辦法回收那些守護符。

「就算那些傢伙是目標物，但居民是無辜的啊……居然會出現這麼慘烈的效果……我做了不可挽回的事。可惡！」

將苦澀的想法順著話語吐出後，黑衣魔導士從現場消失離去。

而在這之後，他將會碰上某個人。兩位魔導士相遇的時刻正悄悄地接近。

◇　◇　◇　◇　◇　◇　◇

「我啊～……原本應該是要休幾天假的。」

「我懂……我也是被強行帶來的啊。預定太隨便了，真是受不了。」

「對啊～……我正準備要做我最愛吃的『激辛豆醬』當下酒菜的時候，那古里就忽然出現，往我的心窩痛揍了一拳……」

「醒來的時候就已經在馬車上了？還真是過分啊。」

「對吧～？好不容易把豆子泡進水裡，正準備要來煮呢。那傢伙是惡鬼。」

大叔和少見的沒鬍子的矮人一起在馬車上搖晃著，閒話家常。

馬車持續晃了三天。包含傑羅斯在內，飯場土木工程公司的一行人正在前往要架設橋梁的工地。只是因為什麼都沒準備就被帶來了，所以傑羅斯在馬車貨台上閒得發慌。

雖然建材似乎已經放在現場了，但問題是沒辦法順利地做出橋墩的地基，也就無法開始築橋。傑羅斯之所以會被僱用，就是因為現在矮人們還無法靈活地運用土木魔法「蓋亞操控」。而他是來代替矮人們完成地基工程的。

「預定要開始工作的日子沒決定好也是個問題，但是忽然把人帶走真的是吶～」

「唉，因為是其他領地的傢伙們失敗了好幾次的難關啊。那邊的領主都已經大肆宣傳了，只丟句『沒辦法築橋喔』是搞不定的。」

「所以才挑上飯場土木工程當成最後的希望啊……還真過分啊，毫無計畫性可言。」

「唉……『激辛豆醬』，我的生活必需品……」

「看來你不是普通的遺憾呢。」

「激辛豆醬」是類似「辣豆醬」的料理。是融合了辣椒的辣味及豆子的甜味所製成的樸實鄉下料理。若是高級品則會加上雞肉和多種香料一起燉煮，讓味道變得更豐富。作為下酒菜來說是十分有名的料理。

「這麼說來，我聽說蔬菜的成長速度很快，真的有這麼厲害嗎？」

「因為這附近離法芙蘭大深綠地帶很近啊。根據魔導士們的說法，是受到大地內流動的魔力影響，所以成長速度才會變快。」

『原來如此……這附近的土地在靈脈上啊……』

「不過啊～你明明是魔導士卻帶著劍，真稀奇啊。普通的魔導士會帶杖吧？」

「魔法可不是萬能啊。也有具備能使魔法無效化能力的魔物存在，要是碰上這種狀況就只能靠肉身來戰鬥了呢～」

「撤退不就好了。要是魔力用盡就撤退，說不定下次就能分出勝負啦？」

「要是可以撤退那就好啦。說來在戰鬥中這種道理是行不通的。」

戰爭只在貴族或王族之間才有明確的規則，一般人和傭兵則不在此限。傭兵為了獲得賞金而追求功績，會鎖定魔導士或是貴族將領，要是攻下城鎮便會做出一些暴行。有所謂規範或軍紀的只有像軍隊這種侍奉國家的將兵，用錢僱來的傢伙們是沒有秩序可言的。就算有，在緊急時刻也大多會對這些行為睜一隻眼閉一隻眼。

傑羅斯在原本的世界，曾在某個國家的機場等待轉機時被捲入了恐怖組織於該國國軍的戰鬥中。被困在那個國家大約三天。

那一次，他在被指定為避難場所的旅館打算要休息時，從窗戶外面飛進來的流彈讓他差點喪命。還好只是擦過肩膀的程度，但從那之後傑羅斯，也就是「大迫聰」就拒絕前往某個情勢火爆的海外地區出差了。

戰鬥沒有餘力去顧及他人，在那裡是沒有規則這種東西的。

這個異世界比原本的世界更為原始，所以在王公貴族的觀念中非常看重榮耀與名譽。可是在容易發生戰爭的世界中，人可以保持理性到什麼地步呢。

既然原本的世界都有持續挑起戰爭的人們存在了，便可預想到在這個基礎上來說相當單純的異世界裡，也會演變為慘烈的戰爭。若在這種狀況下引爆了戰爭，在戰爭的引誘下而轉為崇尚暴力的人就很可怕。

戰爭時不僅騎士，一般人民與傭兵也必須挺身而出。騎士團及魔導士團根本占不到戰力的幾成。大多數的士兵都是徵召來的民間兵力，怎麼想都不覺得能夠完全掌控住沒有受過騎士團訓練的他們。

會做出暴行的大多是徵召來的人民或傭兵。要是己方那還好，如果是敵人，他們會執拗的追上來吧。因為他們想要建功，藉此獲取金錢來填補生活，所以撤退也未必就是安全的。

「雖然你好像在說什麼很難懂的事情～但有沒有人說過你個性很扭曲啊？」

「常被這麼說呢。性格偏差啊，腦袋很奇怪啊之類的。」

「這個國家很和平喔？唉，雖然魔導士有些跩啦。」

「因為有一半的貴族都是魔導士嘛。和平的時候人才更容易腐化喔，只能祈禱那些不好的狀況不會波及到我們。」

『畢竟有一些魔導士團的人好像想起義，可能會幹出蠢事呢～』

雖然思考這種事情也沒用，然而對生存的世界完全改變了的傑羅斯來說，說不定心理上根本沒有餘裕去接納這一切。雖然實際上做的事情很亂來，但與其說是「打倒敵人」，還比較接近「因為害怕所以殲滅敵人」。就算再怎麼強，內心上也只是個普通的大叔。

對於公爵家，也有很高的可能性是害怕「要是被小看了就會被趁機利用」吧。

問題是本人對此是否有所自覺。因為他只是記住各種必須知識應付現況，隨波逐流的活著而已。

「喔，可以看到了。那裡就是我們的工地。」

「這麼說來我還不知道你的名字呢。抱歉都這時候了才問。」

「我嗎？我叫保齡丘。」

腦中浮現了變成站衛兵狀況的球瓶被球給擊中，彈飛出去撞倒另一側球瓶的景象。這是以前在保齡球節目上所看過的畫面。保齡丘跟保齡球，兩者太像所以讓大叔有些搞混了。

「你剛剛是不是在想什麼失禮的事情？」

「沒有沒有，是你多心了。我叫……」

「我聽老大說過了啦。傑羅斯小哥。」

「小哥？」

「因為人類的壽命比我們短啊。在我看來你還年輕呢。」

看來是年長者的樣子。矮人也包含在內，所有精靈種族都很難看出年紀。

工地是在歐拉斯大河上游的寬廣道路，雖然路上已經鋪好石塊，但那條路到途中便斷掉了。想必就是要在那裡築橋吧。然而問題在於地基。

從光是站在這裡就能聽到河水流動的聲音，可以想見實際上水流應該相當湍急。為了確認現場狀況而走近大河後，崖下是氣勢驚人的激流。

『這是能靠魔法搞定的狀況嗎？這水流看來相當湍急呢……』

「上游的兩條河在這邊相會，所以流速相當快。你有辦法嗎？」

「那古里先生……你接了很困難的工作呢。要是沒架好橋墩的話，可能會被這邊的激流給侵蝕喔。」

「政府機關的評估太天真了啊～而且是來自國家的請求喔？我們沒辦法違抗啊～被塞了這種不合理的工作，我頭可痛了呢。」

「你們不是連王公貴族都照打不誤嗎？」

「要是一開始接下工作的是我們，我就會這麼做了。但是啊，接下這個工作的不只有我們啊。」

要是只有飯場土木工程公司，他們就會打飛官員，直接揍到國王那裡去吧。

但牽扯上其他土木工程業者的話，對方也有可能會被究責。

在工匠的人際關係中，就算身處不同公司，也有橫向的聯繫在。伙伴意識也很強，就算是其他公司的工匠有難，也有可能會去幫忙。

『這個該怎麼辦啊……就算要做橋墩，流速快成這樣也辦不到啊？在使用「蓋亞操控」或「岩石塑造」之前，水流就會把聚集起來的砂土給沖走了吧。得先用堅硬的岩盤把地基給完全固定住才行嗎？但就算如此，流速這麼快……』

「這得製作複合魔法才行呢。雖然會變得沒有人可以用……」

「辦得到嗎？我知道這樣說很為難你，但拜託了，想點辦法吧！」

「給我三天左右的時間。我會想辦法改良魔法的。」

『這個世界也沒有認識的人，只能以既有的魔法術式來做。這樣的話，就得串連多個魔法，將其統整為一個工程才行……已經沒有太多時間了。從今晚開始徹夜工作嗎？該怎麼辦呢……』

在威猛的大自然面前實在只能舉手投降。可是不做的話，工匠們就會受罰。

「真想痛揍一頓提議要做這件事的人。」

「是治理對岸一帶的領主。叫做優克勃肯諾伯爵，一直想找理由砍工事費用。而且這也是國王的命令。」

「在這裡築橋有意義嗎？與索利斯提亞公爵領地間的商務只要靠船就很夠了吧。」

「老實說完全沒有。商人走這邊也是繞遠路，就算完工了也只會變成盜賊們下手的地點吧。」

「這是想要私吞工事費用吧？要是失敗了就把責任推到我們身上……」

「是啊～……感覺他會這麼做。不過完成了的話我想他應該會賠錢喔？因為這座橋的管理與治安維護都是伯爵要負責。」

在優克勃肯諾伯爵領地對岸的這個地方，看來是和索利斯提亞公爵領地間的灰色地帶。是一塊被置之不理，沒有貴族負責管理的土地。

往上游方向鄰接法芙蘭大深綠地帶，魔物的強度也有所不同。

築橋也有可能會使被強力魔物襲擊的危險性提高。

「他也有可能什麼都沒想，只被眼前的利益給蒙蔽了雙眼吧。雖然這只是我的猜測啦。」

「也不排除這個可能性啊。畢竟他就是這種人。」

「不管怎麼說都爛透了。在把難題硬是塞給工匠的時間點上就夠糟了……」

「真的。」

若是舊時代那還好說，現在這個世界上是沒有關於土木工程的方便魔法的。

而在這種狀況下，卻碰上了連大叔製作的土木魔法都束手無策的難題。可見這裡到底是多麼不合理的工地。

「你打算怎麼處理？」

「這個嘛，我是打算在堅硬的岩盤上施加魔法，做出橢圓形的橋墩地基。為了不使水流造成太大負擔，將兩側做成銳利突出的形狀……」

「哦哦，這挺有趣的。只是會不會太窄了？我們有嘗試過類似的方法，可是結果被沖走囉？」

「原本預定有幾座橋墩？」

「兩座……原來如此，增加數量來減輕負擔啊。」

他們開始一邊在圖面上寫下建設工程的預定，一邊重新檢視設計。

不知何時其他的工匠也聚集過來了，工事的變更項目急速進展，結果為了做出比之前設計的更堅固的橋梁，甚至在現場開始計算起強度。這個工事會議一直持續到了日落。

◇◇◇◇◇◇

依照當初的設計，橋是以兩座橋墩支撐的眼鏡型構造。

在地基上架起分攤重心的拱狀基座後，再在基座上架上橋的本體。然而在到對岸的寬度將近有兩百五十公尺距離的大河上，只有兩座橋墩是不夠的。

至少需要四座橋墩，再加上傑羅斯原本的世界中的技術，決定將橋墩的側面加上縱向的凹凸設計。這是以橋墩的凹凸設計翻攪湍急的河水，使水流稍微減緩的作法。同時也可以減輕橋墩的負擔，延長橋梁的壽命。還順帶有減輕下游水患的效果。

雖然矮人們的魔法也能在地基上製作橋墩，但這次要製作的是大叔。肩負著不能失敗的重責大任。

「對岸也需要類似那樣可以攪拌水流的地基。只要能先固定好那個說不定就輕鬆多了呢。」

「那個我們辦得到嗎？等橋墩做完之後或許可以來研究看看。」

「是啊，居然會想到利用水流來減緩流速，真是驚人。不愧是魔導士，腦筋真好啊。」

「那個魔導士先生跑哪去啦。沒看到他人耶？」

「好像在挑要用哪個魔法才能夠確實完成工作。因為最糟的狀況下可能要連續使用魔法，所以要謹慎再謹慎地挑選。」

矮人們在臨時宿舍裡一邊喝酒一邊聊天時，傑羅斯已經和那古里開始協力作業了。

「水大概有多深？」

「大概啊，我看看……現在大約五基爾（公尺）吧？」

「我想比較深的地方大概有六或七基爾。不知道到岩盤為止有多深就是了。」

「要進行的工程我已經大概掌握了，可是畢竟是第一次做。而且要是不謹慎一點就會崩塌，可以的話希望能一次成功。是相當困難的工作呢。」

「會多花一點時間這也沒辦法。原本就是很不合理的工作，就算稍微超過期限也無所謂啦。」

要建構的魔法已經決定好了。要製作橋墩，首先將預定要製作橋墩的地方周圍用鐵板給圍起來，接著再將鐵製的樁子打入岩盤中作為支柱。然後再抽水，將數根支柱以鐵骨固定住，製作橋墩用的模具後，灌入水泥成型。

由於這次無論是支柱、水泥、模具都沒有，所有的工程都必須用魔法一次完成才行。以橢圓形的魔法屏障來阻斷水流，同時利用岩盤及周圍的土砂來建構橋墩，從下依序用「岩石塑造」來固定住。而這樣會消耗多少的魔力，以及能以多快的速度建起橋墩都還是未知數。

『同時要展開兩層「白銀神壁」以及使用「蓋亞操控」，再加上「岩石塑造」……要製作這個魔法術式很麻煩呢。』

面對比預期中還要更難搞定的工作，就連傑羅斯都苦惱不已。

「要同時使用三個魔法……這可不好玩啊。雖然不是辦不到，但很困難呢。」

「有這麼困難嗎？關於魔法的事情我不是很懂……」

「因為不知道水流的壓力會給擋住水壓的屏障，以及用來當作製作橋墩的模具的屏障魔法帶來多大的負擔，這點很傷啊～畢竟有水壓就會消耗魔力啊。」

物理攻擊的威力愈大，屏障魔法的魔力消耗及因魔力枯竭而失效的速度也愈快。

大多數的情況下都是來自弓箭或敵人的魔法攻擊，其攻擊所帶來的衝擊只有短短一瞬間而已。

但對象是激流的話這可行不通。就算耗費的魔力不多，施術者仍必須處於不斷流失魔力的狀態下。即使可以從自然界中聚集魔力，然而要維持下去還是得靠施術者自身的魔力，而且還得同時控制其他的工程才行。

「橋墩我會盡可能地做得堅固點，但樣子可能會很粗糙喔？」

「這作為專業工匠可不能接受啊，為什麼？」

「因為使用魔法我就已經沒有餘力了。要構成橋墩的土石只要利用流來的土砂就可以了，但要讓它們成型且變得堅固就……」

「動作跟不上啊……魔法也不是那麼方便的東西呢。」

「要是有可以輔助作業的大型器具就很方便了。但也沒有這種東西，能不能有誰來做一下啊～」

這是個令他不禁想脫口抱怨的麻煩工作。

要是有自家的電腦，他就可以仔細地調查水壓及構造，要建構魔法的工作也會變得比較輕鬆，可是這次非得以既有的魔法文字來製作土木魔法的魔法術式才行。要用上的魔法所需的魔法術式他自己就有，所以這點還好，但是將原本已經完成的魔法串連在一起重新構成新的魔法，不知道會出現怎樣的問題。不僅必須以魔法文字重新架構出複數的工程，而且這次的魔法術式量太大了，對於能否控制住這點他也相當不安。

『徹夜試做後實驗，再加上修改的話，以日程來說試個三次就是極限了。在上游製作水流攪拌柱或許可以稍微減輕負擔吧……多久沒有碰上這種修羅場了呢？』

「交給你囉？你可是我們的靠山啊。」

「拜託不要給我增加壓力啦。別看我這樣，我很沒自信的。」

「你誰啊你！」

雖然從旁人的眼光來看，傑羅斯是個活得十分自由的人，但他的內心總是被不安給折磨著。在異世界生活這件事給精神帶來了不小的負擔。

儘管嘴上抱怨個沒完，大叔還是專心地開始製作魔法術式。

第五話　大叔突然遇襲

在陰暗的臨時宿舍房間中，有著些許光線。

用了好幾根蠟燭、亮度不夠的話便用魔法來補足，持續忙著工作的傑羅斯不經意的看著窗外。微弱的日光照入廣大的森林，夜幕徐徐退去。

「啊……天亮了啊。」

長時間都全力專注地整合魔法的傑羅斯，正在大致檢查是否還有什麼缺陷。

接著必須重複試用並修正，將魔法調整到最佳狀態才行。問題是他現在做出的魔法不是任何人都能使用的。

展開兩層屏障魔法並操控其形狀，範圍地形變動魔法及硬化，將這些工程全都統合在一起，魔力的消耗自然也會變大。就算利用自然界的魔力，頂多也只能讓聚集土砂使其硬化的工作加速完成，要維持屏障及橋墩的形狀還是得靠施術者自己的力量。

在流速湍急的河流進行這些作業的話，不僅會因水流導致屏障所需的魔力消耗增加，河水帶來的岩塊或小石頭也會讓維持屏障魔法一事變得更困難。

雖然也可以將這些岩石納入其中，但這樣就無法維持屏障了。

「不管怎樣……還是只能試試看了吶～」

最後還是導向了這個結論。只是現況是不允許他做實驗的。這麼想的傑羅斯躺了下來。畢竟不多少休息一下，行使魔法時便有可能會出錯。

沒過多久，便聽到房裡一隅傳來大叔的鼾聲。

◇◇◇◇◇◇

「啊？你想在上游試用魔法？」

「是啊，雖然大致上把所需的功能都加進去了，但問題在於這魔法到底『有沒有實用性？』呢。畢竟也不能直接正式上陣，不先試試看什麼都不知道啊。」

睡了約三小時後，傑羅斯跑去請那古里允許他試用魔法。

由於土木相關的工程必須依序進行，所以通常連些許的延誤都是不被容許的。依據狀況不同，雖然有可能接受一些延誤，但現在的他們應該想盡快開始動工吧。

然而重要的魔法要是不上不下的那就糟了。

「唉，也是我說可以給你三天時間的，不過魔法本身已經完成了吧？」

「是完成了，但也只是大略做好的程度，我不覺得可以在施工現場使用呢。就連會耗費多少魔力都不知道。」

這關係到他身為前程式工程師的自尊。寫程式有時只要打錯一個字，就會影響到整個程式。為此會準備好幾名負責除錯的工程師，每天看著螢幕修正程式碼。他也曾經為了自己身為負責人非得去海外簡報不可，導致作業時程延宕、得徹夜好幾天趕進度的事和上司起了好幾次爭執。

魔法也是一種程式，只要稍微有點差錯就會影響到整個魔法的效能。以複雜的魔法術式構成的魔法有必要先測試過一次，確認其性能。

「不過為什麼要去更上游的地方啊？」

「這是因為要是能在上游做幾個橋墩攪拌河水的話，多少可以減緩流速，應該也能讓工程進行變得更輕鬆吧。」

「原來如此，就算掉到河裡也沒那麼容易死掉啊。」

「就算這麼說，也請不要把人給推到河裡去喔？」

「我才不會做那種事，頂多只會繫著繩子再把人推下去啦。」

那古里還在記恨勇波吃了他的東西這件事。沒錯，就是在傑羅斯家施工時所說的「嗆辣油炸波羅莫羅鳥」之仇。

「可是啊～你一個人去上游不要緊嗎？」

「總會有辦法的。也不是要去太遠的地方。」

「嗯，既然你都這樣說了，那應該沒問題吧。早點回來啊。」

「只是要試用幾次魔法罷了，不會花太多時間。那麼我就稍微去試一下了。」

「喔，自己小心點啊。」

傑羅斯帶著有些想睡的表情往上游走去。畢竟自己的成果將會左右這個工程的成敗與否，他肩負著不小的壓力。

他悶悶不樂的沿著河邊前往上游處。

◇　◇　◇　◇　◇　◇

來到上游，河水的流速依然沒什麼改變。

仍舊十分湍急的河水，不像是稍微攪拌就會減緩流速的樣子。

「這還真是……試著做幾個橋墩看看吧。」

傑羅斯啟動複合魔法的魔法術式。激流中出現了一道光牆，抑制著周遭的河水拓展開來。在此同時，聚集了河床上的土砂及小石塊造出的柱子向上延伸，在展開了兩層的屏障內部逐漸化為指定的形狀。

銳利的橢圓形柱做成了往河床處逐漸變粗的樣子。柱子的側面加上凹凸設計，藉此產生對流，攪拌河水、減緩流速。但只有這樣的話，魔法解除的瞬間柱子就會分解崩塌了吧。所以此時要再加上「岩石塑造」的魔法，凝聚土砂和石塊，使其化為一根石柱。

魔法就算變化成物理現象，仍具有會立刻變回魔力並擴散開來的特性。然而凝聚起來的土砂和石塊會因為壓力而產生熱能，使物質間彼此結合，所以就算魔法效果解除了，也會留下石柱。

由於附加產生的物理現象並非利用魔力變質產生的，所以就算魔力散失了，仍能維持在物理法則的範圍內。

因此這和以魔法造成的人為現象不同，不會崩塌。問題是出在——「魔力的消耗量超誇張！」這一點上。

同時使用三個魔法以及啟動魔法術式所需的魔力，遠比傑羅斯所預想的還要多。

傑羅斯的等級因為超過１８００，持有的魔力量也非比尋常。

然而這個世界的人類平均等級在１００以下，有３００就算是很不錯了。

所以魔導士的平均魔力量都在２５０上下。

「這個魔法，就算是克雷斯頓先生等級的魔導士，使用一次也就是極限了吧……沒有魔導士能用啊。」

就算是公爵家的前任當家「煉獄魔導士」，個人等級也只有３０３。

連這種等級的魔導士都只能使用一次，最大的理由還是要展開兩層用來替代製作橋墩模具的屏障魔法「白銀神壁」。

雖然這個魔法可以隨心所欲的改變形狀，但正因為有很高的自由度，也會消耗掉相當的魔力。而且也沒有觸發過「界線突破」、「臨界點突破」、「極限突破」等特殊條件下才會發生的身體能力變化。

這是身體等級或技能等級達到一定階段時會觸發的現象，將會大幅提升各項能力數值。能夠將個人能力提升到接近兩倍。持有的技能愈多，愈容易觸發「臨界點突破」及「極限突破」。實際上要做到這點需要相當程度的訓練，不過也只是不斷打倒魔物就能達到的領域。

只是現在這些隱藏技巧相關的知識都已佚失，未能留存於這個世界。

由於邪神戰爭時期的損害，以及之後在政治上決定要躲在安全圈內的政策，使得世界上沒有機會出現擁有高等級的人。因為放棄開拓危險的領域，民眾等級逐漸低下化，更招致技術低落，人類成了比舊時代更為弱小的種族。

唉，雖然這是跟大叔無關的事情——

「當作正式動工前的練習，來試個幾回吧……畢竟要是失敗可是會被那古里先生揍呢。」

傑羅斯就這樣老實地開始練習。雖然叼著香菸這點是違反禮節的……

歐拉斯大河的上游造出了好幾根石柱。

湍急的河水也隨著石柱不斷被建造出來而被攪拌，流速顯而易見地逐漸緩和了下來。這裡原本就因為流速太快，是個不易往來的地方，所以船隻都會繞道，利用其他河流前往別的城鎮。

雖然這裡的上游有別的國家，且擁有約百年前曾經沿著歐拉斯大河而下，展開侵略的歷史。然而完全不知道這些背景的大叔，正在這裡得意的建造石柱。

「因為水流而被侵蝕老化也不太好，稍微加工一下好了……」

他在做好的石柱上刻入複雜的魔法術式，再將魔石稍微加工，使其能夠從周遭吸收魔力後嵌入石柱。簡單來說，就是讓突出於河流之上的這個柱子化為魔導具。

進展順利讓他心情不錯，開始對其他石柱做同樣的加工。柱子們便搖身一變，成了表面有幾何圖樣的奇妙模樣。加工過後的柱子雖然有時間限制，但可以透過接收周圍提供的魔力，持續展開強固的屏障，不會輕易損毀。

但做到這地步，這下換成外型感覺有些無趣了。於是他便半是好玩地在柱子上面製作岩石，將岩石雕刻成獅鷲等生物的形狀。而一開始玩就停不下來了，他接著刻出了更細緻的東西。主要是超時空的要塞艦，或是把某個人型機動兵器擬人化之後的東西。還做了不是女武神的瓦爾基麗。除此之外也做了歌姬、魔法天使等等，想做什麼就做什麼。

而在他有些得意忘形時，察覺到有什麼不對勁。

「魔物？不，說是魔物又不太對……」

他發現對岸有個影子在動，凝神一看後，和全身長滿剛硬毛髮的生物對上了眼。

嘴長得像犬科的生物，口中長有一排銳牙，彷彿很飢餓的樣子，嘴邊垂著唾液。

擁有四隻長有銳爪的手臂，身體類似人類。野獸發現傑羅斯後，便以高速一邊跳過柱子一邊迅速接近。接著對傑羅斯揮出銳爪。

傑羅斯往後跳來避開攻擊的同時，因那野獸的外型而感到戰慄。這魔物的身上浮現出無數的人臉，其中甚至有小孩子的臉。而那些臉一邊發出呻吟，一邊用似乎十分憎恨傑羅斯的樣子看著他。讓他本能地感到一陣恐懼。

「什麼？這魔物是怎樣……」

魔物執拗的追了上來，揮動左臂。他彎身躲過魔物揮來的拳頭後，魔物的另一隻左手也攻了過來。

他拔出腰間的劍，以迎擊的方式砍下了那隻手。

然而是感覺不到疼痛嗎，魔物在這個姿勢下，左臂像是要反手出拳似地揮舞過來。

他雖然再用劍砍下了那隻左手，但這魔物卻往前衝，撞飛了傑羅斯。

「咕喔？」

他撞上了森林裡的樹木，儘管只有一瞬間，但讓他的呼吸快要停止了。

傑羅斯擁有超乎常人的優秀身體能力，但這魔物卻在瞬間以連他都無法反應過來的速度出手攻擊。

「糟糕……」

面對完全沒有思考便突擊過來的魔物，他打算藉力反擊，展開了「白銀神壁」。向前方延伸出無數棘刺的屏障，刺穿了魔物。

儘管如此魔物仍未停下，在身體被貫穿的狀態下繼續向前衝刺，像是要抓住傑羅斯似地伸出右手。

「『氣流爆破』。」

他在極近距離下發出風系魔法「氣流爆破」，其威力將魔物往反方向擊飛出去。他的身體失去平衡，就算只有一瞬間，只要停下動作，就會產生足以致命的破綻。

因為他打算追擊又看到魔物起身，所以在重新站穩的期間展開了防禦屏障，但魔物沒有攻過來。要說魔物在做什麼的話，牠正在吃自己被砍下的兩隻左手。而且手臂消失處的肉蠢動著，以極快的速度開始再生。

「白銀神壁」造成的傷也看著看著就恢復了。只是比起那個，從魔物口中綿延不絕流下的唾液強烈地說明著這個魔物的狀態。牠正處於極度飢餓的狀態下。

而且在牠的身體各處都長出了手或腳，外型變得十分怪異。

是因為身體組織失控了吧，眼前是令人光看就想吐的恐怖光景。

魔物身上甚至開始長出好幾人份的上半身。雖然這景象令人感到無比噁心且瘋狂地駭人，但這也是個絕佳的機會。

「『鎖鏈束縛』。」

魔物的正下方浮現出魔法陣，無數的鎖鏈束縛住牠的身體。

行動被拘束住的魔物奮力掙扎，不過在牠掙脫前傑羅斯便施加了下一波的攻擊。

「『日珥烈燄』。」

熠熠生輝的灼熱火球包覆住魔物。

再生的話，就用再生追不上的速度將之燒毀殆盡就好了。他如此判斷，使用了火系燒毀魔法，「日珥」系的魔法。這是在舊時代被視為一種禁咒，如今已無人知曉的魔法。

儘管是單體攻擊魔法，卻是威力足以將敵人完全燒毀殆盡的高熱能攻擊。

半電漿化的火焰連再生的時間都不給，將魔物化為了灰燼。只是就算魔物消失了，那裡仍存有確實地被刻劃下來的東西，那就是恐懼。

就算只有一瞬間，魔物仍凌駕於傑羅斯之上了。那代表這世上有著足以殺死自己的存在。

雖因魔物暴食的緣故而得救了，但要是那樣繼續打下去不知道狀況會變成怎樣。他初次因感受到恐懼而顫抖著。同時這也是他第一次感受到生命的危機。

「看來我太小看異世界了呢……但就算是這樣，這魔物到底是怎麼回事。再生能力太異常了……」

魔物擁有的「再生能力」是很方便的技能，但會產生異常的飢餓感，所以通常會同時附加「狂戰士」的技能。要讓手臂或腳再生需要相應的養分，強制誘發超高速的細胞分裂。為了補足不夠的養分，便會開始失控，襲擊其他生物。

這個魔物會吸收吃下的生物，沒有痛覺且能發揮強大的身體能力，取而代之的是十分飢餓。陷入永遠營養不足的狀態。

身體能力提升的同時也會加速卡路里的消耗，而且每次活動時肌肉便會遭到破壞，必須不斷再生。藉由吃下獵物來獲取能力及養分，但光是移動就會造成身體負擔及肉體損傷，持續再生又會消耗掉養分，感到飢餓。呈現不良的循環。

「再生能力」主要是獸人或巨魔擁有的技能，可是他剛剛打倒的魔物並不屬於其中一種。更何況根本沒聽過有身上長著許多人臉的野獸。

『牠該不會……是吃了人吧？如果是這樣，豈不是襲擊了無數的人……』

他流下冷汗。

「哦……你打倒了那玩意啊。那就剩下三隻了。」

「剩下三隻……喂，是誰！」

傑羅斯回頭一看，那裡站著一個身穿黑衣的魔導士。

對方身上傳來的氣息，警告著他那並非泛泛之輩。

「……你……是什麼人？」

「嗯，我是什麼人呢……你知道自己是什麼人嗎？」

從體型看來是約二十多歲的年輕人。可是他身上散發出的氣息和這個世界的人不同。

很明顯的是個危險的對手。

「我沒打算跟你做什麼禪學問答喔。答案非常單純……」

「是敵是友……嗎？這麼好理解真不錯呢。總之……先算是敵人吧？」

傑羅斯在這個世界第一次感覺到這種氣息。他是初次碰到如此接近自己的存在。

「這個怪物……是你派來的嗎？」

「唔嗯……雖然只是來看看狀況的，但沒想到會變成這樣……這下還有改良的餘地吧？雖然這結果並非我所願，但要是留下目擊者也不太好啊……」

「我只有麻煩到不行的討厭預感呢……」

「哈哈哈……那個預感，應該……沒錯呢！」

魔導士的身影瞬間晃動了一下。

傑羅斯本能地感受到危機，瞬間舉起短劍交叉在身前。

──鏘嗡嗡嗡嗡嗡！

伴隨著響起的金屬撞擊聲，兩個人的動作都停在劍與劍互相抵著的狀態下。

也就是所謂僵持不下的狀態。

「接下來了啊……哈哈哈，本來不這麼想的，但看來你是個不能大意的對手呢……」

「我年紀大了，希望你別這樣嚇我吶。應該要尊敬年長者吧？」

「明明就強得跟怪物一樣，你還真好意思說啊？『炎之槍』。」

「『炎結彈』。」

以可以迅速攻擊的「炎結彈」迎擊「炎之槍」，兩位魔導士被紅蓮之火給包圍。不，是看起來像那樣。

兩人在被爆炸給捲入前脫身，旋即又拉近彼此間的距離，持劍互砍。

──鏘嗡嗡嗡嗡嗡！鏘唧！喀鏘嗡嗡嗡嗡！

雙方的劍上都爆出激烈的火花，以難以置信的速度互砍卻沒辦法讓對方受到半點傷害。兩人都理解到，眼前的對手實力相當堅強——

「哎呀哎呀，還真強呢……因為年紀大了，好不容易才能跟上呢……『氣流爆破』。」

「什麼年紀大啊。這不是實力強得沒話說嗎……『氣流爆破』。」

——轟轟轟轟轟轟轟轟轟轟！

幾乎同時放出的「氣流爆破」把周遭的地面給崛起炸飛，樹木也被連根拔起，四周被粉塵給包圍住。雖然視線被隱蔽，仍能察覺彼此的氣息。

黑色和灰色的影子劃開粉塵，白銀的劍刃捲起旋風的同時互相撞擊。

「嘖……果然不是泛泛之輩啊。畢竟是可以在河上造出這種柱子的魔導士。雖然我本來就想說應該不是一般的對手……但沒想到這麼不得了。」

「彼此彼此……差不多該告訴我你是什麼人了吧？」

「哈哈哈哈哈，我不可能告訴你吧？你還真是問了很有趣的問題呢。」

「是啊～……雖然不會輸，但這樣下去會演變成消耗戰喔？」

兩人嘴上簡單的互相抱怨了幾句，同時仍不斷給予對方足以成為致命傷的斬擊，然而還是無法給對方造成傷害。實在是相當難纏的對手。

「總覺得我們彼此都很清楚對方有多少本事呢。你是魔導士吧？」

「那是我的台詞。你真的是魔導士嗎？」

傑羅斯知道，以目前為止的攻擊來看這不是他會輸掉的對手。可是他也看穿了眼前的魔導士是絕對不能大意的對手。不僅像是很清楚對方下一步要做什麼似地互砍，兩人也都陷入了無法使用強力魔法的狀態。

雖然可以不經詠唱使出強力的魔法，但是他們也知道發動時會產生些許的時間差。而這時間差將會成為彼此致命的破綻。

『這下可糟了啊……簡直就像在跟自己戰鬥一樣。無法給出決定性的一擊。』

沒錯，光是熟知魔法這一點，就讓他們無法給出致命一擊。

當然也有劍術技能或是格鬥技能。只是眼前的黑衣魔導士讓他連這些技能都法使用。在此同時，他也讓對方陷入無法使用這些技能的狀態。兩人現在也還在撐著，不斷攻擊彼此。

劍術技能在使用的瞬間會有固定的動作模式，他們便處於雙方都看穿這點，並互相阻止對方使用技能的狀態。他至今為止還沒有碰過這麼麻煩的狀況。

「你啊……差不多該放棄了吧～老實說要當你的對手很辛苦呢……」

「別以為我就還有什麼餘力。看你出手的態度就不像是會乖乖放過我的樣子……我們的感情也沒好到可以信任對方吧？」

「唉，畢竟是你忽然砍上來的……是希望你做好被我質問的覺悟啦～」

「哈哈哈哈，你真的很有趣呢……這點就拜託饒了我吧。」

「說得也是吶～啊啊～真麻煩……」

彼此都是很難搞的對手。

雖然不是有什麼深仇大恨，然而對方是創造出那種怪物的危險魔導士。不可能在這時候放過他。只是兩個人再這樣繼續打下去也毫無意義。

儘管互相了劈砍無數次，仍被壓制在一個令人不滿地想要咂嘴的狀況下。

「喂～～你在哪啊～～～！」

「「？」」

有某人朝著這裡過來了。這對傑羅斯而言是個致命的破綻，對黑衣魔導士來說則是個絕佳的機會。可以感覺到聚集在他手上的巨大魔力奔流。

「『限突爆裂』。」

「嘖！『電漿滅爆』。」

——轟隆隆隆隆隆隆隆隆隆隆隆隆隆隆隆隆隆隆！

兩個極大魔法正面衝撞。

劇烈的衝擊襲向兩人，連發出慘叫的時間都沒有就被彈飛了出去。

儘管在地上滾了好幾圈，撞上了無數的石頭和樹木的碎片，但傑羅斯一直到被大樹給擊中才好不容易脫離了猛烈的衝擊波。身體的關節疼痛地發出悲鳴。

「咳咳……身體……沒事嗎。不過全身都麻了……」

周圍滿是粉塵，連要確認狀況都沒辦法。爆炸點留下了巨大的隕石坑。

『那傢伙……逃掉了嗎。沒感覺到他的氣息……是用了什麼道具嗎？』

黑衣魔導士已經不見人影。雖然知道他利用爆炸逃離了這裡，但應該還沒逃的太遠。可是就算潛伏在附近，因為有人往這邊過來了，也沒辦法再硬做些什麼，結果還是只能放棄追上去一事。

「這是怎樣啊啊啊啊啊啊啊啊啊啊啊啊啊？」

「？」

他吃驚的回頭一看，站在那邊的是包含那古里在內的幾個矮人們。

「哎呀，那古里先生。怎麼了嗎？」

「什麼怎麼了。因為到了吃飯時間你還沒回來，所以我們才過來找你的……結果這副慘狀是怎樣啊，還有那些柱子……」

「你說我試做的橋墩嗎？因為就這樣放著感覺有點無趣，所以我試著加了一點裝飾上去。」

「這才不是什麼一點吧。你是在玩嗎……」

「但我不是在玩呢。遭受了襲擊……」

「你說襲擊？所以才會變成這副慘狀啊！比、比起那個，你沒受傷吧？」

「嗯，雖然嚇出一身冷汗，但人還好好的喔。」

「這樣啊……沒事就好了。不過啊……那還真是會激起人創作欲望的作品啊。」

戰鬥的事情先不提，他順著興趣而玩了起來也是事實。

上面有魔法文字和雕像的柱子，在矮人們眼中看來是相當嶄新的作品。

雖然外表看起來很沒情調又粗礦，但矮人們的藝術造詣極高。他們以認真的眼神凝視著佇立在河床上的石柱。

「這雕像還行吧。不過跟那個圖樣不搭。」

「可是從別的觀點來看那也挺不錯的，不是嗎？新的事物擁有未完成的美感。」

「雖然還不成熟，但也不差。柱子要是再細一點就好了～」

「那樣的話會抵擋不住水流吧。把雕像縮小，改為前後對稱的配置如何？」

「這樣順流或逆流都可以看得到，難得做了雕像，要是只有從後面才能看到那也太遺憾了。」

不知為何得到了各種評價。

「修改成多做一個雕像，前後對稱的樣子。大小做成現在的一半就好。」

「咦……現在馬上改嗎？」

「那當然。我們是不會允許不上不下的東西出現在我們面前的。」

「可是因為戰鬥和實驗，我已經消耗了不少魔力……」

「想辦法擠出來。」

那古里提出非常亂來的要求。然而其他矮人似乎也抱持著相同意見。他們的眼中閃爍著簡直異樣的光芒。他們是認真的。

「你以為柱子有幾根啊。要完成這件事很困難喔？」

「四十五根。哎呀，只要拚命努力就行了吧。」

「魔力可不是靠努力就能恢復的！」

「「「廢話少說，快動手！你再繼續拖拖拉拉的話，就把你沉到河裡去喔。」」」

正因為對專業的堅持，他們不能容許不上不下的成品，強制要求修改。否決外行人隨便玩玩做出的雕像，徹底地要求每一個細節。在這些矮人的字典中沒有妥協兩字。

結果傑羅斯便被迫要修改雕像，在眼神凶惡的矮人們監視之下，開始拚命地製作雕像。

結果這個修改工作一直到了傍晚才結束，在這過程中滿是矮人們的怒罵聲。

回到臨時宿舍時，傑羅斯光是試做橋墩跟戰鬥就已經消耗了不少魔力，又因為這個修改工作而將魔力完全用盡，全身傷痕累累。

他來到這個世界後，第一次因為魔力用盡而倒下。

◇◇◇◇◇◇

『哎呀哎呀，居然有那麼不得了的魔導士……難怪那個怪物會被打倒。』

趁著範圍魔法互相撞擊時，黑衣魔導士逃離了歐拉斯大河。

他認為自己在這個世界已經算是相當高等的魔導士了，沒想到竟然會有在他之上的魔導士存在。

不，雖然有預料到，但他以為應該很少有機會碰見才是。

然而那個很少有的機會忽然就降臨了，最後甚至還發展成戰鬥。

『唉，雖然在變成那種怪物的時候就該在第一時間排除才對，但被看到了真是不妙啊。不，應該想成省了一道功夫嗎……不過那個強度跟「殲滅者」不相上下吧……咦？』

這時他忽然感覺到一絲不對勁。

『等等，「殲滅者」？該不會……那個魔導士是那個人吧？不，不會吧……』

他所認識的魔導士是個體型瘦弱、相當不起眼的中年人。

不過回想起來，那個人的言行舉止跟剛剛與他一戰的魔導士微妙地相似。

『……啊，在這個世界裡的外型不是虛擬人物，是原本的樣子。』

接著他終於發現自己哪裡搞錯了。

『……慘了。要是真的是那個人，之後不去道歉的話會被他給幹掉的……畢竟他意外的是個很會記恨的人啊……可是我也不知道他住哪裡，該怎麼辦……』

如果那是他認識的魔導士，不去低頭謝罪的話，不知道對方會對他做些什麼。可是他還有其他要做的事情，也不可能現在回頭去找人。

雖然說明狀況的話對方或許會幫忙，但要是對方記恨，他恐怕會去掉半條命。

「糟糕……我到底該怎麼辦啊！」

問題是到底該回去道歉，還是就這樣離去。

黑衣魔導士在森林裡獨自苦惱了好一段時間。

最後他還是以該做的事情為優先，離開此處前去和伙伴會合。

◇　◇　◇　◇　◇　◇

三個男人走在深夜的森林中。

一個人是在對岸等待的伙伴，另外兩個人則是使用繩索渡河而來。

兩人就算面對混濁的河流仍想辦法逃回了對岸，在伙伴的幫助下來到了這裡。

「你們從剛剛開始就一言不發，但實驗的成果到底怎麼樣？」

「……糟透了。那要是有個閃失，連我們都會暴露在危險中。」

「有那麼糟糕嗎？」

「不是那麼簡單的一句話就能表示的！人可是變成了怪物喔。」

他們是為了確認某個魔導士交給傭兵的守護符效果而被派來的監視者。

然而那效果超乎預期，讓人類變成了脫離常軌的怪物。

和當初預想的不同，他們看到了令人恐懼的結果。

「雖然為了逃跑而使用了『邪香水』，但那些傢伙把引誘過來的魔物全給吃光了。」

「與其說要利用那個，不如說那玩意會創造出新的敵人。」

「不管我們怎麼說，還是要看上頭的人怎麼決定吧。」

「是這麼說沒錯……但那個真的很危險，是不該出手的東西。」

他們沉默地繼續向前走。周圍只有激烈的河水聲響著，沒有野獸的氣息。

在這種狀況下，他們帶著警戒前進後，發現崖下有奇妙的東西。那是有如排列在對岸似地，突出於河面的柱子。上面還有精美的雕像，完成度之高簡直令人屏息。

而這個想法也在瞬間被甩開了。

「什麼……那些柱子是怎樣啊！」

「被搶先了一步……這樣就沒辦法展開奇襲了。」

「索利斯提亞魔法王國掌握住我們的動向了嗎。這是為了不要重蹈覆轍吧……不可小覷啊。」

他們的國家曾經有過以船順流而下展開奇襲，攻進了桑特魯要塞的歷史。桑特魯現在雖然變成了城鎮，但以前是被譽為堅不可摧的要塞。他們有著在那邊展開了激烈的戰鬥後敗北逃回國內這樣屈辱的歷史背景。

當時還沒有索利斯提亞這個國家，然而那時的恥辱在王族間口耳相傳了下來，至今仍在尋求雪恥的機會。儘管他們當然已經開始備戰，但是歐拉斯大河上被築起了石柱，要是展開奇襲，船隻很有可能會被這些柱子給擋下、觸礁。而且到柱子前的河水流速十分湍急，船會在無法減速的狀況下撞上柱子吧。周圍又被斷崖給包圍，要是對方使用魔法攻擊，肯定會成為絕佳的標的。

也就是說完全陷入了絕境。

「這不向上報告會造成無可挽回的局勢呢。」

「嗯……他們肯定是做好了萬全準備在等我們來。」

「喂，這痕跡是什麼？簡直像是有人在這邊戰鬥過後的樣子……」

吸引住他們目光的，是倒下的樹木及爆炸的痕跡，還有因高溫而溶解成缽狀的地面。

可能是熱量相當高吧，地面甚至產生了結晶。只能判斷這裡曾有人使用相當強力的魔法。然後他們在這隕石坑裡的一塊地上，發現了某樣東西。

「喂，實驗品有幾個人？」

「四個人，怎麼了？」

「你看這個……看來有一個人在這裡被打倒了。」

結晶化的地面上融合著一塊暗黑色的石頭。

而且他們對這石頭十分眼熟。

「什麼，你是想說那怪物被打倒了嗎？」

「這不可能……那些傢伙可是把魔物群一個不留地殺光，吃得一乾二淨喔！」

「……可是證據就在這裡啊？」

看著黑色石頭的他們逐漸臉色發白。

「這個樣子看來是火系的魔法，而且恐怕是十分強力的……」

「你是說……魔導士打倒了那個玩意嗎？」

「不可能。光是騎士就不像是能打贏的樣子了，更何況是魔導士……」

「但這很顯然是魔法攻擊造成的。技術相當高明吧。」

「火……是『煉獄魔導士』嗎？」

操縱火且技術高明的魔導士數量極為有限。其中，說起會到這種地方來的魔導士，他們只想得到「煉獄魔導士」。

「四魔導士之一啊……連那個隱居的老人都帶出來，代表這前面有這麼值得守護的東西嗎？」

「不知道。但是我們得調查此事才行。」

「走吧。要是有什麼萬一時……」

「無論是哪個人都好，一定要有一個人活著回去報告。」

男人們做好覺悟後向彼此點了點頭。他們繼續在森林裡向前進，來到了一個開闊的場所。

躲在樹叢觀察了一下周圍後，看來這裡在進行道路工程的樣子。可是這附近是稱之為邊境也不過分的未開墾之地。在此修築道路這件事完全沒有意義。

「居然在築路……為什麼要做這種沒意義的事……」

「桑特魯城在下游喔？比起道路，搭船比較快吧。」

「等等，這前面是歐拉斯大河。莫非……」

雖然對他們來說有道路是很值得感謝，但這裡簡直可說是邊境地帶。又沒有足以作為交通重鎮的城鎮，沒道理做這種會讓山賊們感到開心的事情才對。

隱藏氣息沿著河岸邊移動後，他們總算初次理解這個行為的用意。是為了築橋。

「那些傢伙肯定已經預想到會跟我國展開戰爭了。」

「在這種地方築橋有什麼意義嗎？怎麼看都只覺得是無謂的支出……」

「你還不懂嗎？在這個地方築橋的話，會對我國的兵力造成嚴重的打擊。」

他們的國家是在上游的小國，可是要攻打索利斯提亞魔法王國的話，一定得經過另一個國家。直接進攻的唯一可能就是利用歐拉斯大河，以船隻將兵力送往下游，可是那些石柱與橋梁的存在將會是威脅。築在上游的石柱會阻斷他們的去路，在因湍急的河水而無法控制速度的狀況下肯定會觸礁。

周圍是高崖，可以從上方徹底地施加攻擊。就算真的運氣好通過了那裡，這下又會遭到來自橋梁與高崖上的集中攻擊。

要說起來，就是這塊土地的地形化為了天然的要塞。

利用船隻侵略成了無謀的手段。

「怎麼會……對方居然先做好了對策。這樣的話……」

「我國就無法取回榮耀了。而且那些柱子會減緩流速，往後船隻也有可能會到這附近來吧。看來他們有不錯的策士啊。」

「利用地形奠下繁榮的基礎。是個相當有智慧的人啊。」

這只是巧合。

「進攻索利斯提亞一事得緩緩了。首先得併吞周邊的國家才行……」

「但是這樣的話兩面作戰就得臨時喊停。而且鄰國是我國的恩人……與他們為敵可不好。而且那些傢伙會施壓的。」

「沒辦法。誰會想得到他們居然會在上游，而且還是湍急的歐拉斯大河匯聚之處做出那種事？怎麼想都覺得他們一定完全掌握了我們的內部情報。」

「能夠想出這種策略的人，腦筋一定很好……該不會是德魯薩西斯公爵？」

真是個誤會。

他們不知道這一切全都只是偶然之下的產物，只能從現況來獲取情報。不管是否正確，他們只能客觀的分析眼前的狀況。

而他們的主觀想法對分析造成了很大的影響，才會導出這樣的結論。

本來這條道路是以「為了付不出船資，只能走陸路的人民而開闢的街道」為名目來建造的，然而周圍沒有城鎮，商人就很容易遭受盜賊的襲擊。

此外這裡也由於很接近法芙蘭的大深綠地帶，很容易暴露在魔物的威脅之下。

可是對於打算侵略他國的他們來說，只覺得這是突如其來的急速開發，而其行動之快，看起來就是為了牽制他們。

這是立場不同，對於狀況的理解也會大不相同的好例子。

「為什麼護衛看起來只有傭兵？」

「恐怕是被我們看到也無所謂吧。反正我們也不能怎麼樣。」

「居然預想到這種地步，做出這麼明顯的……這豈不是和傳聞不同，是個很可怕的國家嗎。」

他們是為了做索利斯提亞魔法王國的國內調查及確認實驗的效果而被派遣過來的。在最初的調查中聽說魔導士團和騎士團的關係很差，讓他們認為這是侵略的好時機。

可是實際狀況卻有所不同，索利斯提亞王國以開拓妨礙了他們的侵略。

這樣一來，他們便認為「國內組織不合」的傳聞也是以擾亂混入國內的鼠輩為目的而故意放出的假消息。而且將重要的據點堂堂暴露在外，讓他們的誤會變得更具有可信度。

儘管一切全是偶然之下的產物，他們卻也無從得知真相。

「走吧。一定要想辦法把這消息傳回祖國……」

「是啊，如果沒辦法等下去而出兵的話，只會徒增損耗而已。」

「這個國家有可怕的策士。而且是能夠同時顧及國家繁榮和殲滅敵人那種程度的。」

男人們害怕著不存在的策士。就算他們是做好覺悟，願意為國捐軀的戰士，卻也不希望看到同胞單方面被打倒。他們期望著國家的繁盛，奔走在暗夜中……

雖然只是題外話，但他們不是在桑特魯城，而是在其他城鎮與黑衣魔導士會合的。

第六話　大叔工作

兩天前在測試魔法時，被對作品充滿堅持的專業工匠們看到了柱子和雕像，硬是要求傑羅斯修改了好幾次。在他一邊承受怒罵一邊持續進行到日落時分的地獄作業下，柱子們搖身一變，成了優秀的藝術品。

可是完全枯竭的魔力是不會這麼輕易就恢復的，就這樣過了整整一天。

「喔，你起來啦。魔力恢復了嗎？」

「大概才恢復了三分之一而已。因為魔力全用盡了，恢復所需的時間也比較長啊。」

「那可以工作嗎？要在今天內做好五座橋墩……」

「不像前天那樣的話應該可以，如果又要修改，那會有三天動彈不得喔。」

那古里乾脆地別過頭去。原本就是他拜託傑羅斯接下這個工作的，而那古里本人卻說「我不能接受不上不下的東西！」，硬是要傑羅斯修改試用魔法時做出的石柱上的雕像。害傑羅斯用盡了魔力，本末倒置的耽誤了築橋的工作。

他內心想必也覺得做過頭了吧。然而唯一能夠肯定的，就是矮人看到建築物或藝術作品時，會變成沒有極限的「惡鬼」。

或許是無法抑制心中迸發的熾熱的什麼吧。

「我將這個魔法稱為『基礎建構（base create）』。」

「嗯，還滿適合的吧？比起那個，你要不要喝點魔力藥水？」

「我就不客氣了。畢竟頭有點暈，多少補充一點也好。」

他接過魔力藥水一飲而盡，但只恢復了一點點而已。然而還是比完全沒有好。順帶一提，儘管大叔現在的魔力只有全部的三分之一，仍遠勝過一般魔導士。

「好了……那麼就開始動手吧。拜託你啦。」

「我會盡我所能的。以類似前天那種感覺來做就行了對吧？」

「嗯啊，你還記得橋墩多粗嗎？要我拿設計圖給你看也行喔？」

「不要緊。那麼我就開始囉。」

傑羅斯走到崖邊，舉起雙手啟動魔法術式，在預先設定好的地點發動魔法。接著水面上便出現一道光柱，最後像是將水面給退開似地擴展開來。

內部的屏障成了橋墩的模具，將河床上累積的泥土和石塊聚集並凝結起來後，因高壓而被壓縮的石頭和土砂散發出熱量，將內部的水分一邊蒸發一邊排到了外面去。

水面上湧出了大量的水蒸氣。

「喔喔，好強～！」

「真厲害，果然魔法還是要讓魔導士來用。」

「等橋墩做好就要看我們的了。」

「呵呵呵……我好興奮啊～！」

簡直像是期待此刻已久的樣子，矮人們的手指蠢動著，露出了猙獰的笑容。

他們是重度的工作中毒者。要說中毒有多深，就是徹底中毒到了會為了提升自己的魔力而去森林裡狩獵，藉此提升等級的程度。

矮人雖然富有工匠氣息，但生來便擁有戰士的資質。其體力與臂力無可挑剔，再加上地屬性魔法，便會化為土木工程戰士。當然，和戰場上的工兵不同，他們會提升等級完全是為了建築工作。

在這段時間內，第二座橋墩也做好了。看到這個景象的矮人們一下子激動了起來。興奮度來到了最高點，已經無法壓抑住沸騰的建築欲望。

「要上囉，混帳東西們！讓大家見識見識我們的工〇力吧！Hya————ha————s!」

「「「Ya————s!」」」

非常的搖滾。

他們順著沸騰的〇事力來到自己負責的地點，打算完成各自任務的創作欲望燃燒著。

「第一隊，向前！」

「「「Ya————s!」」」

「就定位！」

「「「WE'RE HARD WORKER! 我們是腦袋裡面只有工作的混帳！」」」

「上吧————！」

「「「LET'S ROCK'N'ROLL!」」」

不工作對矮人來說跟死了是一樣的。矮人的共通點就是從農業到戰爭，只要是工作他們就會全力以赴。只要還有一條命在，他們的熱情就會在各式各樣的現場熊熊燃燒著。

他們在做好的橋墩上集體發動「蓋亞操控」，將橋的基座連結在一起。

他們以人數和團隊合作來解決魔力不足的問題，負責補給的小組會運送魔法藥來補充魔力。在統率下有條不紊地一起使用魔法。橋的基座架好後，彈指的同時排成列的其他小組便發動「岩石塑造」，此時再換以月球漫步搬運石材過來的傢伙們，在既定的位置設置並固定石材。

聚集土壤使之成型的是「蓋亞操控」小組。他們是主要的舞者。第一隊一邊跳著俐落的舞步一邊前進，繼續建設基座。伴舞的「岩石塑造」小組作為輔助，後勤補給小組則是一邊嘶吼一邊補充回復藥。

矮人們在完成處疊上石材。接著那群將已施加有裝飾石材放好的傢伙們在石塊上頭轉，簡直像是在玩。明明是這樣，他們卻完美地做好了自己的工作。

看著看著橋墩上的基座就要完成了。這初次看見的景象讓傑羅斯大吃一驚。

而那古里看著這樣的他，用眼神熱烈地訴說著。

『你也來啊！』

『……你認真的嗎？』

他的眼神是認真的。傑羅斯對演藝圈沒有興趣，很不擅長這種事。可是要說起他唯一知道的名人，就只有那個人了。令人困擾的是，以業餘等級來說，他非常會模仿那個人。是可以在尾牙時上去表演的程度……

「I……It's show time!」

雖然一開始只是因為不想被揍才勉為其難地配合的，但他卻漸漸地樂在其中。不知何時開始和他們融為了一體。現在的大叔相當「ＢＡＤ」。

一般來說這樣會使工作速度變慢的，然而他們反而以不可思議的速度完成了工作。只要發現有延遲的地方，就會一邊跳舞，一邊如行雲流水般地去幫忙那邊的工作。以各種意義上來說，他們都是專家。

從一早就開始進行的建築工事一直持續到傍晚。

這天，一位大叔和矮人們的心靈被某種力量給串連了起來。

大叔與矮人工匠們有如偉大的娛樂藝術家似地跳著舞。擺脫束縛的他們如魚得水的花了幾天完成了基礎的部分。在瘋狂地跳著舞的情況下——

飯場土木工程公司的人真的在各方面都很怪。

◇◇◇◇◇◇

早晨，傑羅斯感受著身體的痠痛醒來。

農業和邊跳舞邊進行的土木工程帶給被使用到的肌肉的負擔不同。這幾天的土木工程十分操勞，中年的肉體累積了不少疲勞。

「喔喔……肌肉好痠痛……大家為什麼都沒事啊？」

「啊？因為我們是有練過的啊。」

「你還真柔弱啊，小哥。這種程度就在哀哀叫了啊。」

「哎呀，以外行人來說已經表現得不錯囉？」

也就是說他們每天都在跳舞。在這個時間點上他們就已經不是認真的工人了。

「跳舞的土木工人啊……果然不能小看異世界……」

苦於肌肉痠痛的傑羅斯重新理解到世界有多寬廣。而在他眼前爽快地吃著早餐的矮人們，完全看不出身上有半點昨日的疲憊。

「今天要從第二段開始，同時進行主要的橋梁部分。小子們，拿出幹勁上吧！」

「「「喔喔——————！」」」

他們今天也一邊跳舞一邊築橋。這對剩下的魔力還沒完全恢復的傑羅斯來說相當辛苦。飯場土木工程公司的工作流程，除了會瘋狂跳舞之外，意外的很普通。把工作分配下去，使流程變得更有效率。雖然他們同時在用嘴巴模擬打擊樂器……

負責切割、雕刻石頭以及製作裝飾的人，在距離負責製作橋梁的人有一段距離的地方揮舞著鑿子和鎚子。

那聲音是特別能夠震撼靈魂的8beat，而他們會配合這個音色跳著踢踏舞，使聲音化為更令人開心的曲調。該說是種族的特性嗎，喜歡熱鬧的他們會因為這個曲調變得情緒高昂，更有幹勁地工作。

看著這樣的他們，因肌肉痠痛而動彈不得的傑羅斯除了傻眼，還是傻眼。

「為什麼不會發生意外啊～怎麼看都很危險的樣子……」

橋梁是三段式的拱橋。矮人們身上沒繫著繩子，就從第一段的邊緣抱著木頭順著節奏前進。雖然他們架起木頭當作落腳處，在無法搆及的地方加上裝飾，但他們的腳下是湍急的河水。世界不同的話這是會違反勞動基準法的。距離崖上的高度約有二十公尺，就算流速有比較緩和了，這要是掉下去也不是小事。

這水流若是想靠人力游泳渡過，還是太快了。

「喔，飯場土木的！這次受你們照顧啦。」

「喔！螟蛾土木的！我們什麼交情，不用說這種見外的話啦。」

「幫手來囉，給那個可惡的伯爵好看！」

「拜託你們啦，鍬卜力土木建設的！」

建築相關業者伙伴接連出現。他們都是曾經跟飯場土木工程一起合作過的伙伴，也是一起飲酒作樂的好友。他們的情報網範圍非常廣，連各貴族治理的領地內情都一清二楚。以某方面來說是讓人非常不想與他們為敵的一群人。

當初是螟蛾土木接下了道路修築工事，然而後來連橋梁建設的工作都硬塞給了他們。

本來道路是要筆直前進，從優克勃肯諾伯爵的領地穿過前面的公爵領地的，卻沒來由的忽然把築橋的工作塞了過來，他們也無可奈何。

而且因為是國家命令的工作，所以也不能拒絕。

此時他們找了飯場土木工程商量，由飯場土木接下築橋的工作，就是這整件事情的開端。

「那個混帳伯爵，只揍個一次還學不乖啊。下次我要讓他少掉半條命。」

「在這裡築橋到底有什麼意義？」

「誰知道啊！」

國家也是有國家的想法。因為是未開拓的土地，所以藉由修築道路，開拓此處來使經濟發展得更為順利是他們的目的。當然，這樣會耗費大量的預算，不過已經確認未開發處有可以開發成為礦山的山，要是開拓下去的話會有賺頭的。

儘管這個方案還在計畫階段，但最後是說總之在還有預算的時候先開發道路。

要是開拓案的許可下來了，這條道路就會有許多工匠與商人來往。要輸送物資也會變得比較輕鬆吧。而看上這一點的就是優克勃肯諾伯爵，他率先接下了這個修築道路的工作。只是關於築橋一事還停留在未確認的階段，是優克勃肯諾伯爵個人擅作主張的結果。

貴族就像是世襲制的州長或市長那樣的職務，可是他們的權威並非絕對的。就算是世襲制，也常會因為人民的支持率，導致原本的貴族被從這個職位上換下來，由別的貴族就任。長期作為貴族治理土地的，都是對此職責抱有責任感的貴族，但愈是新興貴族，愈不重視這個責任。

貴族大多是因為某些功績被認可的人，然而在獲得權力後便逐漸腐化。

優克勃肯諾伯爵是第三代，祖父雖然很有能力，但現任當家可能是被寵大的吧，是個十分愚蠢的人。明明對金錢相關的事情很敏銳，卻無法活用這些情報。在索利斯提亞公爵領地中是以先行投資的概念來整備道路的，他卻只不過是在模仿罷了。

雖然道路完成後將由優克勃肯諾伯爵管理，可是他並未注意到，在那之前危機已經來到了他的身邊。人民對於現任當家的不滿已陳情至王室。而且這座橋的建設費用既然不包含在國家預算內，就得由他自行支付才行。

簡單來說，就是優克勃肯諾伯爵擅自以國家的名義下令去執行並非國家要求的工作，偽造了委託書。光是這樣就已經足以判處極刑了，可是執著於金錢與權力的他根本沒想到這些事。完全不管那些繁瑣的手續，完全只順從自己的欲望在行動。

在他的想法中，成功的話就會獲得恩寵。失敗的話就從負責建設的人那邊收取違約金。

而這之中不包含自己的人身安全一事，他連想都沒想過。要是橋梁真的建造完成了，費用也得由他來支付才行，同時他謊稱國王旨意，偽造了委託書的事情也會曝光吧。

就算一句話也好，只要得到國王的許可，狀況就會有所改變了，他卻連這麼簡單的手續都不願去做，所以無論如何都難辭其咎。該說他是腦筋好還是笨蛋呢，實在是令人費解。

雖然是題外話，以前在建築施工現場要求修改好幾次設計的貴族就是優克勃肯諾伯爵，因為實在是太過分了，所以那古里忍不住痛揍了他一頓。從此之後他就視飯場土木工程為敵。

一直變更設計的業主很討厭。而且問題出在優克勃肯諾伯爵真的是太過分了，使得那古里實在忍不下去而去揍了他，反而被他單方面的仇視。畢竟他要求建造一棟裝飾多到誇張，令人感覺品味很差的房子，甚至還做出想砍工程費用這種暴行。這不管是哪個工匠都會生氣的吧。

「弟弟還好一點。讓那個人當家，過沒多久就會完蛋了吧。」

「肯定的。唉，再過一會兒就會換弟弟當家了吧。畢竟弟弟比較認真。」

「要趁現在去揍他一頓嗎？」

這原本就是很不合理的工作，就算是國王的命令，負責人也是優克勃肯諾伯爵。

要是沒有傑羅斯在的話，這個工作就無法進行，這件事是千真萬確的。不過如果是國王的命令，告知土地的情況，終止計畫也是負責人的職責。只是原本就是因為他擅作主張才硬是先推行橋梁的建設工作，要付出的代價似乎也不小。特別是土木關係業者的眼神十分可怕。

像是渴望著血的野獸般閃閃發光。看來累積了不少恨意。

「好，今天也要開工囉！」

「「「喔喔————！」」」

他們立刻分配好負責的位置，開始各自進行作業。雖然一邊跳著舞……

「果然會跳舞啊……為什麼其他的業者也會跳啊？」

「只要跟我們的工作扯上關係，大家就不知道為什麼會變成這樣。為什麼呢？」

「這你居然問我？」

傑羅斯從懷中取出菸草點燃。橋梁的建築工地成了一個豪華的表演舞台。

◇◇◇◇◇◇

森林中有約二十人持續奔跑著。

無論是誰都十分恐懼，連些許樹葉搖晃的沙沙聲都會引起他們過度的反應。

警戒著周遭的狀況，判斷安全後，他們再度跑了起來。可是出現在他們眼前的是斷崖。他們的臉上露出了絕望的表情。

「喂，看那邊！」

因為某人的聲音而轉頭看向的地方，有一座建設中的橋梁。說不定能得救的希望給予了他們力量。

「去那裡吧。趁那個還沒追上來的時候……」

所有人都點了點頭，一起向前奔跑。他們大多是年輕男子或是帶著小孩的女性，身上穿著的衣服滿是血污。

某天突然襲來的黑色野獸。那是將村子裡的人殺死並吞噬的惡魔。他們能做的事情只有逃走而已，在這途中有許多人犧牲了。其中也有家人或親戚，甚至連妻子和小孩都被殺了的人。雖然有人拿起武器反抗，下場卻十分悽慘。

他們想辦法朝著橋邊，以能夠發出的最大音量大喊。

「救、救救我們！」

發現到不對勁的是在建構基礎的矮人們。

他們注意到拚命喊叫的村人們的聲音，以「蓋亞操控」做出階梯拯救了村人。由於村人們看來極為憔悴，他們暫時停下了工作。

非常講義氣的矮人們立刻將村人帶到了休息處，並給他們吃了飯，也幫他們包紮了傷口，好好地保護了他們。在這途中問了他們詳細的狀況。

「這還真是慘啊。他們是哪裡來的難民？」

「不是難民。他們說是因為村子被魔物襲擊，只能逃出來。」

「魔物？」

「說是黑色的魔物。身體巨大又會吃人的怪物，而且吃了人之後外表還會改變。」

傑羅斯仍記憶猶新，那個擁有異常再生能力的魔物的樣子。

那是沒有痛覺，就算砍下牠的手臂也會襲來的魔物。

「抱歉。那個魔物有幾隻？」

「有、有四隻……那些傢伙把我老婆……嗚……」

「（嗯，要是那個魔導士說的話是真的）……那玩意還有三隻啊……」

「你知道喔？」

「我去試用魔法的時候被襲擊，打倒了一隻……不過那個真的十分異常。簡直不知道該不該稱之為生物。我也順帶遭到了魔導士的襲擊呢。」

超乎尋常的力量與再生能力，而代價是被飢餓感給侵蝕。那魔物的身影令傑羅斯感到戰慄。

雖然只有一瞬間，但魔物的力量和傑羅斯不相上下。沒有比這更可怕的生物了。

「你那時候說被襲擊是說這個啊……而且還有魔導士？感覺真可疑啊。但話說回來，你已經打倒過那個怪物了啊。那不是可以輕鬆搞定嗎？」

「也不能這樣說呢。畢竟對方數量多，而且擁有極為異常的再生能力。」

「像巨魔或獸人嗎？」

「比那還厲害。代價是會不斷被飢餓感給侵襲，要是不持續捕食就無法生存。以生物而言可說是有缺陷吧。」

對生物來說最重要的是傳宗接代。然而黑色的魔物什麼都不會留下。只會不斷將會動的東西給吞噬、吸收而已。

「讓工人們暫時先回到這裡來比較好。」

「我已經這麼做了。因為感覺不太妙，我也讓他們拿了武器。」

「那個生物是沒有痛覺的。就算攻擊，牠也會繼續衝過來喔？」

「真的假的……你是怎麼打倒牠的？」

「封住牠的行動，將牠燒得連塵埃都不剩。」

那古里想起了在試用魔法的地方留下的缽狀痕跡。

他記得那裡的地面結晶化，曾出現過高溫。

「那個是這樣子來的啊……是需要做到那種程度的對手啊。」

「因為不會感覺到疼痛，所以可以將力量發揮到極限，而且又能以超高速再生啊。老實說真的是讓人不想面對的魔物啊。」

同時也是令他初次感受到生命危險的對手。

——鏘！鏘！鏘！

突然響徹周遭的金屬撞擊聲。在建設於施工現場的崗哨上，矮人敲響了警鐘。

「來了啊……」

「走吧。可不能讓職場被弄得一團糟啊。」

傑羅斯和那古里一起離開了休息處。急忙跑向橋邊後，看到擁有黑色剛硬體毛的人形野獸站在對岸。可能連聽覺都不存在吧，似乎沒有注意到警鐘。

但是魔物仍保有視覺的樣子，在確認到這邊有人之後突然衝了過來。

「好、好快？」

「那就是大家口中的怪物啊……小子們，準備好了嗎！」

「「「喔喔——————————！」」」

面對以高速衝來的魔物，矮人稍微快了一步地展開了魔法。

「「「『蓋亞操控』。」」」

操縱地面，讓地面有如水面般掀起波紋。而當波紋抵達魔物腳邊時，魔物立刻像是被大地給捕捉住似地，拖入了地底。

「固定住牠！」

「「「『岩石塑造』。」」」

周圍立刻石化，魔物的行動完全停了下來。無法從石化的地面逃脫，掙扎到連爪子都折斷了。矮人們拿起武器準備打倒牠時，事情發生了。

——噗咻、啪嘰、噗咻……

發出噁心聲音的魔物，就算上半身被撕裂，仍開始向前邁進。

「這、這怪物……」

這是令人說不出話的異樣景象。儘管下半身正在被撕裂，魔物的傷口仍立刻再生修復，從背上長出了好幾隻像是蜘蛛般的腳。這畫面太過可怕，沒人能採取任何行動。

在這充滿危機的狀況下，傑羅斯行動了。他瞬間拉近距離，和上次一樣用「日珥烈燄」擊向魔物，並為了不被爆炸給捲入，立刻跳向後方。

灼熱的火焰包覆住魔物，使周遭瀰漫著噁心的臭味。魔物連慘叫都來不及便被燒毀，化為了塵埃。

「沒想到會是這種程度的怪物……居然會撕裂自己的身體……」

「真的。這個怪物到底是什麼啊……」

「這是自然界中不可能會出現的生物呢。該不會是人為造成的……？」

「是誰做出這種怪物的啊？要是這樣的話，那傢伙一定相當腐敗。」

這實在不像是自然界中會產生的生物。雖然可能性並非為零，但光是同時出現四隻這點首先就不可能了吧。

以機率論的角度來說，出現的可能性不是零，但要是變成複數，出現的機率肯定非常低。更何況是同時出現在同一個地方，懷疑是人為造成的可能性比較高。

「……還有兩隻啊。」

「拜託不要說這種討厭的話啦。雖然是事實……」

還有真面目成謎的魔物存在便無法安心。因為魔物還潛伏在對岸的森林深處，不知何時會襲來。而這也代表工作不得不中斷下來。

矮人們以憤恨的眼神瞪著對岸的森林。

◇◇◇◇◇◇

在陰暗的森林中，兩隻魔物在互相爭鬥。

就算說得再好聽都難以稱之為戰鬥，牠們正在互相捕食對方。

曾經是人的生物，如今已經完全看不出半點人的樣子。不斷地被飢餓感給折磨著，無法被填滿的飢餓讓這魔物變得更為凶暴。由於強大的再生能力讓牠們分不出勝負，只能演變為長期戰。扯斷手臂吃下、將內臟拖出後吞噬。

被永無止境的暴食給附身的野獸，已經到達了極限。

無法追上高速再生的速度，彼此的細胞發出悲鳴。然而卻有另一股強大的魔力不斷湧出，讓這個魔物無法死去。

最後其中一隻魔物的動作慢了下來，另一隻便撲了上去，以銳齒渴求其血肉。

骨頭和肉被撕裂的聲音響徹森林，這個魔物終於將同族給吞噬殆盡。

——咕喔喔喔喔喔喔喔喔喔喔喔喔喔喔喔喔喔喔喔喔喔喔喔喔！

咆嘯響徹暗夜。魔物將同族與那小小的碎片一起吸收了。

而這給予了牠更多的力量，也初次填滿了牠的飢餓。身體膨脹成兩倍，原本是人形的魔物，外型又再度產生了變化。在此同時，激烈的飢餓感又再次襲來，這個魔物又為了尋求獵物而開始移動。不分大小，只要碰到其他魔物便撲上去捕食，使其化為自己的力量。

就在這麼做的期間內，魔物來到了崖邊。

發現對面有生物存在後，牠便放聲咆嘯。為了滿足這永無止境的飢餓……

第七話 大叔的打工結束了

——喔喔喔喔喔喔喔喔喔喔喔喔喔喔喔喔喔喔喔喔喔喔喔喔喔！

在深夜被野獸的咆哮聲吵醒的傑羅斯等人，一起全副武裝的來到橋梁前。

施工的地點原本就很偏僻，所以他們全都帶了完整的作戰裝備來。話雖如此，畢竟交戰對象不是人類，所以裝備也以皮製品為多，基本上都是便於活動的類型。

著裝完畢的矮人們先衝了出去，除此之外的仍手忙腳亂的穿著裝備。來到外頭的他們，看到一隻龐大的野獸正在對岸咆哮。

野獸的上半身呈現人形，但下半身看起來卻像犬科動物。

背上長出好幾對像是昆蟲腳般的物體，頭部則像鱷魚那樣突出，但沒有眼睛。

不，牠其實有眼睛，不過眼睛生長在腹部，而且有好幾個。擺出苦悶表情的人臉發出怨嘆的聲音。

或許是錯覺，但傑羅斯總覺得其中一張臉好像在哪裡看過。

「那玩意跟白天的是同一種嗎？外型完全不一樣耶。」

「我猜牠可能吞噬了同伴？因為吸收了同伴的力量，所以才變成了那個樣子……說起來照牠們那種暴食的程度，除了同伴以外應該也沒東西可以吃了。」

「同類相噬？可以吸收其他野獸的力量嗎……等等？假設魔導士被牠們吃掉的話……」

「或許就能夠使用魔法了。是不能大意的對手。」

這在奇幻作品裡面真是再常見不過的發展。雖然照平常來說是不可能發生的事情，但在這件事上，這個推論卻是正確的。之前打倒的魔物以及白天燒掉的那隻魔物，體型大小都差不多。

雖然可能多少有些個體差異，但這些野獸的體型也頂多比人類大一圈，可是現在在對岸過來的那隻卻足足大了兩倍。牠以超乎常理的速度奔馳，並且擁有可以輕鬆翻過十公尺高度的跳躍能力。儘管會因為自身體重而造成骨折，但這傷勢也會因高速再生而復原。

「馬上就要來了。那麼快的速度……很有威脅性。」

「但這個前提也是地面要夠堅固吧？看我用上白天那招。」

利用「蓋亞操控」與「岩石塑造」來捕捉魔物。

四隻腳的魔物以全力穿過尚未建造完成的橋梁，一舉越過懸崖。

「就是現在！『蓋亞操控』。」

「「「『蓋亞操控』。」」」

「「「『岩石塑造』。」」」

矮人們一起出手。

乍看之下捕捉行動是成功了，但是……

——啪吱、噗嘰！

猛獸使出渾身解數彈跳，儘管四條腿全被扯斷，但也立刻開始重生。昆蟲般的甲殼覆蓋住斷腿處，並且長出節肢與翅膀，簡直就像適應環境產生突變一樣。

「什、什麼？又來這招！」

過於異常的重生速度讓那古里驚愕不已。魔物更從腹部生出無數的蛇襲向矮人們。這些蛇有如鞭子般甩動，打飛了好幾位矮人。

雖說幸好可以舉盾防衛，卻一擊便讓鐵製盾牌慘烈地凹陷。

「嘖！請大家後退！」

傑羅斯立刻抽出腰上的劍，斬斷如觸手般蠢動的蛇身。

然而他一砍斷，馬上又長出新的蛇，這樣下去根本沒完沒了。

「少瞧不起人了！『火焰之矛』。」

「「「『火球』。」」」

矮人們的魔法攻擊一口氣集中，魔物被團團火焰給包圍住。

「日珥……什麼？」

儘管處於熊熊燃燒的火焰之中，但魔物仍若無其事的樣子。仔細一看，在牠的周圍有一道透明的防壁，擋下了魔法造成的攻擊。因此只有熱度傳到防壁之內，空氣中充滿了黑色體毛燒焦的噁心氣味。

「可惡，村子裡有魔導士嗎？怎麼會這樣！」

沒想到隨口說說的話竟然成了現實。被魔物襲擊的村落有一位老魔導士為了保護村落而戰，並且被吞噬了。

魔物吸收了存在老魔導士腦內的魔法術式，便能施展魔法。

「貫穿吧，『磁軌砲』。」

凝聚周遭的石頭與塵埃，壓縮成具有強大貫穿力的子彈之後，連續射向魔物。

當然，傑羅斯有顧慮到不會打到矮人們才射出。魔法屏障是一種以「面」的形式來防守的魔法，功用類似盾牌。傑羅斯使出的魔法是「磁軌砲」。這是一種超電磁砲，要防堵這招，只能在正面架起圓錐形的屏障，使攻擊軌道偏移。但魔物擁有的魔法術式是面狀屏障承受攻擊，厚度跟魔力密度都不足以擋下這個攻擊。

其實「磁軌砲」聽起來雖然很強，但因為重點放在能夠快速施展上，所以威力很弱是這招的缺點。如果是高等級者使用此魔法，雖可彌補威力不夠的問題，但因為這招的貫穿力很強，若不小心使用有可能傷及同伴。

魔法屏障被貫穿後失去效用，魔物的身上開出了幾個洞。

但這些傷口也迅速地再生，瞬間便癒合了。

「這再生能力太誇張了。遠勝過之前打倒的那兩隻……」

儘管如此，魔物展開的屏障還是消失了，矮人們便抓準這個機會不斷施法攻擊。

「喝呀啊啊啊啊啊啊啊啊啊啊啊！」

那古里手持戰鎚衝了過去，朝上攻擊魔物的頭部。魔物的下顎被來自正下方的攻擊敲碎，肉塊四處飛散。但魔物的臉在腹部。

那古里順勢旋轉，將鐵製戰鎚砸在魔物臉上。傑羅斯接著衝刺，以雙手持劍劈砍，接連砍下魔物身上的昆蟲腳，被切斷的腳散落在地面。

魔物似乎判斷自身處於劣勢，便以自己為中心展開魔法陣。

「這是……不妙！那古里先生，快後退！」

「喔？好！」

就在兩人迅速退開的瞬間，魔物周圍的地上生出無數岩石構成的尖刺，襲向他們。

「好危險啊……居然使出了範圍魔法？」

「看樣子牠吃掉的魔導士相當優秀呢，與之為敵可就麻煩了！」

魔物順勢狂奔而出，襲向其他矮人們。他們躲在用來建造橋梁的建材後方，不時使用魔法或武器攻擊魔物，削去魔物的身體，但在魔物強大的再生能力面前，這麼做其實沒什麼意義。

加上因為連續施展「火球」的關係，導致周圍已經成了一片火海。

「麻煩的傢伙。因為牠的再生能力太強，我都搞不清楚到底是那一方處於劣勢了。」

「如果能完全封住牠的行動就好了。牠不僅速度快，似乎也感受不到疼痛。」

「把牠切成細碎的肉片不就得了？」

「要是由我出手，這裡恐怕會變成一片荒地喔。但如果有機會，我是可以試試看……」

畢竟這裡人多，所以傑羅斯會看狀況分別使用單發或狙擊系的魔法，不過這樣下去也只會拖到無力對應而已。他很想一舉消滅對方，但這些工人們可以躲的地方太少了。

魔物現在似乎因為再生能力以全力在運作，身體能力變得沒有那麼強大了。

按照目前的狀況來看，再生中的魔物體能會下降。不論活動還是治療，都需要消耗體內的養分，若以其中一邊為優先，另一邊自然會打點折扣。這發現雖然很有幫助，但那巨大的身軀實在太強健了。

矮人們為了不給魔物反擊的機會，果敢地衝鋒陷陣，不斷給予魔物傷害。

其中甚至有人打算以繩索捆住魔物。

「牠該不會同時在再生及強化體能吧？若是這樣，應該遲早會因為營養失調而無法活動……這樣想太天真了嗎？」

傑羅斯雖然基於常識來思考，但他並不覺得異世界的常識會與自己的想法相符。

他甩掉天真的想法，專注在眼前的戰鬥上。

如果能讓魔物的兩種能力彼此扯後腿，或許就有機會獲勝，然而要是牠將體內的養分消耗殆盡導致無法再生，這魔物就很有可能會改以全力活動。這麼一來，魔物將會在瞬間擁有跟傑羅斯同樣的行動能力，矮人們會被牠吃掉吧。

「只能趁現在打倒牠了嗎……若能想辦法絆住牠的動作……」

魔物執著地鎖定矮人們攻擊。傑羅斯為了防止矮人受傷，以魔法封鎖牠的行動，盡可能地牽制住魔物。

「唔喔喔喔喔喔喔喔喔喔喔喔喔喔喔喔！」

保齡丘以斧頭砍斷了魔物的腿。

──咕喔喔喔喔喔喔喔喔喔喔喔喔喔喔喔喔！

「咳哈！」

魔物怒吼後，揮動手臂打飛了保齡丘。

他就這樣整個人撞在建材上。

「保齡丘先生？」

「叔叔！」

魔物打算吃掉動彈不得的保齡丘，朝他的方向走進。

「休想得逞，『火球』！」

「「「『火球』。」」」

在矮人們的集體攻擊之下，魔物無法前進，後退了幾步……

——轟嗡嗡嗡嗡嗡嗡嗡嗡！

魔物張開背上的翅膀，飛到空中。

眼見魔物終於移動到沒有東西妨礙的位置，認為機不可失的傑羅斯立刻施放魔法。

「『龍捲風』。」

風系範圍攻擊魔法「龍捲風」。

這魔法不僅可以產生龍捲風限制住對手的行動，暴風內側還會產生真空刀刃，集中攻擊對手。在鐮鼬現象的切割攻擊之下，魔物被分解成無數肉片。

但這樣還不夠。

「『日珥烈焰』！」

加上單體燒毀魔法「日珥烈焰」的火球後，「龍捲風」化為灼熱的「火焰風暴」。傑羅斯同時併用兩種魔法，使魔法變成範圍魔法後加以攻擊。

在半化為電漿的火焰漩渦帶來的高熱灼燒之下，魔物在轉眼間便化為黑炭。

飛上天就是牠氣數已盡。所有身體組織都被燒光的話也無法再生，摔落地面之後只能悽慘地化為碎片。

「叔叔，你沒事吧！」

「保齡丘先生，你還活著嗎！」

「唔唔……身體好痛……要是沒用斧頭防禦我就死定了……」

保齡丘似乎在緊急之下舉起斧頭當成盾牌防禦，因此免去了致命傷，身上只受到一些撞傷。換成人類的話這樣的傷勢足以立即致命，但矮人是相當健壯的種族。

「別讓人操心啦，你都一把年紀了，不要逞強。」

「笑話，我還不會輸給年輕人啦！」

「剛剛聽你叫『叔叔』，所以保齡丘先生是那古里先生的親戚嗎？」

「我沒說過嗎？他是我老爸的弟弟。」

「我根本無法區分矮人的年齡啊，所有人看起來都一樣……」

人類當然無法分別。據說那古里一家代代都是建築業者，他父親似乎是飯場土木工程的老闆。只不過他父親也是個喜歡衝第一線的人，所以常常會親自跑去新的施工現場工作。老實說，這樣到底是誰在負責經營層面的工作這點實在很令人疑惑。

「是說那傢伙竟敢把工地弄得一團亂。唉，不過橋梁沒事的話，總有辦法搞定吧。」

「要是不快點滅火，建材會被燒起來喔。雖然因為大多是石材，火勢也不大就是了。」

矮人們為了收拾善後開始了水桶接力。他們似乎是能夠應對各種突發狀況的專家，真的很快就能採取行動。

傑羅斯來到魔物的屍體附近開始鑑定，不過腦中出現的答案只有一個字，「炭」。

再更仔細地調查後，出現了一個可以鑑定的東西。那是一塊暗黑色的石頭。

＝＝＝＝＝＝＝＝＝＝＝＝＝＝＝＝＝＝＝＝＝＝＝＝＝＝＝＝＝＝＝＝＝＝

【邪神石】

原本是邪神的一部分。因為長時間與本體分離，因而石化。

若灌注魔力，可以賜予對象強大的力量，但同時會使對象變為魔物。

一旦變成魔物後便無法恢復原狀，同時會被異常的飢餓感給侵蝕。

化為魔物後將會失去理性，變成只知道覓食的存在。

＝＝＝＝＝＝＝＝＝＝＝＝＝＝＝＝＝＝＝＝＝＝＝＝＝＝＝＝＝＝＝＝＝＝

「原因出在這裡啊……不過外觀看起來只是個普通的石頭呢。」

邪神是導致傑羅斯來到這個世界的遊戲內最終頭目。四神將祂封印在異世界的電腦空間裡，策劃讓玩家殺死邪神，導致傑羅斯和伊莉絲等人都成了犧牲者。

這不負責任的計謀雖然算是成功了，但祂放出的詛咒卻在整個網路內流竄，受到其影響的人全都轉生到這個世界來了。

傑羅斯拿起石頭，石頭忽然發出詭異的光芒。

「這是……」

「邪神石」簡直就像對某樣東西起了反應般，散發出紅色的光芒。

『若邪神石是邪神身體的一部分，這玩意產生反應的東西就會是我持有的東西。會有這種事嗎？』

傑羅斯隨意打開道具欄，檢查目前持有的物品後，發現邪神甲殼和邪神之爪等可疑的玩意。但他覺得應該不是這些東西而困惑著。

『到底是對什麼……這個嗎？』

確認到最後一項有著疑似是目標的物品，他便將那東西從道具欄中取出。

＝＝＝＝＝＝＝＝＝＝＝＝＝＝＝＝＝＝＝＝＝

【邪神魂魄】

詳細不明……

＝＝＝＝＝＝＝＝＝＝＝＝＝＝＝＝＝＝＝＝＝

散發著火紅光輝的邪神石確實是對「邪神魂魄」起了反應。

『因為是魂魄，所以這應該就是邪神的靈魂了吧……該怎麼辦呢？』

傑羅斯不懂為何其他邪神的部位都沒有反應，卻只有邪神石對邪神魂魄有反應。

但他知道自己拿到一個麻煩的玩意了。

「唉，總之應該有什麼用途，先收著吧。」

一般來說應該要將這種東西封印起來的，但他就是個行事隨便的人。

傑羅斯將邪神石與邪神魂魄放回道具欄後，也加入了修復施工現場的工作。

比起今後，還是集中在眼前的問題比較實在。

◇　◇　◇　◇　◇　◇　◇

在那之後過了三天，一團騎士在道路上前進。

他們的目的是視察道路的整修狀況。帶頭的騎士有兩位，後面大約有五個人圍成一圈，領主德魯薩西斯的馬車則在這中間前進著。

穿著一身套裝的領主在馬車內整理文件，統整下一份工作的內容。

他恐怕是這個國家裡最忙碌的男人吧。不僅要負責領主的工作，還要整理自己經營的商業財務狀況，除此之外更要勤奮地陪伴兩位妻子與數不清的愛人。

在各種意義層面上，他都是個很有本事的男人。

整修道路是來自國家的要求，完成之後，這一帶的管理工作將會交給優克勃肯諾伯爵。但他對此事卻心有不滿。優克勃肯諾伯爵基本上十分不得民心。原因在於他徵收了過重的稅額，以及總是用貴族高高在上的態度對待人民。更重要的是他會以初夜稅這種名目對已經決定要結婚的女性出手，根本就是個垃圾到極點的人。

同時，他捐了很多錢給惠斯勒派，以致於他成為派系貴重的收入來源之一。

德魯薩西斯是無論如何都想擊潰他，但是目前實在沒有什麼決定性的要素。

「德魯薩西斯大人，我們快到了。」

「嗯，時間剛好呢。」

看了看懷錶，得知自己準時抵達的德魯薩西斯一如往常地對部下的優秀表現感到滿意。

「沒看到飯場土木工程的人呢？」

「應該是在前面築橋吧？好像是國家發下來的要求。」

「什麼？等等，這不太對勁。鋪設道路是國家指派的工作沒錯，但應該不包含築橋喔？」

「奇怪？根據我從那古里先生那裡聽來的情報，確實是國家指派的工作……」

國家發派的公共建設案會先送到治理當地的領主手中，再由領主委託工匠執行。而國家佈達下來的建設案中，並沒有包含橋梁。

在整修道路的案子中，有提到橋梁會在之後先評估過預算再另行發包建造。所以德魯薩西斯根本不知道為什麼會已經開始施工了。

可以推測到的可能性有好幾種，其中機率最高的是……

「優克勃肯諾伯爵擅自執行這個建案了吧。還真是做了蠢事。」

會導出這個答案是有理由的。如果貴族要憑著自己的判斷執行這類工程，就有義務事先跟國家──國王報告才行。既然整修道路屬於國家事業的一部分，若之後決定要築橋，就會招致不必要的混亂。

若等到發包完成，真的要建設時，到了現場卻發現橋已經搭好了，將會白白浪費事先編列出來的預算、建材以及聘請過來的工匠。而且要這麼做的時候，也必須通知管理對岸領地的索利斯提亞公爵才行。然而這次的施工卻沒有執行這些必須的手續。

德魯薩西斯知道優克勃肯諾伯爵基於個人的因素討厭自己。但即使如此，若放棄應負責完成的事務，仍會被追究是否有足夠的資質擔任領主，甚至有可能會被逐出家門。

對德魯薩西斯來說這是很值得高興的事，因為將有一位礙眼的貴族會消失。

他雖然不喜歡現在的伯爵，但伯爵的弟弟是個可以溝通的人，所以他也盡可能地不想毀了他們全家。

「總之先跟陛下報備一聲比較好吧。」

他的腦中已經開始安排拉下麻煩人士的計畫了。

短暫的時間流逝，在灰色的腦細胞全力運轉的途中，馬車已經來到築橋的施工現場。德魯薩西斯下了馬車之後，目睹到異樣的一群人。

那是在完成的橋梁上跳舞的矮人工匠們。而且不知為何在正中間的是他曾見過的魔導士，正跳著激烈、冷酷又性感的舞蹈。那一絲不亂的舞步已經可謂是一種藝術了。矮人們也是，雖然體型跟酒桶沒兩樣，但跳起舞來卻不可思議地顯得相當帥氣。

領主一行人張口結舌了好一會兒。

傑羅斯在這幾天內似乎受到矮人們感化，現在的他們是大娛樂家。完成建設工作的這些人，在這天顯得異常地閃閃發光。

◇◇◇◇◇◇◇

「沒有包含築橋的工程？這怎麼回事啊。」

成功地築完橋，正開心地跳著舞讚揚彼此努力的他們，聽到德魯薩西斯所說的話後陷入了混亂。他們雖然是因為國家的要求前來築橋的，但這座橋的建設工程卻仍處於未定階段。

聽到這樣的內容當然會吃驚吧。

「也沒怎麼回事，就是國家發包的工程只有整修道路而已，沒有包含築橋。你們真的有拿到陛下用印的委託申請書嗎？」

「當然，因為來自國王的委託對我們工匠來說是一件很榮譽的事情。我們有好好地保管委託申請書喔？」

「如果有帶在身上，方便讓我看看嗎？因為說到築橋的工程，就算先送到我這邊也不奇怪才是。」

「喔……這裡所有的工匠、每一位業者應該都有收到委託書吧？」

不僅矮人，來到這裡的其他公司的土木工人們，也都十分以自己的工作為傲。尤其貴族或王族這類權貴人士發包下來的工作大多難度偏高，能夠接到這種大案子對他們來說是一種很榮耀的事情。

接到工作的契約書等文件，等於是他們的勳章。

在跟同行喝酒的時候，拿這些工作出來炫耀已經是一種行業習俗了，因此他們多半會留下相關文件。更何況這類文件本來就很重要，以經營層面來考量，也是必須好好保存下來的東西。矮人們對這些文件的看法似乎跟人類不太一樣。

接著便蒐集到了許多蓋有國王印鑑的委託書。在場的各家施工業者們全都帶著相關文件。他們應該都打算拿這些文件出來炫耀，好好喝個兩杯吧。

德魯薩西斯以嚴肅的眼神仔細審視委託書的每一個細節。

「……這些文件都是偽造的。不僅紙質粗糙，連玉璽都怪怪的。」

「也就是說……我們做白工了？」

「不，你們搭建了一座這麼完美的橋梁，後續的事情就交給我吧。」

「拜託你囉？這可是關係到我們的生計啊。」

『原來他們不是把工作當成興趣，而是真的有考量到生計啊……』

傑羅斯在一旁閃過失禮的念頭。他們單純是把興趣當成工作，並不是完全不在乎生活。只是喜歡工作賺錢罷了。

「你們知不知道是哪裡的家臣送交這份文件過來的？」

「是對岸的臭伯爵那裡的傢伙。要我們立刻去揍他嗎？」

「麻煩請先不要，我會想辦法的……但希望你們能給我一點時間。」

「畢竟我們都托你關照了，就看在你的面子上先不去找他報復囉。」

「感謝。我有個得盡快趕回去處理的案子……恕我先失陪了。」

德魯薩西斯明明剛到，卻馬上就要準備折返回桑特魯城了。

「你還是一樣這麼忙碌啊。我看你還是節制一點，別再增加愛人了吧？」

「回去之後必須馬上過去才行。雖然我會在馬車裡做完工作，但應該只能勉強趕上吧。她不會因此生氣就好了……」

「你真的要去愛人那裡喔……真學不乖耶，我看你遲早會被捅死喔。」

「這就是我的生存之道，我不可能讓女性哭泣啊。」

他面不改色地堂堂斷言道。接著立刻搭上馬車離開了。

想必他會在馬車裡策劃如何扳倒優克勃肯諾伯爵的計謀吧。

能幹的男人不會浪費時間。

「……那個人究竟都是什麼時候休息啊？」

「不知道。因為他是個很忙的男人啊，在各種方面上都是……」

傑羅斯呼出的煙隨風而逝。

目送才剛到這裡不久的德魯薩西斯的馬車離去後，他們一起開始準備撤收。

這次的工作平安竣工，明天又要再到火熱的現場去揮灑汗水。

飯場土木工程公司的戰爭是永無止境的。

雖然這是題外話，但他們收留了逃出來的村民。這或許可說是他們講人情重道義的工匠特質，但也有可能只是想要新的工匠人手或是可以負責下廚煮飯的人罷了。

此外，關於來襲的不明魔物，將由飯場土木工程公司整理報告來提交給德魯薩西斯公爵。因為大叔只是個打工仔而已。

◇◇◇◇◇

幾天之後，傑羅斯等人回到了桑特魯城。

飯場土木工程公司做為據點的位置，是城中一塊通常被稱為工業區的區塊。

許多工匠的工作室林立於此，雖然他們分別依據各自擅長的領域開設工作室作業，但偶爾也會有打鐵師傅的工作室剛好開在隔壁，火光此起彼落的狀況。

而飯場土木工程的辦公室兼工廠就在這個區域的一角，有幾輛馬車返回此處。

大多數的工匠下了馬車之後，都會為了吃飯而直接前往酒館吧。

「傑羅斯先生啊，都這個時候了，要不要一起去吃個飯啊？雖然是去叔叔家裡啦。」

「方便嗎？保齡丘先生。」

「無所謂，我不討厭熱鬧點啊。」

傑羅斯在兩人的帶領下，來到儉樸的磚造住宅。

鑽進門後，可以看到牆上掛滿了各式各樣的工具，與其說這是工匠的家，看起來更像是一間工廠。

「我不是很清楚保齡丘先生的職業是什麼……」

「叔叔什麼都做喔？從打鐵到精工，範圍很廣。」

「你們先等等，我去弄道好菜來。」

「又是『激辛豆醬』嗎？叔叔你真的很愛這道菜耶。」

「那可是我們矮人的生活必需品，怎麼吃都吃不膩啊。」

保齡丘進了廚房準備動手做料理，但……

「可惡！果然發霉了。難得我想弄道特製『激辛豆醬』給大家嚐嚐的。」

只見他看著鍋子抱怨。他手中的鍋子裡面有泡水的黃豆，但吸收了水分的黃豆上佈滿了白色、像是黴菌一樣的東西。

是說難道他打算讓大家吃施工前就泡了水的豆子嗎？

「發霉了嗎？」

「嗯，長在麥子和黃豆上的黴菌生長的速度很快。」

「要是沒有好好保存，就會馬上發霉。叔叔啊，我們還是吃肉吧。」

那古里已經開始喝起不冰的麥酒了。

傑羅斯隨意地探頭看了鍋子一眼後……

＝＝＝＝＝＝＝＝＝＝＝＝＝＝＝＝＝＝＝＝＝＝＝＝＝＝＝＝

【米麴菌】

一種黴菌。在濕度４０％以上的環境便會開始大量繁殖。

常見於麥子、黃豆和稻米等穀類作物上，是一種生命力頑強的細菌。

比乳酸菌或醋酸菌還強勁。是只會在魔力高的土地上生長的突變種。

強大的生命力甚至可以逼退黑黴菌。

＝＝＝＝＝＝＝＝＝＝＝＝＝＝＝＝＝＝＝＝＝＝＝＝＝＝＝＝

鑑定能力啟動了。

「找到啦啊啊啊啊啊啊啊啊啊啊啊啊啊啊啊！」

「什麼？」

「小哥，你怎麼了？」

這個世界的米麴菌很剽悍。或許因為地緣的關係，它們的生命力比細菌還強，應該有辦法保存。大叔因為可以做出種麴而樂得手舞足蹈，原來「欲速則不達」是真的啊。

「這下釀酒的準備工作都完成啦。」

「用這個黴菌嗎？」

「雖然有點難以置信……但小哥啊，如果你真的釀出了酒來，記得讓我嚐一口啊。」

傑羅斯雖然在去找米麴菌之前就被拖去施工而有點失落，但此時整個人都充滿了幹勁。不過他忘了一件事，就是稻子還沒長大……

回到桑特魯城的傑羅斯和那古里、保齡丘在這天為了慶祝造橋工程完工與發現米麴菌，開了一場盛大的酒宴。

傑羅斯隔天回到家，看到田裡滿是雜草後整個人呆住了。這個世界裡生命力強大的不只有米麴菌。

他從那天起便拿著鐮刀，花了好幾天專心除草。

第八話　大叔捐款

三名男子回到做為據點的廢棄小屋後，開始做起返國的準備。

這是因為他們必須讓國家知道，為了增強戰力而打算利用的「邪神石」這東西有多具有危險性。雖然為了確認邪神石的力量而利用了傭兵做測試，但四名傭兵無一倖免地全都變成了怪物，化為將所有生物吞噬殆盡的可怕存在。

這樣別說增強戰力了，甚至有可能會導致國家滅亡。

一位以兜帽深深蓋住臉的魔導士出現在他們的據點裡。

他們瞬間想拔出武器，然而因為對方是認識的人而鬆了手。

「哎呀，怎麼了？這麼著急……該不會是曝光了？」

「不，我們的行動應該沒有被發現，但發生了無論如何都該呈報的事情。」

「那是怎麼樣的事情呢？是無法告訴我這個研究者的內容嗎？」

黑衣魔導士露出很刻意的笑容。

「就是那石頭。那個會把人類變成怪物……太危險了。」

聽到這個，魔導士露在兜帽外的嘴角似乎微微扭曲了一下，但他們並未察覺。

「喔～……這還真是出乎我預料呢。但……這樣啊，會變成怪物啊……」

「嗯，那個太危險了！我們必須中斷研究！」
「那麼，把那個石頭磨成粉末，只給予少量的話，或許可以期待其功效吧……」
「你還想繼續利用那個嗎？」
「當然啊？我才想反問你們，要是沒有那個東西，你們這種小國家能夠戰勝其他國家嗎？」
他們的國家非常貧困。是個不僅在商業、工業發展上不值得一提，甚至連端得上檯面的特產都沒有的國家。
若他們想生存下去，就只能像過去掀起侵略戰爭那樣，掌控其他國家。
可是使用邪神石的風險實在太高了。
「你們不需要用在軍隊上啊。只要流入黑市，散布到敵對國家即可。」
「什麼？」
「那種東西要是流出去，我們也不會有好下場啊！」
「你是認真的嗎？」
「只要在敵對國家造成混亂即可。但是要在那個國家自滅之前掌控住就是了。」
雖然散布危險物品實在不是什麼正經的做法，但若不能突破現況，他們的國家也遲早會消失。
「利用黑市削弱對方也是一種戰術吧？雖然不是什麼值得稱讚的做法。」
「怎麼可以讓罪犯得到好處！即使可以這麼做，我們也無法控制住場面吧。」
「這部分就只能盡力而為了。簡單來說，只要專找無法在社會生存的那類人下手就行了。嗯，來試著改良，讓它變得更容易使用好了……」

「我不覺得事情會進展得這麼順利……」

「執著於金錢的人都不把其他人的生命當一回事，成果會超乎預期的。」

他們也別無選擇。畢竟若不想點有效的策略，國家就會滅亡。

「沒辦法。但我們還是得稟報陛下……不能擅自行動。」

「唉，也是啦。我會盡可能減低這東西的效力，希望你們能找個適合利用的黑市人材。」

魔導士說完後便離開了據點。

「這男人真詭異。」

「但多虧了他，我國才多少活絡了起來。雖然這也並非我等所願……」

「腦筋太好的人不值得信任。我覺得他很危險。」

這些人雖然是檯面下的情報人員，但他們並不信任黑衣魔導士。他們不知道魔導士在策劃著什麼，可是也沒有表現出野心勃勃的樣子。目前仍只能靜觀其變。

因為魔導士的知識就是這麼有用。

男人們兵分兩路，一個人負責回國呈報。因為這關乎國家的命運，他們根本沒有時間猶豫。

◇◇◇◇◇◇

「不管怎麼割、不管怎麼除，我的生活都無法變得輕鬆，只能一直看著手。」

一身農民打扮在田裡除草的傑羅斯忍不住想要抱怨。

他接了個長約兩星期的築橋工作的打工，回來的時候田裡已經成了滿地雜草的草原。

還好勉強能看出哪些是農作物，所以他以農作物所在的點為中心開始除草，目前正在努力想辦法把周圍的雜草給拔乾淨。雖然他也用上了土木魔法「蓋亞操控」，但比較細微的地方還是必須靠人工作業，而且一天過去之後，別的地方又會長出雜草，根本沒完沒了。

即使用前端呈現三角形的萬能鐮刀仔細地除掉雜草，隔天仍會冒出小小的嫩芽，三天後雜草就會長到一定高度了。

就算把雜草細細切碎做成腐葉土，但與其說可以拿來施肥，反而更容易助長雜草滋生。

傑羅斯不知道這些雜草的草根和種子是打哪來的，但只要一個不注意農田就會化為草原。他甚至覺得只要花上一個月，這裡就會變成一片原生林了。

「這些植物到底是有多強韌啊……」

雖然傑羅斯喜歡務農，可是像這樣每天都長出新的雜草來，他也會厭煩。

只靠一個人要做好這件事情實在不太可能。

傑羅斯一邊抽菸，一邊看著家的方向之後，看到幾位騎士跟一位老人的身影。

那是克雷斯頓老先生和護衛的數名騎士。

「這不是克雷斯頓先生嗎？好久不見了。有何貴幹呢？」

「傑羅斯先生，好久不見了。老夫送東西過來，順便來探望你一下。」

「送東西過來？是什麼呢？」

「孫子庫洛伊薩斯要給你的報告，說是關於以前你交給他的魔法媒介的戒指的。」

「啊啊～確實有這麼回事呢。」

大叔其實已經忘得一乾二淨了。原本魔法媒介的戒指與手環就是他試作的，反正傑羅斯自己用不上，他就把手環交給瑟雷絲緹娜、兩只戒指分別給茨維特和他弟弟了。並且希望他們最好能寫個使用心得報告書來。

傑羅斯原本並未指望對方會寫，所以沒想到真的會有人交報告來。

「我可以看一下嗎？」

「嗯，這裡面沒有報告近況的家書，還真像是那傢伙的風格。他只送了這份報告來。」

「壓根就是個研究員嗎？我瞧瞧……」

報告裡面記載了非常詳盡的記錄。

從魔法運用效率到自己的魔力消耗狀態。再從這些資訊導出在實用層面上的低負擔，一直到魔法的威力加強了多少，寫滿了密密麻麻的文字。

最後寫的是「我很喜歡，今後也會善加利用」這一句話。

看來試作品基本上是大獲好評。

「嗯……看樣子他滿中意的。對我這個製作者來說也算是有回報了。」

「老夫是不是也該拜託你做一個呢。畢竟近期可能需要用上啊……」

「要上哪裡打仗嗎？」

「不……只是除蟲作業罷了。就是會玷污花朵的蟲子……呵呵呵……」

克雷斯頓在四處都安排了他培育的密探。例如在伊斯特魯魔法學院裡面，他就安排了擁有特殊能力，就算在遠方也能蒐集到詳細情報的部下們。當然，他也能夠順利地取得心愛的孫女的情報。沒錯，甚至包括對瑟雷絲緹娜有好感的學生……

還是說一下好了。就在這時候，伊斯特魯魔法學院的課堂上，有一位學生突然感到背脊發涼。

傑羅斯雖然感覺到某種不祥的氣息，卻刻意不點破。因為他認為這肯定沒好事。看騎士們都已經露出一副不敢恭維的態度，想必他們也很辛苦吧。

「這種程度的事情完全是小事一樁。是說你不必特意跑一趟，只要聯絡一聲，我過去拜訪就好了啊？」

「畢竟老夫也還有些私事要處理吶。」

「私事嗎？那究竟是……」

「你教給瑟雷絲緹娜的那個魔法文字的解讀方法，老夫想拿去利用。」

傑羅斯只教過瑟雷絲緹娜和茨維特解讀方法。

從整個對話的過程來推測，應該是要把解讀方法傳授克雷斯頓的部下吧。

「你希望我再去教別人？」

「不是。老夫現在多少也可以讀懂一些魔法文字了，緹娜真的很會教呢。」

這老爺爺充分表現出溺愛孫女的爺爺態度。可是傑羅斯仍然不懂這為什麼需要獲得他的許可。

「是說～這有必要獲得我的許可嗎？」

「當然！你是這個世界上唯一一位大賢者啊。怎麼可以在沒問過你的情況下就把那項知識散播出去呢？」

「是這樣嗎？我用的魔法術式另當別論，如果是普通的魔法術式的話無所謂喔。請儘管把解讀法散播出去，沒關係的。」

「喔，真的可以嗎？」

「前提是不會被拿去作惡。畢竟情報這種東西遲早會洩漏出去，說到底就不是可以隱瞞到底的玩意。比方說丈夫把妻子逼上絕路，丈夫就算想要隱瞞這件事，還是很有可能會從妻子的朋友、家人以及職場同事的口中洩漏出去，周遭的人遲早會知道的。既然我們無法管住別人的嘴，那魔法文字的解讀方法遲早會在世間流傳開來吧。」

「你這內容聽起來很具體耶？」

「這只是比喻罷了。嗯，簡單來說就是世上常見的八卦吧。」

就算是機密情報，等時間過去，也會暴露於陽光之下。不重要的內容很快就會擴散開來，卻也很快就失去關注。而與人類倫理觀有所牽扯的事，卻不知為何會生生世世地流傳下去。

更何況解讀魔法文字的方法，對這個世界來說擁有非常重要的意義，是每個人都巴望著想要獲得的情報。想當然一定會有人為了獲得這個情報而派出間諜，而且就算加以取締，也不難想像情報遲早會從內部洩漏出去。

「確實，所謂國家機密也是遲早會被他國得知哪。所以對你來說，就算魔法文字的解讀方法傳出去也沒關係嘍？」

「我自己新創的魔法術式太危險了，不過如果是無法壓縮魔法術式的舊時代產物，我想應該沒問題喔？畢竟是從遙遠的過去就一直存在的東西。」

「你自己創造的魔法術式根本看不懂。緹娜有把她所能記住的部分魔法術式寫給老夫看，但完全無法理解那到底是怎麼一回事。」

「不要知道比較好。畢竟這對大家來說還太早了，我想遲早會有人能夠分析的。比起這個，雖說只有一部分，但瑟雷絲緹娜記得那個嗎？」

「那孩子很優秀啊。不過你要刻意留下謎團啊……」

「我只是懶得教而已。我想應該沒有人可以理解吧，就算能理解，大概也是幾百年後的事情了。」

畢竟只用56音的魔法文字要壓縮魔法術式一定會遇到障礙。雖然並非絕對不可能，但魔法本身的威力及魔力運用上就必須使用大量的魔法文字構成才行。

要用言語來表示現象或特殊反應相當困難，舊時代的魔法術式有時候甚至必須寫下無法化為話語的情報在內。

而０１式的新魔法只需要以0和1羅列這些工序即可，然而問題是這個世界沒有人可以理解吧。不過就某種意義上來說這反而是種幸運也說不定。

就算能夠理解，若是要在這個世界編纂這類術式需要許多人力，真要進行的話得耗上不少時間與精力。

大叔之前是找了大量跟自己同類的人，以人海戰術完成了這個工程，但當他用過「闇之審判」、「煉獄炎焦滅陣」、「暴虐無道西風神（塞費洛斯）之進擊」這三種大範圍殲滅魔法之後也很清楚其危險性，因此他本人並沒有散播這種術式的意思。

「老夫還有事情要跟你說，但在這裡不太方便。」

「這真是失禮了。那麼請進來吧，讓我準備點冷飲。」

「雖然我沒什麼好東西可以招待，但要談話還是在屋裡比較好吧。特別是比較嚴肅的話題，總不想被閒雜人等聽到。」

「喔？冷飲？」

「是啊，畢竟老夫要說的是與錢有關的事情。」

傑羅斯將包含護衛騎士在內的人都請進屋內。

屋內意外的相當寬敞，從那木屋般的外觀看來根本無法想像，裡頭甚至還有七間空房。

傑羅斯主要利用的是一樓寬敞的工作室空間、廚房以及客廳。

雖然空房很多，但也不知道要拿來做什麼。即使為了將來可能會有的妻子與小孩而預留兩間房下來，也至少還會有四間空房。

順帶一提，他將地下室當作儲藏室來使用，乾燥機和農業用具都收在那裡。因為還沒有米，所以乾燥機沒什麼機會派上用場這點很令人難過。

「請稍等一下，我去準備飲料。」

傑羅斯來到廚房之後，拿出幾個杯子，從自製啤酒機倒入清涼的麥酒。色澤偏黑的麥酒隨著白色酒泡散發出果香。這種麥酒是他聽了矮人們的話，盡可能選出了最接近拉格啤酒口感的酒。

下田工作的期間喝一杯的感覺特別爽。雖然也有蜂蜜酒，但因為那是比較高價的酒，目前正在冰箱裡面冷藏著。

這個世界上除了這兩種酒之外，以紅酒為主流，幾乎沒有像日本酒或燒酎那種以穀物釀造的酒。主要還是愛喝酒的矮人會釀，可是不太受歡迎。

雖然是題外話，但這個世界其實有芋頭之類的農作物。若要用這個來釀酒，會採用將煮過的芋頭先放進嘴裡混合唾液後，再吐出來放著讓它自行發酵的手法。

好像是不知道哪個地方的原住民會用這種方法釀酒，但是看過這個釀造過程，也沒什麼人有心情享用這些酒了。目前主要是住在山區的矮人們會這樣釀酒。

精靈則以飲用紅酒或蜂蜜酒、水果酒為主流。他們喜歡在農事或工作之間的空檔喝點小酒享受一下，意外的是相當能喝的種族。

無論哪邊都是喜歡工作、喝酒以及熱鬧慶典的種族。

「大白天的喝酒？如果只是小酌那倒是無所謂……唔？這很清涼呢。」

「因為不冰的麥酒喝起來很噁心，所以我會像這樣先冰過之後讓它變得比較清爽。天氣熱的時候喝這個，意外地很不錯喔？」

「唔嗯……這還是第一次體驗呢，真有意思。」

「也有準備各位騎士的份，還請嚐嚐。」

克雷斯頓也是第一次喝到冰的麥酒。說起來這個世界雖然有魔法，但技術水準卻相對低落。魔法只是人們用來攻擊、防衛的手段，這裡的居民從沒想過把魔法用在日常生活上。騎士們面面相覷，顯得困惑。

「……可以嗎？」

「我們基本上還在值勤中耶，這樣不好吧？」

「但人家都拿出來招待了，不覺得不喝反而失禮嗎？」

他們非常盡忠職守，就算休息時間會喝點小酒，也不會在值勤時喝酒。所以他們才十分困惑。

「無妨。這種時候拒絕了反而失禮，更重要的是這可是寶貴的體驗。」

「……那麼，感謝您的好意。」

「喔喔……真的很清涼呢。」

「這是我第一次喝到冰的麥酒。」

克雷斯頓等人飲下冰涼的麥酒。

「「「「！」」」」

果實般甜美的味道與碳酸融合降溫後，化為前所未有的清涼感傳遍全身。而且喝起來非常順口。

「好喝！明明只是冰過而已，居然有這等風味……」

「喝過這種麥酒之後就回不去了啊！」

「是啊，要是之後喝了不冰的麥酒，就會覺得那只是普通的甜酒罷了。」

「太美妙了。老夫本來以為麥酒只是種廉價的酒，沒想到冰了之後會是這種風味……這清爽感真是太棒了！這是用魔導具降溫的嗎？老夫也想要了啊。」

「技術本身很單純喔。只是透過降低溫度的方式，讓食材等物比較不容易腐壞罷了。無論是誰都做得到喔。」

魔法或魔導具是用來戰鬥或護身的道具，所以他們從沒想過可以像這樣利用魔法。在場的所有人都覺得過去的常識完全崩解，窺見了新世界。

「的確，技術本身或許很單純，但為什麼從來沒有人想過可以這樣用呢？」

「是不是因為大家都認為魔法是戰爭的工具呢？雖然因用法不同可以讓生活變得更便利，但畢竟進行這類研究的前提是為了在戰鬥中取勝吧？」

「讓生活變得更富裕而研究魔法……不，製作魔導具！這還真是個很棒的提案呢。」

以克雷斯頓為中心組織的派系，也是與以戰爭為前提的騎士團間的和諧相處為目的所組成的戰鬥集團，此時若加入專門支持民生的研究，將有機會獲取龐大的利益，就有可能一口氣超越其他派系。即使設計本身很單純，但只要能夠推廣出去，使之普及的話，收益也會增加。同時也可招攬對派系狀況有所不滿的魔導士，藉此加快魔法技術的研究進度。

「可是，這要怎麼降溫啊？冰塊很快就會融化啊。」

「將裝了水的罐子放進金屬箱內，再讓那個罐子結凍，就可以利用散發出來的冷氣降低溫度了。這麼做只需要花費將水結凍的魔力，所以就算魔力不多也不會有太大影響，只要小小的魔石就足以應付了。」

「然而只有魔導士能將魔力儲存在魔石裡，對一般民眾來說門檻還是太高了吧？」

「如果只是讓水結凍的魔法術式，可以直接刻在魔石上，而且就算不是魔導士，只是要幫魔石補充魔力的話，誰都辦得到喔。應該不算太難克服吧？」

即使不是魔導士也有辦法灌注魔力。其實只要是這個世界上的生命，都可以做到這件事，因為所有生命都與生俱來就可以使用魔力。即使是野生動物，也會使用可以瞬間提高體能的魔法，所以人類不至於做不到這點程度的事情。

「確實是這樣。問題在於需要多少魔力……」

「若擁有可以使用『冰結』魔法的魔力，就可以維持好幾天呢。不過也要看冰箱的大小就是了。」

「你自己用的冰箱……那什麼的玩意，大概有多大？我想看看，當作參考。」

「它放在廚房，我帶你去看看吧。」

傑羅斯領著克雷斯頓來到廚房，指了指隨意放在柱子轉角的冰箱。

那是一個周遭被紅磚包住，只有門是金屬製的儉樸玩意。

內部的構造也很簡單，最上面設置了裝水的罐子，內部的東西則配合分層，分類儲放。

肉類放在最接近冷氣散發點的上層，中間是麥酒的啤酒桶，最下方則放了蔬菜類。

「就是這個，意外的不算大吧。」

「確實……這個大小的話應該可行吧？唔嗯……之後再來告訴部下們。」

「往後應該有機會打造更大型的冰箱，但目前這個大小應該剛剛好吧。」

「更大型的？原來如此，倉庫嗎！要從遠距離利用河川以船運方式運送東西，就很容易因為時間拖久了而導致腐敗。是為了防止這種狀況吧？」

「雖然可以安裝在船上，但若沒有做好防凍措施，可能整艘船都會結凍喔。」

「有意思！不過這麼一來就必須招攬到足夠的魔導士才行。」

克雷斯頓的派系索利斯提亞派現在正在專注於製作魔法卷軸，無暇顧及其他事業。

一般魔導士的知識程度也偏低，即使僱用了，也無法指望他們能從事改良魔法術式這一類的工作。

以傭兵身分活動、有能力的魔導士在戰鬥上是很重要的存在，也是其他傭兵們爭相拉攏的對象，所以很難找到這種人加入軍隊，只能靠培育來補充所需人手。

這麼一來，直接去伊斯特魯魔法學院網羅畢業生，直接建立新的組織可能還比較快，但可以和騎士團合作的魔導士卻是少之又少。

生產人員跟戰鬥人員兩方都有人數不足的問題，克雷斯頓在確保人手方面可說傷透了腦筋。

「魔導士若能力不強，是不是很容易找不到工作？」

「就算好不容易從學院畢業，但不管是戰鬥能力還是生產能力都不上不下的人其實不在少數。這些人後來幾乎都轉去當鍊金術師了，可是藥草類的材料也因昂貴而不易取得，最後都是轉職成一般勞工吧。」

「製作魔導具呢？應該很需要這類人手吧。」

「因為價格昂貴，所以低階傭兵無法採購魔導具。也就是說做了不見得賣得掉。要中級以上的傭兵才會採購這類用品，卻又因為這些東西只能用一次價格又昂貴，很多人索性就不買了。其實賺不到什麼錢。」

這個世道下，魔導士也真難討生活。

「然而今後可以開始研究使人民生活變得更加富裕的魔導具了，這麼一來魔導士也能更為活躍吧。當然，這會由我等的派系率先開始著手。」

「研究不是做為戰爭道具的魔法啊～一旦魔法的用途變廣，派系或許也會有所改變呢。」

只要能在這時候能夠打造出獲得民眾支持的派系，就可以獲得足以壓倒其他派系的權力。

索利斯提亞原本就是公爵家，所以權力對他們來說其實不太有意義，但若能在魔導士之間獲取絕對性的權威，就更容易推動改革。問題在於人手不足一事，實際上就算沒什麼能力，也還是希望那些魔導士能夠加入。人手不足的問題一直持續著。

「所以你才會想要販售冰箱啊。低價的劣質魔石就足以拿來運用了。要是再加上幫忙加工金屬的矮人跟幫忙裝設的業者，會需要相當大規模的組織來營運喔？」

「關於這點，老夫是想設立一個魔導士組織，採用派遣人手前往提出委託者處的方法。招募人手一方面也是為了做到這點。其實我們一直有在徵人，可惜不太順利。」

「應該是薪水多寡的問題吧？畢竟每個人都想過上好生活啊。」

「也是為了能夠付出更多薪水，才希望你能讓我們製造冰箱……是說這個大概值多少錢？」

「誰知道？其實不用花什麼錢就可以做出來……但因為我是自己做的，所以我不清楚正規的價格該怎麼訂。」

傑羅斯原本就對魔導具的售價不太有興趣。畢竟有需要的時候他可以自己做，也完全沒有要賣給他人的念頭。所以傑羅斯其實不是很在意錢的事情。

「沒辦法，只好找德魯商量了……那傢伙對物品的價格比較清楚吶。」

「話說，你剛剛提到要跟我談談跟錢有關的事情……是什麼事呢？」

「販賣魔法卷軸的利潤有一部分要分給你，可是金額太高了，所以才直接來找你。」

「利潤？啊啊……授權費啊。金額太高是有多高？」

「寫在這裡了，你冷靜點看啊。」

傑羅斯攤開克雷斯頓遞出的紙張，上面的金額嚇得他眼睛都成了兩個小點。

零的數量多到前所未見。索利斯提亞商會動員所有魔導士製作卷軸，並且銷售到各地。負責製作卷軸的魔導士應該覺得自己看到了地獄吧。

「那個，零的數量超多的耶……我應該只是把學院的魔法最佳化而已吧？」

「那就是這樣的金額。你就是做了這麼有幫助的事。」

「這金額感覺好像可以一輩子不愁吃穿，享盡榮華富貴了……老實說很嚇人耶……」

「但你不收我就頭痛了，畢竟這是正當的報酬。」

傑羅斯看到這麼高的金額不禁頭暈目眩。

明明想乖乖工作過活的，卻不知為何突然有一大筆可以讓自己完全不愁吃穿的錢滾進了口袋。感覺這樣下去會讓人變得超級頹廢。

「附帶一提，應該還會持續增加唷？你做出的東西實在太棒了。」

「要是有這麼多錢，我作為一個人會愈來愈墮落啊。」

「可是你不能不收喔？畢竟這是正當的報酬。若你拒絕，德魯薩西斯就會被問罪了。」

「Oh…Jesus，怎麼會這樣。」

老實說，傑羅斯想賺的話可以賺到很多錢。

但平穩的生活不需要太多錢，大量的金錢根本沒地方花用。

就在他思索著有沒有什麼地方可以花這些錢的時候，從窗戶瞥見了教會的屋頂。接著他便想到了一個絕佳的方案。

「這些錢可不可以捐出去？」

「捐款？捐去哪裡？」

「孤兒院啊。利用這些錢僱用孤兒們去做慈善事業，並支付他們酬勞。這樣小孩們就可以學會工作的意義，而且還有薪水可以拿。我只要有這裡一成的錢就很夠用了。」

「唔？」

連克雷斯頓聽到這個都不禁感到驚訝。老實說這是一種社會福利措施，透過讓有可能成為潛在罪犯的孤兒們工作，讓他們可以過上正常的生活。

這本來應該是由領主來做的事情，但因為稅金有限，而德魯薩西斯商會也必須將賺來的錢用來支付成本，沒有什麼餘力做這些社會福利工作，要把錢轉去捐款也得花上一些時間。但預計要支付給傑羅斯的報酬就不一樣了，因為原本就是個人所得，可以毫無窒礙的捐出去。

「或者給無法工作的老人增加零用錢也不錯，這部分交給你們安排。」

「唔……但你打算讓小孩們做什麼？」

「這個嘛……讓他們分區打掃，回收鎮上的垃圾如何？空瓶一類的東西可以回收之後重新製成玻璃，而把可燃垃圾燒成灰之後，就可以拿來當作農田的肥料了吧？」

「原來如此……不僅是讓他們進入孤兒院，接受免費教育而已，是吧。」

「畢竟有些小孩討厭孤兒院，若讓長者搭馬車去附近的農村除草，應該也可以賺一些錢吧？」

雖然孤兒院確實是為了孤兒設立的設施，但鎮上依然到處都是孤苦無依的小孩。他們可能是被父母拋棄、可能是搭船偷渡過來的，增加的人數大多都住在舊市區。偶爾也會發現有小孩餓死在小巷內，只能埋在公用的墓園裡。只要能這麼做，就可以大幅減少這類悲劇發生。

「我不會說要救所有人，畢竟這樣只是偽善……但是，不好好活用原本用不到的錢也不是辦法。」

「這樣就夠了。人不是神，只要能做到可以做到的事情就好了。」

「啊，煩請優先安排人來我家的田地幫忙除草。我這裡人手不夠，正頭痛呢。」

「你的目的是那個啊……也好，就這麼辦吧。畢竟這麼做，對老夫這邊來說也算是幫了大忙。」

於是報酬的利用方式很快便決定下來了。這就是之後被稱為梅林基金的社會福利保障基金設立的瞬間。

只是因為碰巧想到而開始的救援活動，在許多貴族和商人的協助下廣為流傳。這時候還沒有人知道，原來這背後其實與思考方向異於常人的大叔有關。

◇◇◇◇◇◇

「……總之就是這麼回事。」

「哦，要捐給小孩子們啊。而且是用讓他們工作來獲得薪水的方式……是很有意思的事業呢。」

克雷斯頓把白天跟傑羅斯談到的事情告訴兒子德魯薩西斯，身為領主的德魯薩西斯感嘆地嘆了口氣。要付給傑羅斯的報酬，真的是一個人一輩子也花不完的金額。

這也就表示魔法卷軸就是賣得這麼好，但要將這銷售額的一部分捐出去的行為也實在相當豪氣，讓他重新體會到大賢者真的是個無欲無求的人。

雖然實際上傑羅斯渾身都是慾望，但因為他的慾望都太過渺小了，以至於沒有人會覺得他貪婪。

「但這確實是理想的用錢方式。而且不需要擁有多餘的錢這種想法真的很棒。」

「看來他是真的想過平穩的生活吶，以自給自足為優先呢。」

「可是那個……冰箱，是嗎？實在很有意思，而且製作方法很簡單更是太棒了。製作所需的東西只有封入冰結系魔法的魔石而已，想必酒館或餐廳一定會視為珍寶吧。」

「商品的價格該怎麼定？」

「主要是因為商品本身的大小會影響需使用的魔石大小，所以價錢應該會相當極端吧。先販售小型的商品來試試水溫可能比較好。」

消滅魔導士派系的行動已經展開。當所有人都關注於權力時，他們已經狡猾又迅速地採取了行動。

而且他們在當天就提交了專利申請，變得不管誰要製作，都得獲得索利斯提亞商會的許可。若隨意打造複製品逕行販賣，肯定會吃上官司。

第一波就是魔法卷軸，而第二波就是冰箱。

而且對手是公爵家，這簡直是讓人無法與之為敵，有如銅牆鐵壁般的計畫。

「冰箱的部分銷售額也要捐出去嗎？」

「傑羅斯先生是這樣說的。」

「這下讓我更想要他這個人才了，但我們不能出手。一個不小心就有可能導致對立。」

「嗯，是說……你那邊處理得如何了？」

「很順利。優克勃肯諾伯爵應該過不久就會被撤換了吧，這下惠斯勒派的資金來源就少了一個。」

假冒國王命令，擅自搭建橋梁的伯爵，把從人民手中榨取的稅金幾乎都轉給了惠斯勒派。也就是說，他甚至冒領了應該上繳國庫的稅金，絕對免不了刑責。

這國家的貴族雖然是世襲制，但實際上的立場跟公務員一樣脆弱。

違反國家法律的行為不僅足夠褫奪爵位，還足以被處以極刑。但是伯爵的弟弟深受民眾支持，德魯薩西斯現在正為了讓弟弟能接任伯爵而暗中策劃著。

「我記得弟弟叫馬西納對吧……是個可用的人才嗎？」

「他不會用魔法，也就是隸屬於騎士團的人，所以應該會協助我們的計畫吧。」

「跟緹娜一樣啊……那麼若是他能加入，勢必很可靠。」

「是啊。他在騎士團內很吃得開，同時也是認為惠斯勒派的行動很危險的人。」

惠斯勒派最近有很多小動作，在人民間的評價變得很差。不僅是犯罪，甚至還幹出竊盜或吃霸王餐等等的可恥行為，到處引發騷動。

「聖捷魯曼派怎麼說？」

「沒興趣的樣子。唉，他們打算靜觀其變一陣子吧。我想他們應該是想好好觀察支持哪一邊對自己比較有利，明明中立最容易失信啊。」

「沒要與我們敵對就好了……第二階段什麼時候要開始？」

「快的話下星期就可以採取行動了。讓她也來幫忙吧。」

憂心國家未來的兩位公爵靜靜地在暗中策劃著。

他們無聲無息，且影響深遠地操作著現狀。等對手發現不對時已經太遲了。

「糖糖不知道會不會幫忙……」

「父親大人，還是別提這個名字比較好。她會鬧彆扭不肯出來喔。」

「為什麼要用毒草的名稱當作化名啊？這喜好真令人不敢恭維……」

「這我也不清楚。好了……今天的工作到此結束，動作要快點了……」

「今天又是哪個女人來著？你到底要被捅幾次才會死心啊……」

「這就是我的人生哲學。能被女人殺害也是我心之所願。」

克雷斯頓嘆了口氣，不禁感嘆「我的教育到底是哪裡出錯了」。

即便努力回想，他也想不到自己有哪裡做錯了。能幹的男人甚至能讓父母哭泣。

克雷斯頓只能祈禱兒子不要在計畫完成之前就慘遭刺殺。

第九話　實戰訓練的通知

這裡是伊斯特魯魔法學院的學生宿舍。在這座來自各地，以成為魔導士為目標的年輕人群聚生活的歌德式建築中，充滿學生吵鬧的聲音。

而吵鬧的理由是每年慣例的實戰訓練，展現出一定才能的學生必須強制參加。

對於以鍊金術和製作魔導具為目標的人來說，這活動真的超級令人困擾。而且比起貴族，大多數的學生基本上都來自於商人或富裕程度與其相等的一般家庭，所以通常都不會以戰鬥職業為目標。

不過這對等級低下的學生們來說，是強化能力的好機會，所以很多成績不佳的學生都會積極參與。參加這活動可以得到一定程度的學分，成績吊車尾的學生們也可說是不得不參加。

儘管絕大多數學生的目標都是習得一份技藝在身，但對於半數以上有一定成績的學生們來說，這實在不是個討喜的活動。

這些學生之中，只有一小部分的人能夠成功出頭。絕大多數的學生就算學會了魔法，最終還是會落得去找普通工作的下場。就算找工作，普羅大眾對於魔導士的認知也都偏向戰鬥職業，所以他們能活躍的場合其實非常少。雖然在王都或大城市也有專門負責處理污水衛生的魔導士，但這些工作的門檻很高。

不管是哪個單位，公務員的錄取率都很低，而且可以僱用的人數有限，選擇的時候不免會以成績當做評斷標準。而且若想要被魔導士團錄用，也相當看重在學成績表現，一般人想加入魔導士團，還必須擁有一定的人脈。也就是說雖然有派系存在，但魔導士團畢竟也是屬於國家的組織，只能在有限的預算內補充人手。以進入魔導士團為目標的學生們，雖然很想要這個活動帶來的學分，但老實說他們一點都不想參加戰鬥。

他們即將前往的地方是「拉瑪夫森林」，雖然不像法芙蘭大深綠地帶那麼危險，但也是一座有不少魔物出沒的森林。這裡也是騎士團常常進行實戰訓練的地點。

這是一個讓對自身魔法能力很有自信而洋洋得意的學生，學習實戰有多麼可怕的絕佳地點。實戰課程就是為此而存在的，但以現階段來說沒有什麼顯著的效果。

在這之中，有一位充滿幹勁的少女。那是穿著學院指定的制服與法袍，手輕輕握成拳的金髮少女。藍色的眼眸給人一種彷彿正期待著即將到來的歡樂時光那樣的印象。

她的名字叫做瑟雷絲緹娜·汎·索利斯提亞。

是過去曾是學院裡的吊車尾，如今卻被稱呼為才女的少女。

她不僅在短時間之內就從無法使用魔法的狀況轉為能夠自在地操控魔法，而且她的魔法威力還遠遠超過其他學生，甚至比許多講師還強，現在正處於某種受到特別待遇的立場。簡單來說，就是「我們已經沒有什麼東西可以教給妳了，妳不用來聽課沒關係」，但這只是講師們無法指導過於優秀的她而找來的藉口。

原本就接受了被曲解的教育而成為講師的這些人，根本不知道該怎麼教她。也無法教她。這並不是哪一方不對，但因為瑟雷絲緹娜變成了超越於優等生的存在，講師們反而變得不知該拿她如何是好。

不管她優秀還是無能，所遭受的對待都跟以前沒有太大差別。

然而對瑟雷絲緹娜而言這是很值得高興的事，她藉著這個機會開始挑戰將祕藏魔法最佳化的工作。也去上了跟魔法藥及魔導具相關的課程，定下自己的目標，並一步一步向前邁進。而今天，她所期待已久的例行公事公告總算貼在宿舍的布告欄上了。

「我一直好期待這一天的到來。希望身體沒有生鏽♪」

「大小姐居然變得這麼好戰……老主人會哭的喔？」

「蜜絲卡，請妳不要把我說得像是危險分子一樣，我只是想運動一下而已。」

為了將祕藏魔法最佳化，她也試著動手將其他魔法最佳化。

由於大叔最佳化過的魔法都在她的腦海裡，解讀魔法術式的工作會比從零開始著手輕鬆許多，但是裡面有太多意義不明的魔法術式了，進度並不如預期。

可是長時間坐著對健康也不太好，偶爾也會想去戶外活動一下身體。

「不，因為暑假時您不斷地揮舞鈍器粉碎魔像，我還以為……」

「還以為？還以為怎麼樣？」

「還以為您多了撲殺他人的嗜好……其實是這樣的吧，您只是喜歡撲殺魔物而已吧？」

「我沒這種嗜好！蜜絲卡妳到底是怎麼看待我的？」

「鈍器少女、撲殺女孩、海扁淑女、必殺大小姐、染血的公爵千金……之類的？」

蜜絲卡不知為何以疑問句說出了她的印象。不論哪個外號都非常難聽。

但因為每一項都其來有自，所以瑟雷絲緹娜也無法反駁。

「嗚嗚……我確實每天都揮舞著權杖，但這些稱號太難聽了……」

「我覺得妳總有一天會因為夫妻吵架而殺害未來的丈夫。大小姐，請妳一定要學會『手下留情』這個技能。」

「我還沒有學會那種技能。更重要的是我沒有那麼失控啦！」

「您真是愛說笑。我都已經可以預見了。因為夫妻吵架就手拿權杖，以壓制之姿海扁丈夫一頓，讓客廳變成一片血海，而必須負責清理的我的身影。收拾善後很辛苦的……」

「妳是看到自己將來的影像了嗎？是說在那之前就不能阻止夫妻吵架嗎？」

面對瑟雷絲緹娜的吐槽，蜜絲卡面不改色地輕輕嘆了一口氣。態度簡直像在說：「哎呀哎呀，這孩子說什麼傻話呢……」

「大小姐，女僕只會在旁邊看著現場的狀況喔？絕對不會涉入犯罪現場的。這可是世間的常識喔？」

「妳、妳剛說了犯罪！妳是完全想把我當成一個罪犯嗎？」

瑟雷絲緹娜的聲音並未傳入蜜絲卡的耳中，只見她的眼鏡發出詭異的光芒，淡淡地繼續說道。

「而我將以推理將大小姐逼入絕境，說出『犯人就是您吧？』這樣。」

「在用推理把我逼入絕境之前，蜜絲卡妳根本就是目擊者吧？不是根本已經知道犯人是誰了嗎？而且妳這樣不會變成湮滅現場證據的共犯嗎？」

「不。畢竟我只是個僕役……而且我會用沒用的推理過程填滿兩個小時的空檔。不這麼做的話，就沒有人要看連續劇了。」

「妳在鬼扯什麼啊！阻止犯罪發生才是首要之務吧？」

「我不要。為什麼要做這麼無聊的事情呢？我想將犯人逼入絕境。不覺得這是女僕的本能嗎？」

「是什麼本能啦！妳這樣根本就沒有逼入絕境，而且犯人不就是我嗎！而且蜜絲卡妳是共犯吧？」

蜜絲卡不知為何露出滿足的笑容，做出擦拭根本沒有流出來的汗水的動作。

「大小姐，女僕有一種只要有案件發生，就會想要詳細調查案件的習性喔？」

「我第一次聽說！這到底是哪來的女僕啦！」

「這可是女僕業界的常識喔，大小姐不知道就是了。」

哪有這種常識。蜜絲卡的性格似乎非常惡劣，故意揶揄瑟雷絲緹娜，藉此玩弄她。偶爾她會因為想看看瑟雷絲緹娜生氣的樣子而像這樣嘲弄她。

不過之前大多玩不起來就是了……

「話說大小姐，您的裝備打算怎麼辦？」

「咦？用當時去森林的裝備不就得了？」

「那可是白蛇龍的裝備喔？不僅醒目，而且跟周遭的人差太多了。」

「的確……大家都是用學院指定的裝備，穿著那身裝備應該會很顯眼吧。」

「最糟的狀況下還有可能會被說是『利用了公爵家的關係』一類的，所以那身裝備應該不能用吧。」

瑟雷絲緹娜那身以白蛇龍素材打造的裝備，性能比發配給騎士團使用的東西還要好上許多。

然而這身裝備是她敬愛的祖父失控，因此麻煩了許多人的痛苦結晶。

光是這樣，這就不是一套適合拿來穿去實戰訓練的裝備。

「該怎麼辦呢？除此之外就只有訓練用的裝備了，但那套的防禦力不太夠……」

「畢竟是便宜的裝備。然而多虧如此，大小姐才可以鍛鍊得跟矮人一樣強健。我想應該不會那麼容易喪命吧？」

「蜜絲卡……妳是不是把我當成什麼超乎常理的存在了？就算是我，也不可能練得跟矮人一樣強健啊？」

「您多慮了。大小姐的被害妄想真的很嚴重呢。我只是想說，等級提升之後，就會擁有相應的力量喔？」

「……………………」

乾脆地說完的蜜絲卡完全沒有惡意，讓聽了這些話的瑟雷絲緹娜嘟起了嘴。就是覺得這種孩子氣的舉止很有趣，蜜絲卡才會故意捉弄她，然而瑟雷絲緹娜本人卻沒有察覺到這點。

「……總之先不管那個，是不是直接跟學院借用一套裝備比較好？」

「學院的裝備設計太老舊，老實說是不太想這麼做。那裝備不適合大小姐。」

「這麼一來，就只能去武具店採購一套最新款的學院指定裝備了……」

「不行，那不是為個人量身訂做的裝備，所以尺寸上應該會有許多不合之處，而且那是魔導士用的輕裝備，防禦力實在令人堪慮。」

學院指定的裝備全都是皮製品，只有在重要部位會用金屬補強。可以借用的那套裝備雖然使用的素材不錯，但很遺憾的是設計實在太過時了，老實說看起來非常俗氣。

傭兵們採用的便宜裝備看起來還好些。

畢竟經營學院本身就很花錢。不僅捕捉、運送拿來當實戰訓練標的的哥布林要花錢，用在鍊金術等方面的藥草和魔石採購費用也是一筆大開銷。

容易故障的器材也不斷地在消耗經費，正因無法撥出預算到這些出租用的裝備上，那些老舊的裝備才會被留下來。雖然是老舊的裝備但還很堅固，所以基本上是沒問題的，可是年輕人總是有比較注重外觀的傾向，所以也沒人會借。

就算裝備不好看，但若是可以降低喪命的風險，那也就罷了。可惜沒有戰鬥經驗的學生無法體會這一點，學院的講師們也沒有要檢討這一點。

「啊，強化訓練用的裝備如何？幸好手中有素材，學院內應該也有專門處理防具的店鋪。」

「大小姐……您已經變得有如傭兵般堅強剽悍了……要是妳說出『有很強的魔物，我好興奮啊』之類的話，我和老主人真的會哭喔？」

「我才不會說！」

「不過我倒是滿想看看的耶？」

「妳到底是怎樣啦！」

因為蜜絲卡正經八百地開玩笑，所以瑟雷絲緹娜只會覺得她是認真的。

不過蜜絲卡之所以採取這樣的態度，也有相應的理由。

以前的瑟雷絲緹娜總是一副很緊繃的樣子，每天都像中邪了似地埋首書堆中，加強自己的知識。而當她可以使用魔法之後，這樣的情況便獲得改善，也會像小時候那樣打從心底露出笑容了。這讓蜜絲卡非常高興，便忍不住想要消遣她。

蜜絲卡開心地看著瑟雷絲緹娜變得十分情緒化的模樣。

她的作法有些惡質這點很多餘就是了……

「那麼，就由我去打點裝備吧。」

「唉……麻煩妳了。」

瑟雷絲緹娜一臉疲憊地嘆氣。她今天也為了要完成日課而準備去圖書館。

◇◇◇◇◇◇

庫洛伊薩斯腳步沉重地推著推車，將大量的書本運往書庫，也就是大圖書館。

由於這件事他已經反覆做了將近一星期，所以他的腿跟腰都開始抗議了。一般稱為肌肉痠痛症狀持續著，現在努力忍受著連筆都拿不好的疼痛感。

原本事情會變成這樣，就是因為他沒有定期歸還借來當參考資料的書籍。說穿了就是自作自受，但他為了繼續做研究而忍著痛苦乖乖還書。真是令人感動的付出。

「庫洛伊薩斯，你看起來很累呢～？」

「要是妳這樣想就來幫我搬啊，伊．琳……」

「不行！不讓你用身體好好記住，之後記得注意的話～會變成壞習慣喔？」

「我覺得……已經來不及改了……咿！」

他一邊忍著下半身的疼痛，一邊努力向前踏出一步。

他對研究確實充滿了熱忱，但現在的狀況真的是他自找的。光是有人同情他就已經不錯了。

「既然你都覺得來不及了，為什麼不試著改善呢？」

「這麼有道理的話……聽來真刺耳啊。我就是會一頭栽進某件事情裡面的那種人啊……」

「可是～借來的東西就是要好好歸還啊～」

拚命往前走的他，就像是背負著十字架前往刑場的罪人。

雖然這是起因於他自身的怠惰，而且怠惰是一種大罪。他犯下了七大罪之一，目前正在清算自己的罪過。

庫洛伊薩斯忍耐著痛楚，總算把書本運到大圖書館了。

但這之後才是問題。在這所學院中，將借用的書拿去櫃台登記後，必須自己將書本放回書架上。也就是說，必須反覆上下樓梯好幾次，接過登記完的書籍，再移動到別的書架去歸位才行。如果書架在一樓那還好說，但視情況必須往返二樓、三樓，甚至要到地下室收納貴重書籍的資料室。

「這已經是最後一批了，加油。」

「我知道，但體力……」

「這邊開始我可以幫忙喔～就差一點點了，加油吧？」

「我是很感謝妳……但我的腳真的好重，感覺像是綁了鉛球。」

基本上，庫洛伊薩斯在私生活方面過著非常糟糕的生活。總是很細心關照他的伊．琳簡直就像他媽媽一樣。

她的個性原本就很適合照顧這種沒有生活能力的人，再加上那些傳聞增色，讓兩人的身影看起來就像感情要好的情侶。

有一群可憐的男生流著血淚躲在後面看這兩個人放閃。他們全都是對伊．琳有意思的人，總是燃燒著熊熊妒火詛咒著庫洛伊薩斯。

「……要動手嗎？」

「不，要是弄哭她就不好了……」

「但那傢伙霸占了我們的女神耶？這怎麼可以原諒！」

「但在這裡動手不好吧。」

「這股殺意可以讓我殺掉幾萬人！」

「我也是……」

庫洛伊薩斯並不知道，伊．琳在這所學院中意外地是個擁有高人氣的庶民派偶像，同時也是五大美少女之一。對周遭漠不關心的他，也沒有察覺那些男生的存在，只是推著推車緩緩走進大圖書館內。

◇◇◇◇◇◇◇

「啊啊～！搞不懂，到底要怎麼做才能最佳化啦。這根本沒辦法處理吧！」

「應該是缺少了什麼吧。聚集自然界魔力的魔法術式這樣應該就沒問題了，關鍵在調整上吧。不僅要分配持有魔力與自然魔力的使用量，還要顧及與其他魔法術式的相容性，以及必要魔力的比例與指定範圍的界限值……」

「針對每一擊的威力調整範圍與啟動時的有效範圍……還有分配到這些上面的魔力值。只要講出一個，該調整的東西就會沒完沒了的冒出來呢。」

「為了將這個魔法壓縮而轉換為積層魔法陣，但整合積層與同步喚醒的設定調整……難度太高了。」

瑟雷絲緹娜與茨維特在大圖書館內共同研究如何使祕藏魔法更有效率化，但這最佳化的工作立刻就觸礁了。

這個世界使用的魔法術式是俗稱的魔法陣形式，構成一個魔法的魔法術式大小與密度，會影響魔法的威力和範圍。比如說像「火炬」這種點火的魔法術式，只要一張小手冊大小的魔法紙就夠了，然而換成祕藏魔法，就會大得像是足以覆蓋一整張長桌的世界地圖那樣了。

在那麼大的魔法紙上繪製圖樣繁複的魔法陣，並以現象轉換魔法術式填滿那之間的空隙，卷軸就完成了。可是積層魔法陣的形式又不太一樣。

積層魔法陣是將由好幾個不同命令系統構成的同規模魔法陣，各自以上下層層重合的方式疊在一起。在各魔法陣中間夾入可以讀取其程式的魔法陣，藉此作調整，使其得以有效率地活用魔法術式。只要將不同的命令重疊成一個，並以各詠唱線連結後加以讀取，透過整合處理的方式，魔導士就可以啟動既定的魔法。

舊有的方式是刻劃在潛意識之中，會大幅地使用掉潛意識的既定容量，所以最大的問題在於可以使用的魔法數量十分有限，而積層魔法陣就是解決這個問題的劃時代魔法陣。若是要用容量來比喻的話，老式魔法陣大概就像錄音帶，積層魔法陣則是ＣＤ吧。而大叔使用的新創魔法，也就是所謂的０１式壓縮魔法則像是藍光片。

不過實際上當然沒這麼簡單。

積層魔法陣因為必須同時處理將多個命令系統分割重疊起來的魔法術式，所以各個部分的情報處理需要做精密的調整。啟動雖然只是一瞬間，但要完成這一瞬間的動作，無論如何都必須經過讓各個名為魔法術式的齒輪順利咬合的工作。

然而，要是相異的指令魔法術式不完整，就會導致重疊在一起的魔法陣們無法讀取魔法術式，而無法發動魔法。若各部分沒有調整好，魔法術式之間便會產生衝突，並且導致魔法術式彼此之間互相抵銷的問題產生。結果將會引發魔法術式崩解現象。

魔法術式崩解現象是原本應該顯現出來的魔法陣在魔法術式內部互相抵銷，變成只耗費了魔力，卻什麼也沒發生的現象，可是對魔導士來說這是相當致命的。

如果是祕藏魔法等級的魔法，就像是僅僅參考日晷的運行邏輯，並且在沒有設計圖的情況下自行裝配零件製作數位時鐘一樣。引發魔法術式崩解現象的可能性遠比一般情況高上太多了。

「轉化為現象、調整威力、控制架構、消耗魔力的平衡性，還有讀取魔法術式的時間……不管哪一項都是很困難的問題喔？」

「還真虧老師有辦法調整好呢。這個魔法術式……真的很惡劣。」

「我也這麼覺得。這真的只能用惡劣來形容……」

更進一步地來說，這祕藏魔法的魔法術式十分複雜奇怪。

怎麼看都覺得是在找人麻煩的不完整魔法術式，竟以巧妙的平衡性完全整合了起來，所以若要最佳化，就只能從頭拆解之後重寫。所以兩個人才會這樣抱頭困擾著。

「直接挑戰祕藏魔法的最佳化，對我們來說可能還是太早了。」

「師傅為什麼要出這樣的作業啊？不管怎麼想，我們都做不到吧。」

「應該是有什麼意圖才對，我想一定有很重大的理由。」

「就是這點搞不懂……完全不懂他在盤算什麼。」

「兩位似乎在聊什麼很嚴肅的話題呢，看你們好像卡住了的樣子，怎麼了嗎？」

被突如其來的聲音搭話的兩人回頭，只見庫洛伊薩斯站在那裡。

雖然他想要顧好面子所以表現出堅毅的態度，但兩條腿可憐地發著抖。

「你啊，腿很抖耶？」

「庫洛伊薩斯哥哥！你這樣看起來好像剛出生的小馬耶，怎麼了嗎？」

「這幾天一直往返這裡和研究所，體力已經到極限了……不用管我。」

「至少好好打理自己身邊的事務啊，就是因為你平常太隨便了才會這樣吧？」

「這我真的無法反駁……而且還缺乏運動。」

雖然茨維特的私生活也過得挺隨便的，但起碼會好好照顧自己。

瑟雷絲緹娜的個性則是原本就不太會把不必要的東西放在身邊，房間裡面甚至連個布娃娃也沒有。

相反的，關於照顧自己這件事，庫洛伊薩斯卻極端地不用心。

三兄妹的個性極為不同。

「先別說這個了，我看你們好像很困擾的樣子？」

「啊啊？算是吧，我們只是知道了以現在的狀況來說，我們是無法完成祕藏魔法的最佳化作業的。」

「我想應該辦不到吧。說起來，就連要解讀魔法術式都有困難了。一個魔法中可是包含了漫長的時間累積下來的研究成果喔？這樣的東西怎麼可能輕易重組。」

「說得也是。如果是這樣，我就不懂老師的想法了。他究竟是為了什麼才出這樣的課題給我們……雖然我覺得他會這麼做一定有他的意義在。」

兩人完全無法理解大叔魔導士的想法。

原本大叔就是在沒想太多的情況下，而且也是以會失敗為前提出了這個作業給他們，所以會出現這種結果也是理所當然的，然而因為他的職業是「大賢者」，而讓人認為他這麼做的背後絕對有什麼深遠的用意。

「首先，要重組這個祕藏魔法，不重新審視基本魔法並學習相關技術的話，是沒有意義的吧？只是稍微學了一點魔法術式的魔導士根本做不到啊。」

「「啊啊啊？」」

兩人的腦海同時浮現出傑羅斯說過的「要是能順便改良其他的魔法那更好」這句話。也就是說他以將祕藏魔法最佳化為名，實際上是希望這兩人去研究其他的魔法。

真要說起來，要只是學了點皮毛，實際上跟外行人差不多的魔導士來改良這複雜到幾乎沒有常識可言的魔法，根本就是不可能的任務。兩人這才理解到這是傑羅斯要他們透過研究其他魔法，來更進一步地學習建構魔法術式的藉口。

兩人因大賢者打造出的最棒的魔法媒介這番話而過於興奮，而忽略了本質。

「師傅的個性太差了吧……」

「他一開始就知道我們不可能辦到吧。所以才想透過這個方式要我們學其他魔法……」

「雖然不是很清楚，但我能理解。畢竟要是魔法研究可以輕易完成，那這個國家早已是泱泱大國了。研究這種東西不是一朝一夕就可以辦到的。」

「你在某種意義上來說也是拋棄世俗的人吶……可以理解也是當然的吧。被師傅給騙了啊。」

大叔和庫洛伊薩斯兩個人都是繭居族。

差別只在關起門不斷做研究，跟打零工賺點小錢、過著自給自足的生活罷了。他們都是不把金錢與名聲當一回事的人。

一般來說確實無法理解吧，畢竟思考如此偏頗的人是少數。

一方是因為覺得做研究值得，所以拋棄一切埋沒其中的人。另一方則是因為失去目標而扭曲，絕望後希望能靜靜過生活的人。儘管處於兩種極端，但採取的行動卻很相似。

「兩位的師傅究竟是個怎樣的人？」

「雖然優秀但很扭曲。身為一個人來說有某些地方壞掉了。」

「他很嚴厲喔？尤其是對自己……雖然性格有點偏差。」

簡單來講就是人格有缺失。說好聽點是有堅持，說難聽就是捨棄社會的人。雖然多少可以理解，但庫洛伊薩斯並不想被當成他的同類。

「啊啊～？庫洛伊薩斯居然在偷懶～！」

三人一回頭，就看到一位手上抱著幾本書的少女鼓著臉，用手指著庫洛伊薩斯。那是在幫忙庫洛伊薩斯還書的伊・琳。

「啊……我忘了。」

「好過分～！居然只讓我搬書，你卻在這邊聊得這麼開心……咦？原來這就是庫洛伊薩斯傳說中的哥哥跟妹妹啊～！」

「「……傳說中？」」

「你們兄妹之間的關係非比尋常之類的～有很多奇怪的傳聞喔～？」

「為什麼啊！」

「……為什麼會有這種傳聞，我完全想不透耶？」

伊・琳的衝擊性發言讓兩人十分動搖。

彼此都不覺得有做過會造成這種傳聞的事情，如今才第一次聽說這種事。

「附帶一提，會有這個傳聞的原因就出在她身上喔。事情的起因就是她偶然看見你們在這裡，並把這件事洩漏給周遭的人。」

「庫洛伊薩斯，你為什麼要說出來啦～？」

「原來是妳，是為～什麼要做這種事啊！」

「庫洛伊薩斯哥哥，我覺得你還是慎選女友比較好喔？看來她管不太住自己的嘴呢……呵呵呵。」

「這是誤會，我跟她才不是那種關係。慢著……瑟雷絲緹娜，妳那把權杖是從哪裡拿出來的？」

被傳出這種空穴來風的八卦，兩人會生氣也是理所當然。瑟雷絲緹娜畢竟繼承了那位老人的血脈，一旦情緒上來，索利斯提亞公爵家的血脈特色就會展現出來。不，該說是現在才覺醒的嗎？雖然俗話說得好，有其父必有其子，但像成這樣也真是有點可怕。

「哎呀～？這個魔法術式很奇怪呢～？」

「伊．琳！那是……」

「啊啊～她看了也看不懂吧。特別是對不會解讀魔法術式的人來說。」

「可是這魔法是我們公爵家的……」

「無妨吧，反正只是大量魔法術式的其中一部分而已。而且她應該根本無法理解那代表什麼意義。」

若要分解祕藏魔法再重新架構，產生的魔法術式數量會非常龐大。

傑羅斯交給克雷斯頓的魔法術式卷軸有一大把，要論張數的話根本算不清楚有多少。若只看其中一部分就可以理解，那根本就不是天才，而是神了。

「這麼說來，魔法術式的數量太少了呢。這看起來跟初級魔法的魔法術式沒有太大差別耶？」

「在好幾個魔法術式之間夾入可以讀取程式的魔法術式，藉此讓魔法術式的運轉處理更有效率，但頭痛的是我們不清楚這些是怎樣組合在一起的。只要有一點偏差，就無法啟動了。」

「這真是了不起呢。透過重疊的方式聚集，形成魔法陣……若能啟動這個，魔導士就能記住更多的魔法了。」

「將大規模的魔法給壓縮整理啊～我第一次看到這種魔法術式呢。」

將被分割的魔法術式與各工序的魔法陣聚集在一起，化為一個立體魔法陣。

而且透過重疊的方式，可以縮減在潛意識領域中的容量，便能盡可能地記住同系統的積層魔法陣。

雖然是相當劃時代的魔法陣形式，但也非常難調整。

將舊有的魔法陣比喻成雜亂的倉庫，積層魔法陣比喻為整理得乾淨整齊的房間，這樣應該就比較容易理解了吧。因為仔細分割整理過的關係，便可增加魔法術式的容量。

「老爸賣出去的那些魔法，經過效率化之後的魔法術式本身雖然是很普通的魔法陣，但仍被整理壓縮的很小喔？連我都可以記住某種程度的攻擊魔法。」

「……之後捎封信給父親吧，我想用用看那魔法。」

「我想那應該沒辦法喔？父親大人手下的魔導士人數有限，所以生產卷軸的速度根本追不上。」

「不回老家的代價居然在這時候顯現出來……真是太遺憾了。」

庫洛伊薩斯此時真心地感到後悔。

「別說這個了，庫洛伊薩斯，你要乖乖收拾東西喔？」

「等等，伊・琳？不要拉我啦，我不會逃跑的！」

「嗯嗯，不可以唷～因為庫洛伊薩斯只要一不注意，就會一頭栽進研究裡面，你要確實整理完才可以喔？」

「「……這兩個是母子嗎？」」

庫洛伊薩斯被有如在教訓小孩般的伊・琳給帶走了。

過了一會兒，就看到他抱著大量書本，以顫抖的雙腿爬上樓梯。

在他身後的伊．琳用力地搖著尾巴。

「庫洛伊薩斯哥哥……好像變了？」

「嗯……果然是女人吧？女人可以改變廢柴男嗎？」

除了嘴巴有點壞的毛病之外，個性明明意外認真的茨維特不知為何就是不受女性歡迎。

他現在還不知道，原因出在他的長相給人的第一印象是「很可怕」這點上。

只有神才知道他的春天何時會來臨。

第十話　各自的準備

在伊斯特魯魔法學院高等學部校舍旁，有一棟只有成績優秀的學生才能使用的研究大樓。

這棟建築主要是希望有才幹的年輕魔導士可以更往上鑽研才建造的，只是現在卻化為了各派系互相鬥爭的魔窟。

以研究為優先的聖捷魯曼派雖然一副「不關我事」的態度繼續研究著，但其中仍有一派思想更加激進的派系，也就是惠斯勒派。

原本他們是以魔導士為主來研究戰術及培育肩負防衛國家的年輕魔導士為目的的派系，但曾幾何時卻變成了魔導士至上主義的集團。原因雖然出在從舊時代遺跡中挖掘出來的大範圍殲滅魔法設計圖，但實際上這個魔法到現在仍未完成，進展上挫折重重。

說起來就算是舊時代的遺跡，其存在時期也有相當大的差距。從文明剛發跡的黎明期、爭奪領土而戰的戰亂期、多數民眾能夠平穩生活的繁榮期和接近滅亡的衰退期。這魔法陣屬於初期的產物，也就是魔法技術尚未成熟時期的東西。

當時是以個人擁有的魔力來使用魔法，所以沒有用上戰亂期才誕生、利用自然界魔力的技術。當然這個魔法陣是以由數名魔導士灌注魔力運轉的方式為前提，但這個大範圍殲滅魔法有一個很大的缺陷。

魔力擁有可以變質為多種屬性的特性，同時也擁有會受到精神影響的性質。

如果要讓數名魔導士來使用單一魔法，就必須使精神同步，藉由並列驅動的方式才有辦法啟動，但在每個人的精神狀態一定會有所差異的情況下，魔導士的精神根本就不可能同步。每個人的精神都具有獨特性，不可能統合為一。

這跟同心協力不一樣，要讓精神同步，就必須有好幾個同樣的人存在才行。但光是這種事情就是不可能發生的。

簡單來說，魔導士的個人特質反而成了限制，使得這個魔法陣無法發動。

因此在戰亂期打造的大範圍殲滅魔法，利用自然界魔力的魔法成了主流，但因為魔法陣本身太過巨大，結果只能固定在各個城砦，變成像是砲台一樣的角色。

以現代武器來說，比較像是近距離軌道飛彈吧。

在黎明期，邪神戰爭中有製作可用來建構魔法陣的魔導具，但因為這些東西的威力對邪神不管用而敗北。在那之後的大規模破壞之下，大範圍殲滅魔法從歷史上消失得無影無蹤，只有極少數在遺跡中發現的不完全遺物裡被留存了下來。

而且這些東西大多是初期文明的產物，惠斯勒派並不知道這些東西其實只剩下歷史價值了。

當然，若是將魔法陣改良後多少有機會可以啟動，但不是方便到可以用於實戰上的玩意。

只是能讓魔法陣發光，是要怎麼攻擊敵人呢。

可是薩姆托爾等人深信這魔法陣可以用。簡單來說，他們只是因獲得了不完全、派不上用場的玩具而自我膨脹，並對此洋洋得意罷了。

如果自我膨脹的人只有一個那就算了，然而人數一多就會演變成麻煩事。

他們慢慢成了暴動分子集團，勢力開始擴大還是因為背地裡用上了洗腦魔法，不過到了最近他們的動向發展成奇怪的狀況了。

「薩姆托爾，你別鬧了！你這樣只是把士兵當成棄子而已吧。你有認真想過嗎！」

「我這樣做哪裡不對！騎士那種東西不就是用完就能捨棄的戰力嗎？徵兵來的愚民們也一樣！」

「你講的方法只是有勇無謀、沒在思考的特攻戰！為什麼要把連能不能啟用都不知道的大範圍殲滅魔法安排進戰略裡！」

現在在進行的，是被各派系私下戲稱為「紙上談兵大會」，由惠斯勒派召集，設想戰爭局勢的戰術研討會。

「我們也同意這個意見。仔細想想吧，你設想的敵人行動全都太配合設定了，現實中哪有可能會發生這種事？你沒想過可能會有其他伏兵嗎？為什麼能斬釘截鐵認定敵方就這麼無能？這麼拙劣的東西根本稱不上是作戰。」

「你的戰術理論只能用在盜賊身上吧。國家之間的戰爭哪會這麼單純！」

在之前的戰術研討會中，那些遭受洗腦的人被茨維特完全否定理想主義的論調以及軍事論徹底指摘過之後，洗腦的效果產生了動搖，認真的魔導士們便從頭開始重新審視歷史。

接著從各式各樣觀點開始調查戰略後，總算知道自己這群人設定的戰局有多麼無知又愚昧。

結果，洗腦魔法的效果產生巨大破綻，最後開始不斷有人擺脫了洗腦的效力。現在這個派系中分為現實論派與夢想論派，反覆著激烈的辯論。

前者由與茨維特一樣看清現實的人組成，後者則是薩姆托爾陣營。

可是在洗腦魔法本身已經漸漸解除的現在，薩姆托爾這邊的手下也愈來愈少。

相反的，茨維特被拱為現實論派的代表，這對薩姆托爾來說真是痛苦萬分。

「既然戰力有限，就應該充分考量假想敵國的戰力。你們的戰術論跟無能的指揮官想到的東西沒兩樣，駁回！」

「你這傢伙，你以為我是誰……」

「不就是個學生嗎！在這裡，貴族的權威沒有任何意義。說起來，思考現實的戰術策略，藉此對國防有所貢獻，不就是你老家宣揚的思想嗎！你要否定你自己的家族嗎？」

「唔咕……」

當洗腦魔法有效時，學生們都很順從。然而洗腦解除後，學生們對此事極為不滿，讓他們對薩姆托爾充滿了敵意。而且布雷曼伊特使用了洗腦魔法的事情也被傳開了。

魔導士感覺到魔力流動的能力比一般人高，現在無論是誰都在監視著布雷曼伊特。若要再對人洗腦，就必須在對話中灌注魔力才行，但在被監視的狀況下，即便只有些許魔力也有可能被發現，所以他無法再次對人洗腦。

「既然不知道大範圍殲滅魔法能不能用，把它的力量加進戰略考量中就沒有意義。」

「我同意！這毫無疑問是沒有意義的行為。只是白白浪費戰力的作法稱不上戰略。」

「同意。敵方戰力的假設也太天真了，應該考量到對手也是人啊。」

「我也同意。說起來，為什麼可以憑少數兵力撂倒十萬大軍？一般來說都會覺得這很奇怪吧。」

「同意……靠碉堡的戰力只會慘遭蹂躪而已。撤退才是聰明之舉……不可能殲滅對手。」

一旦產生嫌隙，影響就會逐漸擴大。

最終連薩姆托爾這邊的人都開始同意現實論派的說法，他的論調漸漸瓦解，被逼上了絕路。

他一路建立下來的基礎開始分崩離析。

「這作戰內容根本不值得討論，這樣的話還是茨維特優秀多了。」

「那傢伙超狠的，幾乎是以全滅為前提來設定作戰內容啊～」

「但他說的很有道理。在那樣絕望的兵力差距之下，他把重點擺在如何減少我方損害，並順利活下去上面。」

「只要活著就有機會東山再起。把復興國家這一點考量進去，真的非常實際。」

「相較之下……薩姆托爾，你實在太拙劣了。」

想要輕鬆獲得地位的下場就是這樣。

為了避免茨維特多嘴而限制了他參加研討會，但既然同是學生，在宿舍裡還是有機會說到話。以茨維特為中心的戰術研究班於是誕生，現在薩姆托爾正被這些人逼問著。這樣的影響應該還會持續擴大吧。

沒多久之後，提醒他們該回家了的鐘聲響起，戰術研討會就此解散，但薩姆托爾和布雷曼伊特只能一臉苦澀地目送他們的背影離去。

「可惡，去你的茨維特，竟然灌輸了他們這麼多亂七八糟的東西！」

「我用魔法的事跡也完全敗露了，現在隨時都有人在監視我。」

「真可恨……而且我還不能拿他怎麼辦！他是公爵家的人，他就是知道我不能對他怎麼樣，才做出這些事情……可惡！」

所謂惱羞成怒就是指這種狀況。然而愈是自我中心、傲慢的人，就愈有這種傾向。而且這種人通常都會忘記對自己不利的事情。例如其實是他們先找茨維特麻煩這點。嚴格說來這只是他們自作自受，但他們就是愚蠢到連這點也認不清。

「那我們該怎麼辦？要是我們有什麼動作一定會被懷疑的。」

「近期內不是要舉辦例行的實戰訓練嗎？在那時候下手吧。」

「原來如此……如果挑那個時候，確實可以弄成意外死亡。」

「快趁現在跟那些人聯繫，這樣放著茨維特不管太危險了！」

他們決定採用最終手段。雖然作為一個人這是絕對不被容許的行為，但被權力欲望給蒙蔽的人是沒有常識可言的。在學院設施的一間教室內，惡行正悄悄地進行。

◇◇◇◇◇◇

「庫洛伊薩斯，你……實戰訓練打算怎麼辦？」

「我實在不想參加……我只想繼續做研究，那個活動只會浪費我的時間。」

窩在研究大樓，庫洛伊薩斯一邊看著各種族的古代語言辭典，一邊沉重地說道。

他很不擅長運動相關的事情，並且自認做研究比較符合自己的個性。

可是成績優秀的學生是要強制參加的。這名為實戰訓練的野外教學，對他來說實在是一項敬謝不敏的活動。庫洛伊薩斯一臉鬱悶地嘆息。

「雖然不參加也沒關係，但你被強制參加呢～」

「問題就出在這裡啊。讓研究員增加實戰經驗是能幹嘛。其他學生可是自由參加耶？太沒道理了。」

「可是啊，庫洛伊薩斯，我覺得你還是培養一點體力比較好喔？你到現在肌肉還痠痛對吧？」

「如果是為了研究，這點小痛我可以忍。但戰鬥訓練什麼的，別開玩笑了……瑟琳娜，妳打算怎麼辦？」

「我不去！太麻煩了。」

她在這邊鼓吹別人去實戰訓練，本人卻拒絕參加。

保持一定成績的學生可以選擇自由參加，所以庫洛伊薩斯羨慕得要死。

早知如此，稍微調整一下獲得的學分就好了。

「我不參加不行呢，畢竟蹺課太多，學分有點危險。」

「馬卡洛夫……你這應該是自作自受吧。誰叫你老是在玩。」

「我有去上鍊金術的課喔？」

「反過來說～馬卡洛夫你就是只去上了鍊金術的課對吧？」

「要妳管！」

馬卡洛夫被伊．琳這樣一說就生氣了。他確實只有去上鍊金術的課，但其實他的成績很好。雖然很優秀，然而他只把目標放在習得一技之長上，所以對其他的課程興趣缺缺。

正因為這樣，他常常在考試前跑來打擾庫洛伊薩斯。

「啊，這裡的魔法文字……跟這邊的古代語很類似喔？」

「請告訴我是哪個種族的語言。」

「精靈吧～文字的意義是……『風』吧？」

「這邊也有喔，矮人語言的『收斂』。」

「我也找到了，獸人族的……應該是『威力』吧？」

四個人正分組進行魔法術式的解讀工作，從魔法文字中尋找和古代語言相似的術式，然後從各種族的古代語中找出符合的單字。

「果然是『語言』嗎，魔法文字是古代語的雛形啊。」

「等一下，如果是這樣的話，我們所知的魔法術式的常識究竟是什麼？毫無意義的東西嗎？」

「應該不至於毫無意義，但我們可能學錯了東西。」

「那這些莫名其妙的文字又是什麼？這種的根本無法看懂喔？」

「那應該是之後才改寫的部分吧，所以變成了沒有意義的詞語。」

在這所學院學習魔法的瑟琳娜和馬卡洛夫大受打擊。因為這等於宣告成績算是優秀的兩人，過去拚命記下的東西都是錯的。雖然馬卡洛夫的打擊沒有瑟琳娜那麼大，但也毫無疑問地十分吃驚。

「咦？可是～庫洛伊薩斯你的手足在解讀魔法術式對吧？庫洛伊薩斯你不知道解讀方法嗎？」

「如果我暑假有回老家一趟就有機會得知，但我白白讓那個機會溜走了，非常遺憾。」

「也就是說，有魔導士教導他們兩個如何解讀魔法術式囉？到底是何方神聖啊。」

「對啊。如果是那麼優秀的魔導士，應該會引起話題才對……」

「似乎是個四處旅行的魔導士喔？好像是個透過實戰來驗證理論的危險魔導士。」

所有人都說不出話了。如果庫洛伊薩斯所言屬實，就等於一位無名魔導士擁有關於魔法的高級知識。若這件事情傳開，魔法學院本身能否存續下去都有疑慮了。

如果無名魔導士能夠解讀魔法術式，就表示這所學院教的內容全都比不上那位無名魔導士，社會對學院的信任將會降到谷底。

雖然不至於全部都是錯的，但課堂上教學的內容會有六成變成毫無意義的東西。這麼一來別說學院了，就連派系都很有可能會變成遭人非議的對象。

「說來我們的祖父也是魔導士。他應該也知道解讀方法了，感覺事到如今也沒差了吧？現在似乎已經在販售效率良好的魔法卷軸了。」

「『煉獄魔導士』的索利斯提亞派啊……感覺會變成一大派系呢。」

「根據我聽到的傳聞，他們似乎正致力於斷絕其他派閥的資金供應來源喔？」

「那應該是我父親做的吧。哎呀，我覺得我們這派不會有事的喔？畢竟原則上腦袋裡面只想著要研究魔法啊。營運資金也是在與商人締結契約的基礎下賺來的。」

「這麼一來目標就是……惠斯勒派了吧～？」

最近關於惠斯勒派的風聲很多。在鎮上做出一些和小混混沒兩樣的暴行，甚至驚動了憲兵。而且現在惠斯勒派內部似乎開始分裂，而分裂的中心正是庫洛伊薩斯的哥哥茨維特。

「我跟哥哥聊過很多次，對方好像有在用精神系的血統魔法洗腦派系內的人喔？應該是解除了洗腦的詛咒後，哥哥才開始找麻煩的吧。」

「喂，這算是犯罪了吧！」

「對啊！原則上不是禁止對他人使用魔法嗎！」

「畢竟精神系的魔法不會留下使用證據啊。但這洗腦有時候會因為情緒波動而解除，所以也有可能是刻意要引發混亂吧。」

精神系的魔法沒有永久持續性。雖然能夠造成暫時性的混亂，但很難長期洗腦。人類因為有情感變化，所以魔力也會有不規則地變動的傾向，有時候甚至會影響到魔法。比方處於憤怒一類的激動感情之下時，攻擊力會暫時提升。相反的，若是處於情緒低落的狀況下，魔法的效果也會減弱。

更何況精神系的魔法若沒有定期施法，就會隨著體內魔力的流動而解除。

因為茨維特一個人掀起的波紋，最後成為了巨浪，讓被洗腦者的精神因而解放，同時因為被洗腦一事的怒氣而徹底敵視主嫌。

最傷腦筋的是主嫌還擺出一副自己是受害者的模樣，簡直人神共憤。他這種態度讓受害者們更是怒不可遏，讓事情更加擴大，以至於陷入內部分裂的狀態。

「不過話說那個人是叫薩姆托爾嗎～？他好像風評不太好喔～？」

「嗯，聽說他有跟某些地下組織掛勾。」

「滿多人看到他跟可疑人物出去用餐耶？聽說好像是在進行什麼交易的樣子。」

「只能希望他不要連累到我們了。話說各位怎麼停下手了？這也是研究的一環，認真點做吧。」

在庫洛伊薩斯的催促之下，眾人又再次開始解讀作業。

「是說啊～快中午了耶，我們要在這裡吃飯嗎？」

「已經這麼晚了？這個嘛……我們去學校餐廳吃吧，你們兩個請客。」

「嗚！我這個月很窮耶……」

「我也是……因為採購了不少東西……」

「誰叫你們要流出奇怪的傳聞，光是沒有告你們就該感謝我了。」

於是就在瑟琳娜與馬卡洛夫各出一半的狀況下請大伙兒吃午餐。

畢竟是因為這兩人管不住嘴，庫洛伊薩斯才會被傳出奇怪的謠言，這也是自作自受。

身為萬惡根源的兩人，有好一段時間落得必須請庫洛伊薩斯他們吃午飯的下場。這正是所謂的禍從口出。聖捷魯曼派的人總是這樣，完全不在乎周遭的狀況，一心投入研究之中。

如果他們的研究進展順利，周遭發生什麼大事都無所謂。

就某種意義上來說，或許他們才是最平穩的一派。

◇◇◇◇◇◇

「你們聽說了嗎？惠斯勒派那幫人開始內部分裂了。」

「好像是索利斯提亞公爵家的少爺跟惠斯勒候爵那個沒用的兒子對立起來了。」

「咦？索利斯提亞公爵家的少爺不是也墮落了嗎？」

「聽說好像是薩姆托爾的伙伴對隸屬於同派系的人施加了洗腦魔法耶？」

「真的假的？這樣不是違反學院規定嗎！」

學院內看起來雖然大，但其實很小，這類八卦總是傳得很快。

尤其是被稱為弱小派系的小規模集團，十分關注兩大派系的動靜。

「是在派系內的意見彼此對立了對吧？」

「我是聽說薩姆托爾跟地下組織之間互通有無的事跡敗露，所以茨維特才跳出來說要進行內部改革耶？」

「我聽說是薩姆托爾那個人渣想強行與茨維特大人發生肉體關係耶？好像是硬要扒光人家時被打了回去。」

「咦？我反而聽說是茨維特大人想把派系改革成肉體派呢。滿是美好肌肉的……（流口水）♡」

嗯，雖然裡面還是有不少空穴來風的傳聞，但謠言沒幾天就這樣傳開了。

至於說到事情為什麼會變成這樣……

「我說迪歐啊……你連洗腦魔法的事情都說了嗎？沒有證據耶？」

「哎……不小心說溜了嘴，在你去上廁所的時候一個衝動就……」

「而且雖然不是很重要，但最後那個謠言是怎麼回事啊？我可不覺得自己有偏好肉體美的傾向喔！」

「應該是因為被人看到你每天練劍了吧？雖然是一大早，但還是有不少早起的學生喔。」

「練劍為什麼會跟一堆肌肉有關連啦！而且還扯到跟男人有一腿什麼的。」

「有同性戀嫌疑的只有薩姆托爾，所以沒關係吧？不過……我遲早也會被牽扯進去嗎？」

迪歐也不想被誤以為跟好友有什麼不可告人的關係。這種事情要是傳進瑟雷絲緹娜的耳中，他就只能上吊自盡了。

不過茨維特其實也一樣希望那類傳聞可以早點煙消雲散。

「比起那個，這次的實戰訓練要怎麼辦？你會用武器嗎？」

「我不太會，但因為不想死，所以有參加近身戰鬥的相關訓練。」

「……我沒看過耶，你是什麼時候參加的啊？」

「每週三次，都是在你有課的時候。幸好我們派系裡有人會用武器，真是幫了大忙。」

「太小看實戰會死人的喔？畢竟有些東西靠訓練是學不會的。」

茨維特回想起那些以魔像當對手的格鬥訓練。與沒有破壞核心就會無限反覆再生的魔像，反覆進行沒完沒了的慘烈格鬥戰，有如地獄的每一天。多虧這項訓練，讓茨維特學會了「劍術」和「格鬥」的技能，可以順利施展這些技能的過程非常有趣。對自己確實有在變強的這個事實感到高興，感受到揮劍後傳來明確的手感時，他露出了非常棒的笑容。

除此之外，茨維特還自行思考同時使用魔法的戰鬥方式，藉由嘗試並找出問題，讓他確實地變得愈來愈強。除此之外他也會優先去上鍊金術和藥學等，他認為有必要學習的課程。

「茨維特，你在家到底都接受了些怎樣的訓練啊？你說過用了魔像，但一般來說應該只能用個幾尊吧？」

「因為師傅是個實力不同於常人的魔導士，所以我必須一口氣面對三十尊左右的魔像，進行沒完沒了的格鬥。」

「我說，一般而言這根本不可能做到吧？那個魔導士到底是何方神聖？」

「不要知道比較好喔？硬要說的話，師傅就是個怪物，功夫好到學校的講師根本沒得比。」

「要是這麼有本事，應該很有名才對啊……為什麼會默默無聞啊？」

「當然是因為跟權力有所牽扯，就沒辦法自由的做研究了啊。他靠販賣魔物的素材就可以獲得一定收入，而且又是個傭兵，所以不太會引起關注。而且他也為此不斷轉戰於各國之間。」

迪歐根本無法想像鍛鍊茨維特的魔導士真面目為何。

因為這些事蹟聽起來太誇張、太荒誕無稽了，難以置信。

但是他在短短兩個月之內，就把無法使用魔法的瑟雷絲緹娜培育成「才女」，所以實力不用說，一定比學院的講師們優秀。

「既然處於優渥的環境下也對魔法的技術研究沒有幫助，所以果然問題還是出在講師的資質上嗎？」

「大概吧。不管在怎樣的環境之下，只要有必要，研究員也會想出湊足資金的手段。如果是傭兵，更有很多可以獵捕的對象。」

「魔物身上可以獲得素材跟魔石，確實會因為獵物的差別而有機會賺取不少收入。不過我還是覺得茨維特你師傅太誇張了。」

「因為那好像是他自我滿足的興趣罷了，是我們這種不成氣候的人無法理解的領域。」

「老實說，我不想見到你師傅。」

「我覺得在那之前，你先見到我爺爺的機率更高……」

「………」

兩人在這之後暫時維持沉默，往學院指定的訓練場前進。

已經有約五十名隸屬於惠斯勒派的人在訓練場了。

「來了啊。你很慢耶，茨維特。」

「抱歉，我去找在自主鍛鍊的迪歐，花了點時間。」

「這樣啊……是說為什麼迪歐那傢伙一臉快死了的樣子？」

「別問我……這傢伙因為鋌而走險的關係，正在逃避現實……」

「完全不懂你在說什麼。」

迪歐的命運掌握在一個溺愛孫女的瘋狂老人手中。

「……別說這個了，準備開始近身戰的訓練吧。學院內沒人喜歡格鬥戰技，巴邦講師現在正摩拳擦掌呢。」

「畢竟至今都門可羅雀，所以現在有人說想上課，他應該很興奮吧。」

肌肉有點發達……不對，完全是個肌肉棒子的光頭魔導士，一臉喜悅地往聚集於此的惠斯勒派學生這邊走來。他身上的法袍簡直要被那身肌肉給撐破了。

雖然外觀看起來是魔導士，但不管怎麼看，他都散發著一股曾轉戰於各大危險戰場的戰士風貌。

「都到齊了吧！為了回應你們熱烈的期望，接下來我會徹底幫你們打好格鬥戰的基礎！」

「拜託了。若是演變成撤退戰，我們就必須從追殺過來的敵兵手中想辦法自保才行。對方要是使用魔導具，甚至有可能會隱蔽身形，為了以防萬一，仍有必要做好野戰的準備。」

「嗯！我很高興，多虧你能發現這一點。最近的學生都覺得只要能在後方使用魔法就好了，但在戰場上可沒這麼簡單。必須視狀況評估是否撤退，有時甚至必須負責殿後。如果被敵人追上，而演變成近身戰鬥時，防禦力單薄的魔導士就很危險了。所以近身戰鬥是為了自保而必須學會的技術。」

「為了減少我方的損傷，我們也預期到會有非要上前線不可的可能性。重視機動性的戰鬥方法應該比較理想吧。」

「這點確實沒錯，但你們是魔導士，不需要像騎士那樣作戰。別忘了，不管使用什麼手段，伙伴的支援都是很重要的。」

「「「是！」」」

「答得好。在野外訓練課程開始之前，我會徹底教會你們近身戰鬥的技術，做好心理準備了嗎！」

「「「是，長官！」」」

感覺大家的氣勢往奇怪的方向去了。茨維特看到這樣的光景，心中湧現一股不祥的預感。

格鬥戰的訓練就此展開。據說這天，伊斯特魯魔法學院的其中一區，響遍了各種不堪入耳的髒話和怒罵。

這些基於倫理道德必須消音的髒話，一直持續到了實戰訓練開始的兩天前。

也伴隨著學生們的慘叫……

第十一話　大叔夢見過往

這裡是二十層樓的現代大樓，外牆的偏光強化玻璃上映照出街景。「大迫聰」被叫進了這棟大樓裡的某一間會議室內。

會議室的桌子前坐滿了公司的高層人士，大家正以嚴肅的表情看著他。

他知道自己被叫來的原因，想必跟一直持續到幾天前的訴訟有關。兩家企業彼此爭奪版權，而他所任職的公司勝訴了，就只是這樣。

兩家公司爭奪版權的東西，是由防衛省委託開發的程式，而目前已知將這些程式流出的是他的姊姊「大迫麗美」，而此案的主嫌則是他的姊夫，也是競爭公司的高層之一。

問題在於犯案的地點是聰所居住的單身宿舍，管理員輕易地就讓利用了姊姊這個身分的麗美入內。這時聰在海外出差不在日本，等到回來之後才知道事情真相。當他回到家打開電腦，檢查正在開發的程式時，才發現裡面留下了自己沒有印象的連線紀錄，覺得奇怪的他將此事報告公司後才東窗事發。當然保全系統有啟動，但不知為何遭到解除，開發到一半的程式被複製攜出了。

幾天後，別家公司發表了這套程式，聰從系統的內容得知那就是自己正在開發的程式。接著很快就進入訴訟階段，透過舉證只要執行某種操作就會引起程式錯誤的缺陷，聰的公司得以勝訴。那個錯誤小到完全沒有人發現，但因為聰指出執行某種特定的操作會導致系統死當，並在公開場合發表已經完成的程式之後，訴訟就這樣結束了。

然而事情還沒結束。畢竟很不湊巧的，這個案子的共犯是聰這位開發部主任的手足，以公司的立場來說，實在不能繼續留人了。

然後這一天，終於傳達了對聰的處置方式。

「你應該知道原因吧？老實說，要放棄對公司有這麼大貢獻的你實在很令人遺憾，但這次公司實在很難挺你……抱歉。」

「不會，這一切都是我的親人做出來的好事，我已經有心理準備了。」

「這樣啊……不過這也是為了你的名聲著想，我們還是希望你能主動辭職……」

「謝謝您的體諒，我已經寫好辭呈了……抱歉給各位長官添麻煩了。」

「你也真是辛苦了……居然有那種親人……」

「說得真是……我已經想跟對方斷絕關係了……」

聰就這樣辭去了任職七年的工作。他根本不記得在那之後，自己是怎麼回到家的。幾天後，聰在單身宿舍的房間裡面獨自整理家當。

他覺得這項工作值得投入，也覺得自己會當一輩子的程式設計師，卻沒想到自己的計畫會因為外來因素而徹底毀了。

成為他辭職主因的姊姊麗美，之前也是在離婚之後就跑到聰的員工宿舍來，而且就這樣厚臉皮地寄生了長達三年之久。在那之後，聽說要搬到單身宿舍，才總算成功地趕走姊姊——卻沒想到最後迎來了這樣的結果。

姊姊擅長交際，在拉攏周遭的人這方面的手段非常高明。

雖然聽曾經幾度想要趕走姊姊，可是都因為傳出了奇怪的流言而失敗。之前曾以轉任為由成功趕走她，但沒想到她這次卻利用親屬關係幹出類似產業間諜的勾當來。老實說，聽已經不想再管這個人了。

聽接受了公司安排讓他在宿舍多住幾天的好意，並在這段時間尋找之後的住處時，拿至今工作攢下來的存款在鄉下買了一棟民宅。幸好他還有雙親留下來的公寓跟房子出租，所以暫時不用擔心生活問題。覺得人生空虛的他，只想靜靜地在鄉下過生活。

他始終不發一語地搬起行李，放到停在停車場的小發財車上之後，蓋上綠色塑膠布，用繩索固定，以防行李掉落。

聽上了發財車，發動引擎時，才發現自己最不想見到的人現身了。他先確認前座副駕駛座的門鎖好了之後，才稍稍搖下車窗。

「姊姊，都到這種時候，妳還有何貴幹？」

「幹嘛這種態度啊……算了，讓我稍微住在你家一陣子吧。我老公被公司開除，我又離婚了。」

「這是妳自找的吧，為什麼我得幫妳不可？」

「弟弟照顧姊姊是理所當然的事吧？有什麼關係，你薪水不是很多嗎。」

真想殺了這任性的姊姊。

「很遺憾，我也沒有餘力供養妳了，畢竟因為某人的關係，我被公司開除了啊……」

「那，五十萬就好了，借我。」

「我沒有錢可以借給不打算還錢的人。妳自己找工作不就得了？」

「不要，太麻煩了。不然你把公寓或大廈其中一間房子的產權轉讓給我。這樣就扯平了。」

「那些都已經是別人的房子了。妳知不知道我的公司受到多嚴重的損失？我也被要求賠償了喔？妳稍微有點自覺好嗎？」

面對傲慢的姊姊，聰的口氣漸漸變得無法壓抑怒氣了。

轉讓公寓跟大廈所有權給別人，以及賠償金的事情雖然是假的，但如果不說到這個份上，麗美一定會纏著他討錢花用吧。他知道這個姊姊有多麼自私自利。

「那給我錢吧，這樣就好了。」

「我沒錢！而且我根本不想借妳錢！」

「這是弟弟該說的話嗎？真無情！」

「我們只是有血緣關係的陌生人吧？事到如今妳可不可以不要擺出一副大姊的嘴臉啊？」

聰終於忍無可忍，把至今為止都憋在心裡的話一口氣爆發出來。

「妳別鬧了，世界上哪有靠討弟弟的錢來過生活的姊姊啊！都一把年紀了，學會自立更生有這麼難嗎？臭婊子！」

他已經完全不想忍耐，語氣愈發強硬。光是沒有衝上去揍人就很值得讚賞了。

「我沒有錢借給跟個垃圾一起幹出當產業間諜這種勾當，只知道寄生在他人之下的罪犯！妳到底想妨礙我到什麼時候才滿意！」

「誰是罪犯啊！我才沒做錯事，社會大眾也是這樣認為的。」

「妳只是全都推給老公了吧，結果妳只在乎妳自己！」

「這哪裡不對了，每個人都只在乎自己啊。」

「那我就沒理由借錢給妳了，因為我也只在乎自己啊。跟妳說的一樣吧？」

「…………」

聽用一副「接下來已經沒什麼好說的了」的態度關上窗，逕自開走了發財車。如果再跟這個傲慢的姊姊繼續講下去，他可能真的會犯下殺人罪行。

就這樣，聽失去了人生目標，搬到可以從山間看見瀨戶內海的鄉下地方，開始過起自給自足的生活。當時曾經自暴自棄變成繭居族的他，唯一持續下去的只有網路遊戲。數位世界變成他唯一的安居之處。

然後，搬到鄉下的第三年，每天接觸村民人情味的他，精神層面也漸漸安定下來，開始會去其他農家幫忙，也習慣了自給自足的生活時，那個學不乖的女人又跑來找他了。

「你為什麼在這種地方生活啊……一把年紀了，快點去工作啊！」

「我在工作啊？在農田裡。（妳有什麼資格說我！）」

「真是的……算了。我要在這裡住一段時間。是說這裡好熱啊，開一下冷氣吧。」

「沒有那種東西。妳以為電費要多少錢？而且今天算是涼快的喔。」

「不會吧……那我肚子餓了，叫些外送來吃吧。」

「沒有店家在做外送。妳沒有看到村裡的樣子嗎？這裡可是深山中的農村喔？要找店家得花上單程一小時的車程喔？不過是有五金百貨大賣場啦。」

麗美說不出話來。

「吃飯的問題要怎麼解決啊……」

「基本上就是自給自足。想吃肉的話，我會和鄰居田中先生去山裡打獵。最近山豬變多了會搗亂農田，如果不獵捕一些，蔬菜類被吃光就賺不了錢了。獵回來之後基本上就是燻製加工，做成自製香腸一類可以保存比較久的食物。」

「那、那我要吃什麼……」

「妳在說什麼啊？天下沒有白吃的午餐啊。」

「……那借我錢，我去租間公寓。」

「妳覺得我有錢嗎？光是付水電瓦斯就很拮据了。」

對她來說最糟糕的回應出現了。其實麗美欠了很多錢，而她不僅來找弟弟借錢，還指望可以賴在聰這邊混吃等死。

「你……為什麼不去工作啊，你應該可以找到不錯的公司吧！」

「妳以為在務農就不是工作嗎，這笨姊姊……而且妳認為我還會想去上班？不知道是誰害我不想去上班的喔。」

「你想說是我害的嗎！」

「不然呢？妳想想自己到底做了些什麼事吧。都一把年紀了，還在鬼扯些什麼啊？」

「我欠了很多錢耶……該怎麼辦啊。」

「所以呢？妳以為現在的我會有錢嗎？我會變成這樣都是妳害的耶？妳真愛說笑。說起來，為什麼我得負責幫妳還錢啊？」

聽的眼神彷彿在看一個外人一樣。不，他已經把她當外人看了。

麗美知道自己一直濫用姊姊的立場，結果就是被聽完全拋棄了。

「你是我弟弟吧！幫助姊姊不是……」

「妳不僅給弟弟找了很多麻煩，最後甚至害弟弟被公司開除，居然還想來討錢？妳人真好啊，好到我超想殺了妳。」

「那讓我暫時在這裡生活吧。」

「這是無所謂，但妳要每天早上四點起床下田幫忙喔？啊，要記得去雞舍收蛋回來，順便麻煩妳割草了。夏天雜草生長得很快，很快就會長成一片草叢呢。」

「為、為什麼我得做這些事情啊！」

「八點開始要去農場割草和採收橘子。自己的吃飯錢麻煩妳自己賺喔？我沒有餘力養妳。對了，這附近偶爾會有熊出沒，要小心一點啊。還有，要記得去幫忙鄰居下田，要是偷懶就埋了妳喔？蔬菜是自給自足，但因為要留一點做成醃菜過冬，記得不要吃掉太多……」

麗美知道自己的盤算落空，預定整個大亂。鄉下農家的早上都很早就開始了，彼此之間的往來也很開放。鄰居之間的感情比都市人親密得多，一旦在這邊過著墮落的生活，很快就會傳遍村莊。

更何況弟弟會跟其他農家互相幫忙，自己要是過著成天在家看電視叫外送的生活，肯定很容易受人矚目。更重要的是根本沒有可以讓她叫外送的店家。

必須自己做飯，食材也是自給自足，再加上聽買的這棟是老舊的民房，不僅從外面可以清楚地看到屋裡的狀況，甚至完全沒有冷氣這類便利的文明利器。

鄉下的生活與鄰居之間的關係密切，幾乎每天都要跟周遭的人打照面，跟她擅自住進員工宿舍時的狀況完全不同。去買個東西不僅得耗費單程一小時的車程，還得經過陡峭的斜坡才能走到公車站，是個交通不便的地方。

既沒有便利商店，也沒有可以玩耍的地方。麗美不是個可以在這種鄉下地方生活的人。

結果，無法忍受鄉下生活的她隔天就消失了，之後就再也沒有露過臉。

◇◇◇◇◇◇

醒來之後，從窗外可以看到被霧靄包圍的教會。

這裡不是鄉下的日式建築，而是一幢散發著全新木造香氣的房子。

「……是夢？真是討厭的夢啊……為什麼事到如今還……」

在意識逐漸清醒的過程中，他想起了這裡不是地球，而是異世界的事。

夢見了不願回想起的過往，聰——傑羅斯從床上起身，叼起桌上的香菸後點火。剛起床的這根菸，充滿苦澀的味道。

◇◇◇◇◇◇

「『風刃』。」

傑羅斯一使用風系魔法，泛黃的草叢瞬間就從草根處被劃了下來。

把草捆成一束束，並將好幾束草集中起來之後，傑羅斯就這樣將草堆直接拿到既定的位置。他正在做的事情是收割會成為稻米的作物。

這個世界的稻米跟雜草沒兩樣，不用種植在水田裡面也會擅自繁殖。

但現階段稻米還沒被這個世界的人認定為穀物，所以想吃它的只有大叔魔導士而已。現在他一身農夫般的打扮。頭戴草帽，脖子上掛著一條毛巾的模樣意外地適合他。

他將一把稻穗放在腳踏式打穀機上，利用快速橫向轉動的圓桶帶動一圈圈小尖刺，藉此刮下稻穀。打穀機底下鋪著墊子以利收集，稻穀接二連三地落在墊子之上。

「好好玩喔～伯伯，也讓我玩♪」

「是可以，但不可以讓它轉太快，會有危險喔？手會受傷的。」

「伯伯，不用擔心。」

「我們沒有軟弱到會因為這點小事就受傷！」

「別說這個了，伯伯～給我肉。」

不知為何孤兒院的孩子們都來幫忙了。

「路賽莉絲小姐，這樣好嗎？孤兒院本身也有農務要處理吧。」

「我們每天都有除草，所以沒問題。但是……」

「怎麼了？」

「這個草的種子真的能吃嗎？在我看來它就是一般的雜草呢。」

「可以吃喔，雖然植株有些不同就是了。」

「稻米草」雖然可以採出稻米，但實際上跟地球上禾本科的植物不同。是一種外型相近，實際上完全不一樣的植物。

傑羅斯視線一轉，就看到孩子們抱著腳踏式打穀機的圓桶高速旋轉著。只要一放手，肯定會被強大的離心力甩飛。應該是這些小鬼一時興起想到的奇怪遊戲，不過這可是相當危險的行為。

「太危險了，快住手！」

路賽莉絲連忙出面制止。但因為轉速過快，並不是說停就可以停下。

等到轉速終於緩下來時，孩子們也已經頭昏眼花了。

「安潔、強尼、拉維、凱……過來坐好。」

「「「「好～～」」」」

正經八百的說教開始了。

這些小孩明明被叫去坐好聽人訓話，卻不知為何顯得很高興。

傑羅斯在一旁默默地將稻米草捆成束。

「……哦？」

他在捆稻米草的時候，有一瞬間覺得稻穗這邊怪怪的，拿起來一看，就發現米粒的大小非常不均勻。

他拿起幾粒稻穀進行鑑定後，非常沒常識的答案浮現在腦海中。

＝＝＝＝＝＝＝＝＝＝＝＝＝＝＝＝＝＝＝＝＝＝＝＝＝＝＝＝

【稻穀（小粒）】

烹煮之後會非常乾硬，不太好吃。建議製成煎餅。

【稻穀（中粒）】

烹煮之後非常美味，擁有飽滿的口感跟恰到好處的甜味，最棒的米。會散發出淡淡的香氣。

【稻穀（大粒）】

黏性比較強，適合做成萩餅或油飯。要不要試著搗成年糕呢？

＝＝＝＝＝＝＝＝＝＝＝＝＝＝＝＝＝＝＝＝＝＝＝＝＝＝＝＝

『這……應該需要分類吧？』

傑羅斯發現這下必須要做穀風機了。

穀風機是一種廣泛使用到世界大戰後的農業機械。是在鐵桶的部分裝設風車，藉由旋轉鐵桶產生的風力來區分糙米和穎殼。還可以在某種程度上區分大小不同的米粒，讓最重的米粒從最近的開口，最輕的米粒從最遠端的開口分別排出。

「雖然知道構造，但要做出來還是挺麻煩的。而且還得稍微改良一下。」

今天沒什麼幹勁。但他知道這件事情非做不可，並決定明天再來處理這個工作。總之如果不能先把稻穗都打穀完，那事情永遠都做不完。

「嗚嗚……腳麻了。」

「嘿嘿嘿……麻了吧？我也麻了呢。」

「你要個屁帥啊？嗚嗚……沒辦法走了。」

「肉……報酬給我肉吧。最好是好吃到令人麻痺的肉……」

「對不起，雖然我們說要幫忙，但這些孩子們只顧著玩……」

「哎，這年紀的小孩大部分都愛玩嘛。大概只有農家子弟會乖乖做事吧。」

在討論愛不愛玩之前，孤兒院的小孩的品行似乎會愈來愈差，但這些孩子卻都活得滿堅強正直的。

「比起這個，堆了不少稻穀了，可以幫忙搬一下嗎？」

「打穀交給我，傑羅斯先生和孩子們一起去搬稻米草吧。」

「修女，妳應該不是自己想玩吧？」

「修女想玩嗎？真有興致～」

「修女在玩？」

「色色的嗎？修女……肉體慾望還是要克制一下。」

或許因為舊市區都住些品行不佳的大人，間接影響到了孩子們的言行舉止。

這些孩子恐怕根本不知道那些話的意義，只是因為覺得好玩才講故意說出這些低俗的話。但從負責教育他們的路賽莉絲的立場來看，給社會大眾的觀感實在不佳。

「雖然這附近的居民都不是壞人，但該說他們嘴巴有點壞嗎……」

「哎，久居於此的人多半是些流浪漢，我知道孩子們是受到他們的影響。」

「我有試著要他們改變說話方式，但他們每天都會學到新的奇怪話語……該怎麼辦才好呢。」

路賽莉絲為了孩子們的教育傷透了腦筋。

「該罵的時候就罵，但是之後不要太強迫他們比較好吧。教小孩就是要讓他們學會自己思考。」

「這樣不會變成不良少年嗎？我很擔心……」

「關鍵在以什麼樣的基準判斷是不是不良少年吧。畢竟沒去做壞事就不要緊，而且我覺得尊重小孩子的自主性也是大人的工作喔？」

小孩通常會在自己對世界的認知下行動。特別是小孩之所以會做出危險的事情，通常都是因為他們並不知道那樣做很危險，也會單純只因為好奇而採取行動。負責教導他們的大人也必須很有耐心，畢竟如果只是限制因為好奇而行動的他們，很有可能更刺激他們的好奇心，這下別說受控了，甚至會只是因為好玩就一頭栽進危險之中。但若什麼也不說，他們就不會知道這樣很危險。年紀輕輕就得照顧一群小鬼的路賽莉絲經驗還是不太夠。

「先別說這個了，在打穀之前是不是先把稻米草都聚集過來比較快？畢竟打穀本身花不了太多時間。」

「說得也是，既然這樣我也來幫忙捆稻，讓孩子們幫忙搬好了。」

「你們別玩了，來幫忙搬東西。大家一起做的話就能早點做完，之後就可以請你們吃飯了。」

傑羅斯隨口跟孩子們說。

「哇～♪」

「好耶！打起精神幹活啦～♪」

「伯伯這是用食物釣我們耶。」

「但我做，我想吃肉。」

小孩子還是很忠於食慾的。畢竟是孤兒，他們很理解有東西能吃是多麼重要的一件事。

在那之後，工作在摻雜著休息時間的情況下順利推進，在這個世界首次的收割工作就這樣結束了。

將脫穀後的米粒放進乾燥機，接著只需要製作穀風機將之分類就行了。

大叔成功獲得稻米。而他心心念念的釀酒階段接下來才正要開始。

◇◇◇◇◇◇

傍晚時分，傑羅斯等人到鎮上的餐廳用餐。

傑羅斯當起了監護人，帶著四個小孩在鎮上廣場等路賽莉絲到來。

小孩們爬上噴水池底座的邊緣，正玩得不亦樂乎。

「傑羅斯先生，不好意思讓你久等了。」

「不，其實也沒等多久……話說那孩子是？我第一次見到她呢。」

「這孩子目前寄住在孤兒院，名叫小楓。」

傑羅斯吃了一驚。要說為什麼，就是因為這個叫小楓的少女有著一對「長耳朵」，是他在這個世界第一次看到的精靈。而且小楓身上穿著和服配紅色褲裙，背後背著一把太刀。

她那身純日式的打扮跟中世紀歐洲風格的城鎮景象格格不入，有著一頭晶瑩剔透的綠色長髮。按傑羅斯在公爵家別館中讀過的書上記載的情報，這外表擁有高階精靈種族的特徵。

「我之前沒有見過她的理由……該不會是因為她是高階精靈吧？」

「是的。因為覬覦精靈的人很多，為了保護這孩子，逼不得已，我只能限制她外出。今天因為傑羅斯先生也在，所以我才帶她一起來。」

「原來如此。嗯，畢竟也不可能關一輩子，有些經驗也是要到外面走走才能夠獲得。沒問題的。」

「這孩子似乎發生了返祖現象，她的父母以傭兵為業，每個月只會回來一次。」

「原來是暫時代為照顧啊，辛苦妳了。如果有什麼需要記得跟我說，大多數的小混混我都可以趕跑。」

精靈是令奴隸商人垂涎三尺的商品。更遑論是高階精靈，金錢上的價值可非比尋常。如果能順利賣出，保證一輩子不愁吃穿。就算目前小楓很健康，但考慮到可能有許多人固執地覬覦著她，這也算是合理的處置。

問題是這個高階精靈少女散發出非比尋常的氣勢。

「初次見面，傑羅斯閣下。在下名為楓．哈芬，身為年輕後輩，今後還請您請多多指教……」

「這、這還真是有禮貌啊。我叫傑羅斯，是個不起眼的魔導士。我就住在你們隔壁，歡迎隨時來找我。」

「您太謙虛了，能認識您這樣的高等魔導士乃我三生有幸。今後還勞煩您不吝指導。」

「指導？指導妳劍術嗎？還是魔法？」

「當然是劍術！依我所見，您相當有本事。不僅是魔法，連劍術也已達到名匠的境界。」

這孩子教養真好。而且明明是個精靈，卻想要走上修羅之路。

而且她對武術的志向不僅只於此。

「對不起，傑羅斯先生。這孩子立志成為一名劍士，而且實力似乎強到一般大人根本無法打贏她，所以她為了尋求強者會硬是去找人挑戰。」

「她是精靈吧？」

「是精靈沒錯……」

「她需要護衛嗎？」

「一個不小心對手反而會被她反擊致死……」

以種族層面來說，精靈是一種不好戰、較有藝術氣息的知識性種族。

大多數的精靈都比較理性，認為揮刀舞劍是很野蠻的行為，基本上大多會成為魔導士。然而小楓卻反其道而行，足以被稱為異端分子了。

而且既然說小楓的實力強得足以打倒大人，那麼那些來找麻煩的人毫無疑問會被斬殺。也就是說，傑羅斯是為了避免小楓殺人的防波堤。

「在下之一族是從東方流亡至此的難民，祖國乃若不懂使劍便無法生存的戰亂之國。因此，我等對於使劍一事毫無猶豫。」

「嗯，看妳一身和服，我就知道妳的民族特性跟這一帶的精靈不太一樣。這孩子還真有意思啊？」

「我為了不讓她太受注目，所以對外宣稱她體弱多病，但其實她非常健康，每天都致力於鍛鍊。只不過……」

「畢竟她是高階精靈嘛，多小心點總沒錯。為了安全說謊在可以接受的範圍內啦。」

依傑羅斯所見，小楓散發出的氣勢根本無法想像她是個年紀輕輕的孩子。

僅僅只是站著也毫無破綻，完全可以理解為何一般的大人根本不是她的對手。

不，從她朝傑羅斯釋放劍氣這點來看，似乎是在挑釁。

「她比較血氣方剛……」

「父親教導我，『要隨時保持如臨戰場之心』。」

「你父親到底有多麼血氣方剛啊？還是說他是個武士？」

「正是，在下的父親乃一名武士。」

超乎想像的精靈就在眼前。

精靈大多是魔導士或精靈使，不是會提刀殺敵的種族。

就算有精靈劍士好了，他們也大多是以使用突刺劍一類的細劍為特徵，完全是技巧取向。這還是傑羅斯第一次看到追求心、技、體的精靈。

說話方式也是，一開始雖然客氣，但語調現在已經完全變成武士風格了。傑羅斯雖然有發現這點，可是總覺得吐槽就輸了，於是默默將之放在心裡。

「伯伯，我們快去餐廳吧，不然會客滿唷？」

「伯伯，我好餓。」

「伯伯，我要吃飯。I'm hungry。」

「我要吃～我要吃肉～」

「你們還真是老樣子啊……」

孩子們已經餓扁了。傑羅斯等人無計可施，只好前往餐廳。

那是面向城裡的大馬路的一家旅館，兼營餐廳直到深夜。

踏入店內，提早前來吃晚餐的商人和傭兵圍坐在桌邊或吧檯，熱鬧的聲音充滿了整間店。幸好還沒到客滿的程度，傑羅斯等人在牆邊的位子落座之後，打開菜單。

「我要午餐套餐A！」

「我要黑麥麵包和莫加洛湯跟……炸葛羅巴。」

「你要吃魚喔？那我要B套餐。」

「狂野水牛的牛排……三人份？」

「在下要C套餐。」

小孩們全照著自己的意思點餐。傑羅斯雖然也打開了菜單，但老實說他完全不知道上面寫的是些什麼樣的餐點，只好點了比較好懂的套餐。

路賽莉絲跟小楓一樣點了便宜的C套餐。這可能是她表現客氣的方式，不過孩子們可是完全沒有要客氣的意思。

過了一會兒，餐點上桌後，這些小流氓就像野獸般狂啃猛吃起來。

不用說，在一旁的路賽莉絲只能感到丟臉地低下頭來……

除了小楓以外的孩子，完全不知道禮儀為何物。

這些活在當下、無依無靠的孤兒，真的非常強韌。

第十二話　大叔插手管事

他們貪吃的程度真是驚人。用餐中毫無禮儀可言，只是接連掃光眼前的菜餚。四個小孩吃東西的樣子，簡直就像包圍屍體的鬣犬那樣充滿了野性。

相對的，小楓用餐起來真的非常安靜，光看就覺得她很有氣質。

唯一的共通點只有餐桌上毫無對談交流，所有人都只是專心一致地將眼前的餐點收進胃袋裡。

「該怎麼說……充滿野性呢。」

「看來是我教導不周……很抱歉。」

路賽莉絲可能真的覺得非常丟臉，只見她整個人縮起身子，低下頭。

能吃的時候就要盡量吃。進入孤兒院之前，在陰暗的小巷弄中求生存的四個孩子，因為常餓肚子，養成了暴飲暴食的習慣。雖然俗話說餓著肚子無法打仗，但這些孩子應該是憑著野生本能理解了這一點。

「你們平常都玩些什麼？我去下田的時候都沒看到人耶？」

「呼啊？嗯喔，哈唔喔啊咿。」

「唷咿，喝哈嘿哈喝哈嘿呼哈哈。」

這兩個人跟倉鼠或猴子一樣嘴裡塞滿了食物說話，根本聽不懂他們在講些什麼。

傑羅斯有些困惑地看了看路賽莉絲，她也露出了苦笑。

「最近因為領主創辦了慈善事業，所以他們都去打掃街道了。這樣做不僅可以拿到一點酬勞，也會因為垃圾量多寡，有機會獲得一些額外的零用錢，所以他們都很賣力喔。」

「原來如此，這是促進他們自立的好方法。如果只會寄生在他人之下，身為一個人而言就完蛋了。」

「好像是有個人捐了很多錢，所以領主把這些捐款拿來創辦這樣的慈善事業。舉報利用小孩子吸金的大人也有獎賞可拿，聽說那些人被抓到之後會被降級成奴隸。」

「做得真是徹底呢。不僅濫用慈善事業，甚至想利用小孩子的大人都是些不像樣的人，這樣的處置可說是恰到好處吧。」

這慈善事業的基金來自傑羅斯自己的捐款，所以他也出了一些意見，可是他本人已經把這事忘得一乾二淨了。這是因為他親身體驗過身邊有多餘的錢，就會吸引不像樣的爛人過來的關係吧。

尤其傑羅斯會下意識避免讓像他姊姊那樣的人接近，所以他的本能會病態地抗拒持有大筆金錢這件事，讓自己身上只擁有最低限度的錢。某種意義上來說這樣反而健康。他的存款也控制比一般人略少的狀態，沒存太多錢。

即使是這樣，他手邊還是有一筆可以供一般人生活好幾年的財產，不過他仍貫徹質樸的生活。大概是因為前前後後過了七年的節約生活，所以其實只是他本人沒有意識到，但他這習性還真有點可悲。

「聽說已經有好幾個人被逮捕，經過調查之後被降級為奴隸。還有小孩舉發酗酒的家長，讓衛兵過來逮捕到案的……我真不敢相信，竟然有人會放棄為人父母的責任。」

「大概是工作失敗、老婆跑了，所以自暴自棄之類的吧？」

「但我覺得小孩去舉報親生父母這也不太對。」

「這些父母說不定放棄養育小孩，甚至虐待他們啊。如果是做了什麼會令人懷恨在心的事情，我覺得這就是他們自作自受喔？」

路賽莉絲為他人的親子關係感到心痛，然而傑羅斯習慣看事物最壞的一面。

她那純真溫柔的心作為一個聖職人員而言非常優秀，但她若沒有介入那些家庭的家務事，這樣的想法就只是偽善罷了。傑羅斯則是以一種現實且達觀的心態，認為這種家庭悲劇隨處可見。

雖然看似冷漠，但他只是個病態的現實主義者罷了。

「你們有想過將來的夢想是想要做什麼嗎？」

「我們現在有跟小楓學劍喔？要變強～之後就可以賺錢存錢，然後過著每天睡覺打滾的日子～」

「我將來要成為傭兵，去迷宮探險。然後存錢～娶十個老婆吧？」

「一舉致富，男人的登龍門之道。沒有出息就不會有明天。」

「然後賺了錢就要吃肉，我們為了肉而工作。」

一點都不像小孩。

想法非常豪賭，而且忠實於慾望。就某個意義上來說真的很頑強、很堅毅。

「不受控也不錯。這些孩子成長的很堅強呢？」

「嗚嗚……不知為何我好不安。總覺得有朝一日他們會做出很不得了的事……」

「在下想要提升實力，並與世界各地的強者對決。不強就談不上什麼行俠仗義了。」

「這邊的夢想倒是很危險……她剛剛是不是說了『對決』啊？」

武士高階精靈夢想走上非人之路，臉上露出實在不像一個孩子會有的危險笑容。

真讓人難以想像她是高階精靈，實在是非常腥風血雨且危險的未來。

不如說她給人感覺更像是黑暗精靈。

「『火花飛散，即使走上冥府魔道，武士之魂仍宿於刀刃之上』是我的家訓。實戰是鍛鍊自己最好的方式。」

「到底是哪一國的武士啊……妳打算一腳踏入修羅還是羅剎之路上嗎？」

「若因此能窮極劍術那也是求之不得。刀這種東西就是用來砍人的。」

「這樣就算不上是武士了喔，只是單純的殺人犯。」

「這樣也好，畢竟路並非只能向前，有時也需要全力穿越暗巷的勇氣。」

「真酷啊。但如果因此變成通緝犯就不好了……」

對已經墜入修羅之道的孩子，說再多也沒用。

雖然傑羅斯很想見見她的父母，不過應該一碰面就會被要求對決，還是不要比較好。

傑羅斯可以預料到，他們應該不是什麼正常的精靈。

「『死了也沒人收屍』實在不是一個小孩該有的想法吧……」

「啊～～是叔叔！」

傑羅斯想到年紀輕輕就曝屍荒野的景象，正打算建議小楓自重一點的時候，某個好像在哪裡聽過的聲音打斷了他。

一回頭，就看到包含伊莉絲在內的傭兵三人小隊。

不過外觀看起來有點悽慘……

「嘉內！這是怎麼了？妳們為什麼這樣傷痕累累的……」

「工作出包了……對手強得嚇人，連我新準備的劍都折斷了。」

「到底是跟什麼交手才會折斷劍啊……沒有受傷吧？」

「嗯……不好意思讓妳擔心了。」

路賽莉絲跟嘉內好像認識。

但大叔決定現在先不要插嘴，靜觀其變，於是將麵包送進嘴裡。

雖然有點介意她們臉上那淡淡的楓葉形狀瘀青……

「叔叔為什麼會跟路賽莉絲小姐一起吃飯啊？你們認識嗎？」

「我麻煩他們幫我收割，所以請他們吃飯道謝罷了。話說妳們是跟什麼交手才會讓劍損傷的這麼嚴重啊？總不會遇到龍了吧？」

「某種意義來說確實就是龍……只不過是會『啊嚓———！』叫的那種……」

「格鬥家嗎？妳們改以賺懸賞金為業了？」

「不是……是『狂野咕咕』……」

「狂野咕咕」——雖然外觀看起來跟雞沒兩樣，但確實是凶暴的魔物。

防禦力低但動作敏捷，大多以使用踢技為主的格鬥派鳥類。

進化之後將化身為「雞蛇」，可是必須升級好幾次才能夠進化到這個階段，因此被歸類為較弱小的魔物。狂野咕咕因為蛋十分美味，相當受到重視，但同時也是以脾氣暴躁聞名的魔物。然而再怎麼樣也不是可以打敗伊莉絲等人的魔物。

「是雞吧？」

「是雞。只是很凶暴……」

雖然可以折斷大劍的雞究竟能不能算是鳥類這點值得存疑，但至少傑羅斯有打算要養雞。不過，若是想飼養可以這樣毫不留情地痛扁傭兵們一頓的雞，就需要重新評估養雞計畫了。

「那麼凶暴嗎？是雞沒錯吧？」

「是雞啊。只是牠們不僅整團攻過來，還彼此聯手……」

「那還真可怕。難道會像烏鴉那樣整團撲上來嗎？」

「才沒那麼簡單！那已經不是鳥類了……那是雖然身為鳥，卻走上龍之道的某種別的生物啦～」

「功夫鳥嗎？嗯，異世界確實可能會有這種魔物……」

「不是功夫鳥。功夫鳥會用雙節棍，也會揮舞三節棍喔？」

「原來另有其鳥啊……」

不知為何，傑羅斯腦海閃過正在耍功夫的熊貓。

先不管這些，看樣子她們臉上那些楓葉形狀的瘀青是狂野咕咕的腳印。這個異世界似乎有很奇怪的生物。充滿許多神祕事物的奇幻世界中，有時會誕生一些無視生物法則，超乎常識的生物。

但在這個世界，這種狀況是理所當然的，而且是生物法則的一環，這才是最令人頭痛的部分。

尤其是那個最令人印象深刻的瘋狂人猿。

「我好不容易新打造的劍，居然這麼輕易就……虧我還用了祕銀耶……」

「是不是鍛造過程太隨便了？我實在不覺得要背在背後的重型武器會這麼容易折斷耶。」

「傑羅斯先生，關於這點呢……狂野咕咕用了武器破壞技的『破壞踢』，不管怎麼想那隻都應該是亞種吧。」

從雷娜的敘述來看，狂野咕咕應該擁有相當高的格鬥能力。

因為若技能沒達到「格鬥大師」等級，就無法習得武器破壞技。

若再轉職為「格鬥鬼」，即使使用同樣的技能，也會在破壞武器的瞬間，將招式的威力轉化為衝擊波，變成可以給對手造成直接傷害的技能。

在「Sword and Sorcery」遊戲裡，若身體等級過低，能力技能也會很低，就算提升能力技能等級，但虛擬角色的身體等級若沒有提升，技能等級到某個程度後就會停止成長。但實際上在這個世界即使身體等級不高，只要持續鍛鍊，依舊能夠讓技能升為上位技能。要是本身等級偏低的魔物擁有上位能力技能，也能發揮出不可小覷的強悍實力。

這代表那些狂野咕咕確實累積了那麼多鍛鍊成果，但傑羅斯實在不認為魔物會鍛鍊格鬥技能。

「那真的是野生魔物嗎？這顯然很不對勁啊……」

「似乎是原本在當傭兵的委託人飼養的，但因為已經控制不住了，只好來委託我們收拾。那些雞似乎因為是被人類養大的，所以聽得懂人話，當牠知道要被殺害時便直接反叛了。」

「是因為想要賣蛋嗎？就算是這樣，我還是覺得這雞的格鬥技能有點高……」

「好像是因為想去收蛋的話牠們就會攻擊過來，與之應戰後，牠們就愈變愈強了……」

順應了環境的結果，格鬥技能自然就會受到鍛鍊，最終變得比飼主還強了。

即使一隻沒那麼強，但一次來一團可就相當有威脅性。

「又得去賺錢了……但備用的劍實在不太可靠啊……」

「嘉內，打起精神。要想想還活著就很不錯了。」

「但我可是傭兵喔？沒有堪用的武器就無法工作啊……」

嘉內因為劍被折斷而意志消沉，路賽莉絲連忙安慰她。

傭兵的工作絕不輕鬆，對階級不高的三人來說，額外的開銷會對生活造成重大影響。更別說保養、修理武器、防具總是很花錢，遠遠超過生活費。

才剛做了新的就被折斷，真的除了對她說句「節哀順變」之外也沒別的辦法了。

「叔叔，你能不能想點辦法？劍斷了之後她就一直是那個樣子……」

「心理層面比想像中脆弱呢。不然我來幫忙修理吧？因為我有東西要做，可以順便幫忙做一把新的喔？」

「真的嗎？但我沒錢給你喔？」

「只要有折斷的劍和魔石就能夠附加屬性上去，也花不了什麼功夫。如何？」

「唔唔……我很感激你願意免費幫我維修，但總覺得不太好意思……」

嘉內雖然看起來大剌剌的，可是實際上她的性格比較怯懦。如果有認識的人在身邊時她會表現得比較強悍，內心卻是個膽小鬼。

她就是膽小到在這種情況下接受他人的好意，會在心裡產生罪惡感的程度。

「嗯，我只是簡單重鑄而已……能讓我看看折斷的劍嗎？」

「是無妨，但看了有什麼幫助嗎？」

傑羅斯有些在意，於是打算鑑定折斷的劍。

「就算承受了武器破壞技，但全新的劍應該只會稍微變鈍，一般說來不會直接折斷才是啊～如果是某個特定位置承受了好幾次同樣的攻擊那還另當別論……」

「你想說這把劍偷工減料嗎？這把劍裡應該含有祕銀才對，因為我確實提供了材料。」

「這就更奇怪了。即使量少，但只要素材之中包含祕銀，就算承受二、三十次武器破壞技也不至於折斷啊。而且若要修理，我也得知道這是一把什麼程度的劍才行。」

「劍在這裡……」

嘉內從背上的劍鞘中抽出的大劍，完美地從中攔腰折斷。

傑羅斯接下斷劍，仔細地針對斷面與重心等位置進行「鑑定」。

＝＝＝＝＝＝＝＝＝＝＝＝＝＝＝＝＝＝＝＝＝＝＝＝＝＝＝＝

【廢鐵大劍】以鐵鍛造的大劍（劣）

完全不含任何祕銀，外強中乾的劍。而且做工粗劣，老實說根本是三流以下的產物。

耐用度也很低，幾乎等於沒有，最慘的情況下只要承受一記武器破壞技之後就會粉碎。完全沒有附加能力。

以商品來說是一把偷工減料的產品，除了拿來裝飾以外毫無用處可言。無法當作武器使用。

＝＝＝＝＝＝＝＝＝＝＝＝＝＝＝＝＝＝＝＝＝＝＝＝＝＝＝＝

「這把劍完全不含祕銀呢。是哪一間工房打出來的？這是一把無法當作武器使用的爛劍……很惡劣呢。」

「不會吧？我的確拿了祕銀給老闆才對啊……伊莉絲，對不對？」

「嗯，錢也付了，工匠也確實說過『有加入祕銀讓這把劍更為堅固了』。」

「妳是不是被騙了？這樣根本是詐騙啊。畢竟這是把毫無實用性的武器，要是在實戰中使用，很可能會因此死亡喔。」

鑑定結果表示這是一把只能拿來當裝飾的劍。如果是這樣，有其他犧牲者存在的可能性也很高。

「總之把話題拉回來，到底是哪一間工房？」

「啊……我記得是工匠大道上最角落的那間工房吧？可惡！那個臭老頭！竟敢騙我！」

「「「什麼——————？」」」

在身後用餐的傭兵們全站了起來。他們似乎因為很在意只有女性組成的小隊，所以一直偷偷在注意這邊的對話。

「大叔，你可以『鑑定』嗎？也看看我們的武器吧！」

「我們也是找那間武器店做武器的！」

「求你幫忙看一下了！我們的劍也是用祕銀打造的，聽到剛剛那些話很擔心啊。」

「我是盾和防具！很擔心會不會也中獎了，拜託你。」

「呃，是可以啦……」

一查之下，就發現這些人的劍也不是工房的鐵匠會打出來的劍或防具，只是多少懂些打鐵皮毛的人鍛造出來的劣質品。再加上無論哪件武器或防具都沒有用上祕銀，作為防身的道具來說實在沒什麼價值可言。

看來傭兵們拚命蒐集來的稀有金屬，很有可能被工匠拿去私下轉賣了。

「那臭老頭……居然敢幹出這種勾當！」

「我要殺了他！」

「晚點再殺。在那之前要先讓他後悔自己出生於世啊……」

「咯咯咯……當然要充分懲治一番吶……」

傭兵們怒氣沖沖地離開餐廳。

他們當然付了飯錢，但毫不掩飾殺氣地猛然衝了出去。

「應該找衛兵一起來比較好吧。打出這些武器的鐵匠，一個不小心就會沒命喔……」

「是啊，那我去找衛兵來。」

「雷娜，拜託妳了，我先去武器店。不揍他一拳我氣不過。」

「我不太放心嘉內小姐一個人去，所以我也一起去吧。如果不去堵住後門小巷，鐵匠很可能就會趁隙溜走。」

三人儘管疲倦，但還是迅速地離開了。

「真辛苦呢～」

「傑羅斯先生不去嗎？」

「我？為何？」

「就算對方是罪犯，但這狀況要是一個不小心他就會被殺啊。如果沒有人能冷靜地阻止這件事，他就沒辦法贖罪了。而且萬一嘉內殺了人……」

看路賽莉絲一本正經地擔心嘉內她們，傑羅斯也不好說出「太麻煩了，不要」之類的話。而且嘉內身為一個傭兵早就殺過人了，但她恐怕沒有跟路賽莉絲說過吧。不，或許是說不出口。

傑羅斯無可奈何地一邊嘆氣一邊起身。

「我會先結帳，你們慢慢吃吧。」

他丟下這句話後走到櫃台。

結完帳，他放出使魔，追蹤伊莉絲等人的去向。

「不過狂野咕咕啊……嗯～要不要來養養看呢？」

比起不知名的鐵匠，傑羅斯對可以生出美味雞蛋的狂野咕咕還比較有興趣。

大叔一邊想像那雞蛋是什麼風味，一邊走往那間武器店。

◇◇◇◇◇◇

大叔追著伊莉絲等人的腳步來到工匠大道。

鋪設有石板的街道左右兩側分別有各種工藝品、餐具，以及武器或防具的工房兼店鋪林立。雖然偶有臭味飄出，但應該是來自皮製品工房吧。

傑羅斯透過使魔的視角掌握周遭的地形，以從後方繞過去的路線追在伊莉絲她們身後。

「找到了。那個鐵匠還沒死吧？」

「不，我沒有痛下殺手喔？我才沒有那麼血氣方剛。」

「叔叔……就算對手是盜賊，我們也不會殺人啊……」

「妳們遲早會遇到不得不殺人的情況吧，畢竟這裡是個生命不值錢的世界。」

伊莉絲現在似乎還對於殺人一事猶豫不決。

雖然身為一個人這並沒有錯，但在這個人命不值錢的世界裡，只能說她的覺悟還不夠。更別說傭兵會接一些護衛工作，如果對盜賊手下留情很有可能反被怨恨，遭人執拗地追殺。唉，雖然要一個國中生習慣跟人殺得你死我活這種事也是太勉強了一點……

就算是以獵殺魔物為主的傭兵，盜賊們襲擊時也不會挑對象的。這種時候一猶豫，死的就很有可能會是自己。實際上，她們就是因為有過被盜賊給抓住的經驗，所以大叔才會建議她們在某種程度上要做好心理準備比較好。

「前面就是工房的後門了……這條巷子很小呢。」

「這附近不僅沒什麼人煙，又是工匠們送貨進出的地方。所以不必太寬敞。我明明聽說他是個評價很好的鐵匠啊……」

「妳該不會是聽聽風聲就下訂了吧？不是去自己常光顧的店家……」

「因為我們沒有固定的據點，所以也沒什麼常光顧的店家。畢竟明天可能就在別的城鎮了。」

「既然如此，很有可能是鐵匠的伙伴放的假消息。有可能是想從不熟當地情況的傭兵手中騙取貴金屬的詐騙手法。」

祕銀這類貴金屬可以賣出高價。若能夠賣掉一塊約巴掌大小的祕銀，就可以讓一個生活節儉的農民好幾年不愁吃穿。而就算只是一小塊碎片，只要能夠湊到相當的數量，就會有足夠重量，價格也會往上翻好幾倍。此外，由於這類貴金屬只能在有魔物生息的偏僻地點採掘，所以也可能會因國家不同而有非常大的價格差異。

「如果拿去別的國家兜售，可以發一筆不小的橫財哪。說不定背後有特定集團在操作喔？」

「比起這個，我更介意我拿給他的祕銀上哪去了。幸好我有在傭兵工會登記了重量，只要能夠逮到那個詐欺犯，有機會要得回來。」

「嘉內小姐……比起自己被騙，妳更擔心祕銀喔。」

伊莉絲有些傻眼地說。

「當然，武器對傭兵來說可是生命線喔？有好武器自然就能提高生存機率！」

「相對的會被各式各樣的人盯上呢。畢竟與其自己去打造一把好武器，不如去搶奪別人的比較省事。不過這必須先打倒原本的物主就是了。」

大叔說的只是很一般的論調，卻不知為何被兩人白眼。

說完，傑羅斯一臉悠哉地從小巷裡撿起幾個小石頭。

「叔叔……你為什麼要那樣講啊？」

「武器裡有沒有用上祕銀這種事情沒人會知道吧，哪有人會大嘴巴到處宣傳啦。」

「看一眼就可以分辨了喔，因為劍本身的光芒就不一樣。如果擁有這類武器的消息偶然傳了出去，就會有一大票垃圾找上門來的。更遑論物主是女性，在別種意義上也有可能會被盯上。」

道德只存在於城鎮或村莊之中，一旦踏出外面就是弱肉強食的野蠻世界。

伊莉絲對身處於這種危險世界中的危機意識還是太低了，嘉內也是人太好了點。

「伊莉絲小姐也考慮一下如何？這可不是玩遊戲，而是一旦死了就完蛋了的野蠻世界喔。」

「唔……可是，要殺人還是……」

「我並不是要妳殺人享樂，只是要妳為了生存，將殺人也放進考量之中。這是妳自己的覺悟夠不夠的問題。實際上我就殺過盜賊。」

「但魔物跟人類不同，就算抱有殺意，也不代表對方就想殺了我……」

「妳實在不像一個差點變成奴隸的受害者呢。魔物也是生物喔？跟人類一樣活著，為了生存彼此殘殺。再說對於缺乏道德觀的人根本不需要猶豫吧。那些人跟野獸沒兩樣啊，不用客氣。」

在不是生就是死的世界裡，猶豫只是自尋死路。

被丟在法芙蘭的大深綠地帶，讓傑羅斯再怎麼不願意也理解了這個事實，所以只要判斷對方是敵人，就算對手是人類，他也已經做好了殺死對方的覺悟。而對伊莉絲來說這樣的他有點可怕。在這個文明未開的世界裡，擁有道德觀絕對不是壞事。但這個世界裡道德低落的人很多也是事實。傑羅斯會這樣也是因為他很擔心伊莉絲。

「嗯？看樣子那邊已經開始了呢。」

三人來到面向那家武器店外牆的位置，周遭滿是先來這邊堵人的傭兵們的怒吼。

打鐵舖裡面已經爆發了口角。

「這是什麼鬼！不就是派不上用場的垃圾嗎！你這臭鐵匠，還我們錢來！」

「外表雖然看起來不錯，但毫無實用性啊！」

「你該不會是為了騙走我們的祕銀才這樣幹的吧？」

「臭老頭，說話啊！」

「這不可能！不要隨便栽贓我，你們有證據嗎！」

工房老闆不僅不想認帳，甚至還兩手一攤，擺出受害者的姿態。

「有鑑定能力的人都這樣講了喔？這肯定沒錯吧！」

「居然搞這種花樣，你應該做好心理準備了吧？」

「所以我不是叫你們拿出證據來嗎！」

根本談不攏。確實，若沒有熔掉傭兵們手中的劍，也沒辦法知道到底有沒有用上祕銀。就算說「鑑定」過了，那也只是傭兵們單方面的說詞，沒有明確的證據。

若想調查金屬含量，就必須先將成品熔毀後分析。但若在這段期間內讓老闆逃走，就得不償失了。

「喔，既然你都這樣說了，那我們找衛兵來吧？只要熔了這把劍發現沒有祕銀的話，你就是罪犯了。」

「那我去叫衛兵來，別讓這臭老頭逃走囉？」

「祕銀可能還留在工房裡，衛兵來了之後應該可以要回來吧。」

「哼，隨你們便。但……要是工房裡沒有搜出祕銀，你們就得負起責任！」

他說得一副祕銀不在這裡的樣子，但就在這些對話進行的途中，傑羅斯等人守著的後門打開，四個看來絕非善類的男人以兩人抱著一個木箱的方式走了出來。

「原來如此，果然打算從後門偷偷送走東西啊？祕銀就裝在那箱子裡面吧！你們是不是太小看我們傭兵了？」

伊莉絲一臉得意，以偵探的口吻開口質問。

「你們這些詐欺犯，以為可以逃得掉嗎！把我的祕銀還來！」

「可惡，後門也有人。沒辦法了，給我上！」

「「「喔！」」」

男人們突然抽出小刀，朝這邊衝了過來。不過……

——鏘！

隨著金屬碰撞的聲音，一個男人手中的小刀落地。

不，同樣的聲音接連響起，這回有兩個男人手中的小刀都彈飛了。

「咿？怎、怎麼回事？」

「還能有什麼，就是普通的石頭啊。這是一種叫做『指彈』的技巧，你們不知道嗎？」

「你……是武鬥家嗎？」

「不，我只是個不起眼的魔導士喔？」

「騙誰啊，哪個世界的魔導士會用武鬥家的技能啊！」

「這裡啊？」

……漫長的沉默流逝。

「真的假的……？」

「我記得指彈……是很初級的技能吧？但它以很強大的威力彈開小刀了喔？」
「嗯……這傢伙的熟練度非比尋常啊……」
「要是打到頭肯定會死喔？反正我們只是收了一點錢受僱於人而已，要不要投降算了？」
「我們是都可以啦，麻煩你們快點決定喔。」
這幫小混混面面相覷。
他們眼前是一個神祕的魔導士、一個小朋友和一個看來很強悍的美女。
如果只有兩個女生，他們還覺得或許有贏面，但他們怎樣也不覺得打得過這個可疑的魔導士。
「你、你們怎麼還在這裡！」
「「「呃，雇主臭老頭現身了！」」」
「誰是臭老頭，還不快點把東西送去！」
從後門出來的壯年大叔對著這幫小混混大吼。
他頂著個禿頭，看起來就是個小氣巴拉的大叔。
「可是這裡的路被堵死了，帶著貨根本出不去啊。」
「啊？」
禿頭大叔瞪了傑羅斯等人一眼，咂嘴一聲。
「你們可不可以讓開一下？那箱子是必須送去給領主的東西，要是你們阻撓的話，可是吃不完兜著走喔？」
「送去給領主嗎？那不如由我代勞吧？幸好我跟領主也算有幾面之緣，而且我不收你錢喔？」

「別說傻話了，領主大人怎麼可能跟你這個可疑的魔導士有所往來！」

「很遺憾的就是有耶～不然要不要我們馬上去問前任領主克雷斯頓先生看看？我可以帶你去喔，離這裡不遠。」

一搬出「煉獄魔導士」的大名，禿頭大叔馬上臉色發青。

沒想到這裡會出現可以用「先生」稱呼前任領主的人。

禿頭大叔發現自己剛剛的謊言已被拆穿，等於是自掘墳墓。

「反正你一定是心想只要說這是領主要的東西，就可以安全下莊對吧……想得太美嘍。光是利用領主的名目時就已經是犯罪囉？而且你犯了一個錯。就是在沒有確認對方的交友情況下就直接說謊，反而危及自身立場哪。」

「我、我沒有說謊！那確實是要給索利斯提亞商會的……」

「那由我送去也無妨吧？畢竟我認識他們，還可以幫你跟德魯薩西斯先生問個好喔。」

既然對方認識領主，這時候拒絕反而會遭到懷疑。

但又不能把東西給他，這詐欺鐵匠也是很不死心。

「那、那裡面是魔導具！而且是很危險的東西……如果不是習於接觸魔導具的人來處理會有危險的。」

「請放心，我自己隨便就能做出幾百個危險的魔道具，已經很習慣接觸它們了。請不用客氣，儘管交給我吧。」

「啊～叔叔確實有可能做得出來，而且是非～常可怕的東西……」

「實際上真的做了喔？在挑戰稀有頭目的時候一不小心就炸飛了幾百個伙伴……那次真是爽。連討厭的工會會長都瞬間化為星星了呢。但也多虧如此，我就變成惡名昭彰的人了……」

「原來叔叔等人的外號是因為這樣才傳開的啊……我懂了。話說鐵匠手上有魔導具，這不是很奇怪嗎？」

伊莉絲知道「殲滅者」這個外號是怎麼來的之後，表現出一副非常理解的態度。傑羅斯確實做過很多危險的魔導具，現在都封印在他的道具欄裡面。在轉生到這個世界的時候，危險物品也同時被重新建構。當然，這是指沒地方用的「危險物品」……

想說更多的謊來圓謊，結果反而身陷泥沼的禿頭大叔開始著急了。

傑羅斯彷彿就在等待這個瞬間般，用指彈打向木箱。

——啪哩！

木箱發出清脆的聲音分解四散，裡面的無數礦石因為這股威力散落在四周。

散落一地的是蘊含白銀金屬的礦石。

「祕銀礦石……你想把騙來的這些礦石送去哪啊？」

「你這傢伙……竟敢如此，我會被那些傢伙殺掉耶！」

「不關我的事，是你自己太蠢犯下的錯啊。哎～反正你一定是得去坐牢啦。」

禿頭大叔已經沒有退路了。就算他能順利逃走，雇主也不可能原諒他，肯定會在他說出什麼多餘的話之前被收拾掉。

實際上人生已經沒有後路的鐵匠看到掉在地上的小刀，便迅速撿起，朝傑羅斯衝了過去。

「你給我滾開啦啊啊啊啊啊啊啊啊啊啊啊啊啊！」

傑羅斯輕輕抓住他握著小刀挺出的手臂，順著他的衝勁一個扭身將他扯過來，同時利用腰部的彈力將他摔出去。

這漂亮的過肩摔把禿頭大叔一舉摔在石板地上，背部著地。

在禿頭大叔還因為身體麻痺而動彈不得時，他迅速地往心窩補上一掌，禿頭大叔就這樣暈了過去。

「衛兵還沒來嗎……？」

傑羅斯無視暈過去的禿頭大叔，叼起香菸點火。

白色煙霧飄散在小巷中，被風靜靜地帶走。

「我……是為什麼來這裡的啊？」

「嘉內小姐……不是為了取回祕銀嗎？嗯，雖然沒有表現機會有點遺憾，但都是因為叔叔太強了，妳不要介意喔？」

「話說回來，伊莉絲小姐，可以告訴我妳們剷除失敗的狂野咕咕在哪嗎？」

「叔叔要去打倒狂野咕咕嗎？牠們很強喔？」

「不，我只是想養養看。因為聽說牠們的蛋很好吃。」

既然已經種出稻米了，大叔的下一個目標就是好吃的雞蛋。

因為釀造日本酒得花上不少時間，所以他轉而尋求生蛋蓋飯。

然而他卻忘了——要完成生蛋蓋飯，必須要有醬油……

◇◇◇◇◇◇◇

在那之後，禿頭大叔被雷娜帶來的衛兵逮捕後押走了。

因為其他幾個小混混只是被他僱用來送貨的，並不知道裡面是什麼，所以關個幾天就可以釋放了。依照衛兵的調查，這幾個人雖然覺得裡面一定不是什麼好東西，但因為要過生活還是需要錢。這個禿頭大叔是詐騙集團的下游，專幹騙取祕銀銷贓來讓組織獲得資金的勾當。幾天之後，黑市掮客組織的相關人士一個接一個遭到逮捕，被徹底趕出桑特魯城。這個組織的規模意外龐大，而因為犯罪集團大量從商人來往頻繁的城鎮減少之故，城裡的治安也獲得了相當程度的改善。

還有，在某種程度上，組織在其他城鎮的據點也被查了出來，各個領地同時展開搜索，導致他們調度資金的據點全被一舉消滅，給犯罪組織帶來沉重的打擊。傭兵們和大叔成為這一連串掃黑行動的起頭者，獲得了應有的獎金，暫時不用煩惱生活開銷了。

而大叔今天也悠哉地抽著菸。

第十三話　大叔製作劍

隔天，傑羅斯一早便利用魔導鍊成陣，著手製作穀風機的零件。

現在的大叔戴著一頂草帽，脖子上掛著毛巾，身穿淺咖啡色的背心配深綠色長褲，以一副農夫的打扮工作著。

穀風機雖然是分離穎殼跟稻米的工具，但他製作時稍微改良了一下，做成也可以將稻米分門別類的樣式。

這個世界的米會因米粒大小而改變其性質，無論如何都必須分類，所以需要這樣的功能。將米倒入上方的漏斗，米粒與穎殼將順著斜坡滑下，並利用風力分出不同大小的米粒。但大叔也是第一次製作這樣的農耕機械。

這東西跟乾燥機不一樣，有不少麻煩的精密零件，做起來挺累人的。而且這個世界又沒有螺栓這類固定用的五金，所以他先將一些零件做成以卡榫鑲嵌連接的形式，接著再做出好幾個能夠固定那些連接部位的五金，製成相當堅固的機器。

一開始設計的規格是手動式送風，但因為這樣太麻煩了，所以他也另外製作了以魔石讓送風板旋轉，藉此產生風力的款式。傑羅斯做了三台測試性能用的試做機，其中一台是傳統的手動型，另外兩台則是用來測試並調整風壓用的，若是測試失敗了，只要將之分解，熔成鐵條就好了。

因為設計成構造單純，組合起來不會太費工的樣式，所以花不了多少功夫便能組裝完成。

三台外觀看起來不怎麼樣的縠風機並排在此。

縠風機的設計本身近乎完美，雖然多少加了些改良，然而畢竟只是一台送風的機器，他認為失敗的可能性偏低。可是因為裡頭嵌入了魔石，傑羅斯心裡就是有一種不安的感覺。

「……感覺這次會失敗。明明已經反覆確認過好幾次魔法術式了，不知道為什麼就是會這麼想。」

大叔獨自煩惱著。雖然試做機都做好了，但不試著開機運轉就無法得知究竟是成功還是失敗。機器應該不至於會爆炸，他卻沒來由的感到不安。

「傑羅斯先生，早啊。」

「是路賽莉絲小姐啊，早安。」

包含嘉內在內的女傭兵三人組跟在路賽莉絲身後。

應該是為了昨天說好的修劍一事而來吧。

「叔叔，我們來囉～♪」

「沒想到教會後面竟然蓋了這種房子……庭院……不，農田還真寬闊啊。」

「早安。不過還真是不知何時房子就蓋好了……飯場土木工程公司真是厲害呢～」

飯場土木工程公司從各種意義上來說，在桑特魯城內都相當有名。

「瘋狂土木集團」、「毛很多的頑固傢伙們」、「戰鬥土木工人」、「熱舞土木工人」等外號廣為流傳。他們迅速到異常的施工速度，以及符合其名聲的精確技術，再加上唱歌跳舞的大娛樂家特性。他們是為了快樂工作不擇手段，不惜成本投入新技術，從早到晚持續鍛鍊舞蹈與土木技術的神經病集團。

而且他們工作的態度還會傳染給其他業者，與他們共事的工匠在完工時，都會變成他們的同類。唱歌跳舞的工匠開始漸漸擴散到整個國家。

「說不定農夫早晚也會開始唱歌跳舞呢～……」

「什麼意思？」

伊莉絲看著仰望著遠方天空的大叔不禁歪頭。

想到國內各種工匠和商人一邊唱歌跳舞一邊工作的光景，傑羅斯背後一陣發寒。這麼一來或許每天都會像慶典一樣熱鬧，有如音樂劇的光景天天在鎮上上演，這在某種意義上來說看起來應該很和平吧。但是這種有如某些動畫般唱歌跳舞的奇幻世界在腦海中閃過，大叔只覺得那真是個異樣又異常的世界。

「要修劍對吧？請等一下，因為我要先試著讓它們運轉看看。」

「這什麼啊？」

「這是叔叔做的農業用機器？」

「沒看過這種東西耶，是要拿來做什麼的？」

三人看著沒見過的道具疑惑地歪著頭，大叔沒有回答，逕自按下開關。

嵌入風系魔法術式的風車發出「嗡嗡嗡嗡……」的聲音開始旋轉，從穀風機後方開始吹出風來。

他一瞬間以為成功了，然而吹出來的風漸漸變強，穀風機甚至開始前進，並緩緩加速。傑羅斯心中不祥的預感成真，連忙按下停止開關。

「咦？按了停止開關也停不下來……」

傑羅斯繞到前面頂住穀風機，但是穀風機仍持續加速，在他失去平衡倒地的瞬間產生了升力，穀風機就這樣順勢飛起，往空中高高飛去。

這一天，世界上首度出現了征服天空的農業機械。

「「「「…………」」」」

「……叔叔，它飛走了喔？」

「試做第一號……風力調整發生障礙，風壓控制魔法術式有缺陷，必須重新檢驗啊……」

穀風機擺脫重力束縛，在空中獲得自由。

試做穀風機有三台。第一號是把一般的穀風機全自動化，目前發現的問題出在送風板的旋轉速度過快，再加上啟動的魔法術式也有缺陷。這麼一來，另一台的狀況也很令人擔心。

「試做第二號，啟動。」

「請等一下！試做的農業機器才剛剛飛上天耶？現在不是應該先中斷實驗嗎？」

在路賽莉絲出聲制止的同時，啟動開關被按了下去。

試做第二號把送風板弄成螺旋槳的形狀，特徵應該在於外觀不是圓柱狀而是圓桶狀吧。二號機發出「咻嗡嗡嗡嗡嗡嗡！」的尖銳聲音。

圓桶狀因為可以將空氣壓力集中到一個點上，所以風壓比一號機還要強勁。

穀風機發出「咚！」的一聲，以超高速加速，破壞了土地周圍的圍牆飛上天空，並因空氣壓力而在空中蛇行，同時衝破蒼穹。

這一天，世界上首度出現了突破音速的農業機械。

「……看樣子圓桶型行不通啊，得從基礎設計整個打掉重做了……」

一開始的預定是只要可以吹出電風扇程度的風力就好了，但封在魔石之中的魔力加強了指定的效果，使內部的送風裝置高速旋轉，因而送出了預料以上的風壓。

只要想像成是接在馬達上的電池增加，便會使馬達的旋轉速度加快就可以了吧。當然，因為穀風機沒有固定在地上，在加速的催使之下便會開始移動。

要更進一步追究的話，有一部分也是因為大叔灌注在魔石內的魔力濃度太高了。

簡單來說，兩具農業機械在壞掉的風扇吹出風的同時產生了失控現象。

『傷腦筋……我已經盡量用比較小的魔石了，這代表其實可以用更小的魔石嗎？可是要是太小，在上面刻畫魔法術式就是相當精細的工作了。就算能用魔封結晶的方式解決魔法術式的問題，但沒有製作擴充魔法迴路的零件就無法加以控制吶～』

「哎，不好意思打擾你沉思，但那個是不是太危險了點啊？大叔你到底做了什麼！」

「那已經不是農業機械了吧，畢竟都飛上天了……」

「叔叔，你難道想做火箭？」

就算想回收飛走的穀風機，也不知道它飛去哪裡了，更何況有一台還超越了音速。

因此只能放棄回收，反正只要魔力用盡，它們就會在引力牽動之下自行墜落吧。

只要存在於重力下，遲早會被重力帶回地面。

「傑羅斯先生……要是那個掉下來砸到人……」

「就是一件大慘案了吧。只能希望它至少掉在一個沒有人煙的地方。」

神祕農業機器從重力的束縛中解放，消失在自由的天空彼端。

大叔只能不斷在心裡祈禱「請不要墜落在這個國家裡面」。

面色鐵青的路賽莉絲也只能向神祈禱不要有受害者出現。明明做出農業機器的是傑羅斯，但她的罪惡感卻非比尋常。附帶一提，穀風機三號機一開始就是設計成手動式的，所以不會有失控的問題。

可是因為只把將米分類的機能給自動化了的關係，讓三號機的體積比前兩台試做機大上許多。

所以增加了必須先拆解再搬到倉庫裡重組的麻煩工作。

追求便利性的機械必然會增加體積。若想要縮小體積而重新設計以及使性能最佳化，又非常耗費精力與時間。

大叔在心裡暗自決定要慢慢思考改良方案。

◇◇◇◇◇◇

「好了，來看看嘉內的劍吧……」

「叔叔，你想把飛走的農業機器當做沒發生過的事情對吧？」

「既然無法回收，我也無可奈何啊？以高速飛向天空的話，就連會墜落在哪裡都不知道喔。而且其中一台還超過音速了耶，不然伊莉絲小姐妳可以去回收它們嗎？」

「唔？不可能。超音速農業機器什麼的，就算我能飛天也追不上吧。」

就算是傑羅斯的飛行魔法也不可能像螺旋槳戰鬥機那樣高速飛行。

更何況還有根本不可能以肉身突破音速的問題。

「雖然不重要，但大叔你真的會造劍嗎？就算是魔導士，也不可能做到跟鐵匠一樣的事情吧？」

「嘉內小姐的意見非常合理，不過我其實是生產職喔。我不僅可以打造劍一類的裝備，也會製作魔導具喔？唉，不過若是受人委託，我會請對方自己帶素材過來就是了。」

「感覺連回復藥水之類的祕藥都有辦法做出來呢。我都有種傑羅斯傑先生根本什麼都辦得到的錯覺了。」

「可以喔？只是因為太麻煩了才沒做。畢竟有些素材得去打倒凶暴的魔物才能取得，所以我只會做自用的份。如果有多，也會馬上拿去鎮上賣掉。」

大叔知道自己的力量超乎常理。只要他想，要做出多少強力武器都不是問題。但是他並不希望這些東西被拿去利用在戰爭上。

「我可以做出還不差的武器，只要使用魔導鍊成，很快就能完工了。」

「因為之前才被騙過，所以這話讓我不太放心……你真的可以做出像樣的武器嗎？」

「妳要的是含有祕銀的鐵劍對吧？這花不了太多功夫。比起那個，附加屬性該怎麼辦呢？妳想做成魔劍，還是加上不死系抗性呢？還有其他很多種類，妳選一下喜歡的屬性吧。」

「若加了祕銀，本身就擁有不死系抗性了，所以麻煩弄成魔劍吧。我要火屬性。」

話才說完，傑羅斯便展開了鍊成魔法陣，已經做好隨時都可以鑄劍的準備了。

魔石雖然比鑽石還硬，但是只要注入無屬性魔力就可以使其軟化。

將軟化的魔石放在研缽裡面磨碎，再把折斷的劍跟祕銀礦石放在鍊成陣裡頭，啟動魔法陣。

「劍的外型想要怎樣的呢？普通的劍嗎？還是要加入一些個人特色呢？」

「欸，個人特色是什麼意思啊？普通的就好啦！不要做出什麼奇怪的東西啊！」

「那外觀就弄成一把再普通不過的劍嘍？毫無特徵的粗獷配劍這樣。」

「嗯……反正我不喜歡太浮誇的外觀，普通就好。」

這個世界的劍大多都是以鑄造方式製作的，沒有像日本刀那種不斷打鐵使之延展的工序。不過使用魔導鍊成就可以跳過那些複雜的工序，讓相應的金屬結合之後直接生成一把劍。要說有什麼問題，那就是「鍛造師」、「鍊金術師」和「魔導士」的技能等級不夠高就無法執行，加上必須消耗相當多的魔力，所以不是任何人都可以輕鬆做到的技術。

要做到這個程度必須經歷過相當的磨練，而這個世界的居民大概得花上一輩子才能達到魔導鍊成的領域。當然可以透過戰鬥來提升等級，但幾乎所有魔導士都不去參加實戰，而是一股腦地投入研究，因此沒有人到達這個境界。

「這個……是之前修理劍的魔法陣吧？這可以用來製作嗎？」

「比起修理，直接從頭製作還比較輕鬆呢。我之前雖然修好了劍身損毀的地方，但那樣的精細工作反而麻煩。因為必須一邊調查損毀的部位，一邊修補細小的龜裂，大概得花掉多上一倍左右的魔力，一點也不實用。直接做一把一樣的劍反而還比較快。」

大叔慵懶地回答雷娜的問題。在這途中手上的動作也沒停，折斷的劍和準備好的素材在鍊成陣中浮起，彷彿水銀像史萊姆那樣開始不規則地蠢動。

為了使碳素結合而加入少量碳粉，以「鑑定」技能判斷金屬分子的結合狀況，並加上魔石，使沒有發熱的火紅金屬再次化為劍的形貌。

這個工程前前後後大概花了三十分鐘，但對第一次看到魔導鍊成的路賽莉絲來說，實在是極為不可思議的景象。

「魔法真是厲害啊，居然連這種事也做得到……」

「我之前雖然看過一次，但沒想到真的可以這麼輕鬆就造出武器。鐵匠若能用這招，應該會很好賺吧。」

老實地感到吃驚的路賽莉絲，與有些傻眼地說出感想的嘉內。

「話說兩位原本就認識嗎？我覺得妳們與其說是有打過照面，感覺更像是熟識的朋友耶。」

傑羅斯一邊鍊成，一邊丟出很單純的疑問。

從昨晚看到她們在餐廳兼旅館的互動以來，他就對此有些介意。

「我跟嘉內是在同一間孤兒院長大的。成人後我去神殿修行，嘉內則去傭兵公會登錄成為了傭兵，彼此走上了不同的道路。」

「路賽莉絲幫了我很多忙喔。就算我受傷了，因為她會回復魔法，都會以良心價幫我治療。」

「我只是想效法養育自己的祭司大人而已。我覺得要是能因此幫助更多的人就好了，而且我還是實習神官，不過也想正式的取得神官資格呢。」

「連我面對祭司大人都抬不起頭呢，畢竟接受了她許多教誨。」

「看來那位祭司大人的人品相當高尚呢……哎呀？」

兩人聽到傑羅斯隨口說出的這番話，眼神都不禁飄往別處。

現場充滿尷尬的氣氛。

「祭司大人呢，呃……該怎麼說，就是個有點怪的人……」

「不僅超級喜歡又擅長喝酒、賭博，而且連劍術都是一等一的。還是個一生氣就會直接動手的暴躁女性。」

「……她是祭司沒錯吧？」

「是祭司大人沒錯。似乎是因為惹出麻煩才被調來管理孤兒院，但實際上做了什麼仍是一團謎。雖然我們大概都知道理由這一點很令人感傷就是了……」

「她也是指導我劍術的師傅。口頭禪是『神已死』、『神是敵人』、『若神不殺，就由我殺』之類的……」

明明是祭司，卻是個連神也不怕的目無法紀者啊。

而且在她沉溺於喝酒與賭博的時間點上，就不是個稱職的神職人員了。

「四神教神殿這麼缺人嗎？不管怎麼想她都不是神職人員吧？」

「不，不是這樣……」

「那個人雖然重情重義，卻是個不依賴神的實力主義者。說教的時候也會說『不要以為神什麼都會幫你！人類的罪惡必須由人類來懲戒！你們真的以為信神就可以淨化世界嗎？太蠢了吧？』之類的話。雖然是個我行我素的怪胎，但不知為何很得人心喔。」

「這應該不是有點怪而已吧？很明顯是個異類啊！」

雖然做起事來亂七八糟，卻很有人望。傑羅斯重新體認到世界上真的是有形形色色的人。

「哇啊～！比前一把劍還漂亮耶？」

「是呢。我是否也請他做一把呢？幸好還有素材。」

伊莉絲和雷娜一邊看著魔導鍊成的過程，一邊煩惱自己是不是也要請傑羅斯幫忙做武器。

雖然不到魔改造武器的程度，但他仍造出了一把能力不錯的武器。

「完成了。雖然……可能還有點微溫，但妳可以試試看手感。」

「好……哇啊～真的還溫溫的耶。」

若是採用魔導鍊成，製出的武器或藥品不知為何會帶有跟人的體溫一樣的溫度。實際上的感覺雖然會因製作出來的成品而有所差距，但有時候會有一種非常噁心的不快感。

嘉內試著揮劍好幾次，確認手感。胸部也跟著劇烈晃動。

對沒什麼機會跟女性相處的大叔來說，這景象很是尷尬。

「真不錯，感覺很順手。」

嘉內露出滿足的笑容，大叔則因欣賞到她劇烈晃動的胸部而滿足。一飽眼福啊。

「雖然在這把劍上注入魔力便可發射『炎彈』，可是還請別在這裡試驗喔？」

「我知道。有這把劍就可以殺了那群雞了……」

「雞？啊，是說狂野咕咕啊，妳們打算去復仇嗎？」

「當然啊？這畢竟攸關我們的生活。」

「嗯……」

大叔有意願要養雞，便在想是否有機會接收嘉內盯上的那群雞。大叔的心中開始盤算起來。

「既然這樣，由我去處理吧。因為我正好想養雞。」

「「「？」」」

四個人臉上都露出一副不敢置信的驚愕表情。

「傑、傑羅斯先生……你想要養狂野咕咕嗎？」

「原來你是認真的……那玩意的凶猛程度可不是野性兩字就可以打發的喔！」

「叔叔，我勸你還是不要吧。你會落得每天都得跟雞搏鬥的下場喔？」

「傑羅斯先生，那個看起來雖然像雞，但實際上可是魔物喔？太危險了……」

大叔無法區分狂野咕咕跟普通的雞。

既然無法分辨是魔物還是動物，那麼將這兩者劃分開來一事便毫無意義。

另外，這時候的他還太小看狂野咕咕了。

「既然聽說牠的蛋很好吃，不就更想吃看看了嗎？」

「那麼請帶在下一同前往討伐該魔物。」

不知何時來到現場，有著一頭通透綠髮的高階精靈開口加入對話。來人是穿著巫女服卻想走上修羅之路的精靈小楓。

「小楓？妳什麼時候來這裡的？」

「她從剛剛就一直躲在暗處喔？因為她一直想找機會逼迫我拔劍呢……」

「你果然察覺到了啊。在下本想找機會看看你的本事究竟有多高強，很遺憾的是完全沒有可乘之機。」

其實她一開始是隱藏了自己的氣息，打算找機會偷襲大叔。

然而大叔卻事先便察覺到她的氣息了，偷襲便以失敗告終。

「所以才想投入實戰嗎？嗯，反正對手是雞，應該沒問題吧。畢竟我也會去。」

大叔是真心想要獲得狂野咕咕。

就算那是魔物，只要蛋好吃就無所謂。

傑羅斯回想著令人懷念的生蛋蓋飯，這才發現一件事情。

「……啊，沒有醬油……傷腦筋耶，我也還沒做過，所以味道……」

到這時候才發現問題，大叔的情緒瞬間低落了起來。沒有醬油的生蛋蓋飯根本就不是完成品。

不過天無絕人之路，這時出現了一位伸出援手的人。

「醬油嗎？在下這邊有一點，要分你一些嗎？」

「居然有嗎？請務必分我一些！生蛋蓋飯沒有醬油就只是普通的雞蛋飯而已啊！」

「那麼作為交換條件，請讓在下一同前去討伐魔物如何？在下想要試試自己的能力。」

「YES！為了醬油，我願意出賣靈魂給惡魔。」

「在下是惡魔嗎……」

傑羅斯立刻回答。在島國精靈的故鄉，似乎保有釀造醬油的技術。

這麼一來，做生蛋蓋飯的阻礙可以說是全數剷除了。

「好了，請帶路吧。為了讓我親手奪回生蛋蓋飯！」

「今晚的『秋風丸』正渴望著鮮血呢……呼呼呼。」

「小楓，現在還是白天喔……？」

已經無法阻止這兩個人了。兩人意氣昂揚，嘉內等人覺得他倆應該已經聽不進任何人的聲音了，不禁嘆氣。

路賽莉絲似乎擔心兩人是否會受傷，顯得有點動搖、不知所措。

就這樣，最強魔導士與修羅美少女精靈劍士暫時組成了搭檔。

渴望鮮血與饑腸轆轆的兩人，分別為了各自的目的向前……

第十四話　大叔為了獲得雞而格鬥

伊莉斯等人接受委託的養雞農家，位於從桑特魯城出發後步行不到一小時的農村中。委託人原本似乎是高階傭兵，以父親病逝為契機而從傭兵生活中金盆洗手，為了扶養生病的母親而繼承了家裡的農業。

雖然作為傭兵相當有實力的樣子，但光是要賺到足以扶養自己家人的收入，靠當傭兵是很困難的。更遑論還要支付生病的母親的醫療費用，一般人根本無法負擔。

人民為了拯救生病的家人，只能採取抱著自我犧牲的精神被當作奴隸給賣掉，再以這筆錢來補貼醫療費用的作法。這種社會情勢，也可稱得上是某種行政缺失吧。

而他此時想到的，就是販賣狂野咕咕的蛋。

蛋的營養價值高，又被視為高級食材，所以市場需求和售價也很高。想要一舉致富的話，沒有比這更適合的東西了，不過問題就出在這是魔物的蛋上面吧。由於要採收蛋就會被襲擊，成了一場傷痕累累的戰鬥。

然後本次問題的主角狂野咕咕終於變得比飼主還強了。到了這個時候，雖然飼主已經不用再賺取醫療費用了，可是由於牠們化為凶暴的猛獸，讓飼主想過普通的生活都不行。

結果飼主雖然發出了討伐委託，但是狂野咕咕變得太強了。牠們不斷擊退前來挑戰的傭兵，又變成了更強的凶惡雞群。

經過鍛鍊的雞群，成長為連傭兵工會都覺得十分棘手的存在。

「所以妳們三個去挑戰然後被打回來了啊……這還真令人好奇牠們是怎樣的雞呢～♪」

一邊說著農家的狀況，傑羅斯、伊莉斯、嘉內、小楓一行人一邊沿著道路前進。順帶一提，雷娜追著在途中擦身而過的少年傭兵們跑了，下落不明。

大叔非常悠哉，就算一邊抽著菸，腳步仍有些輕快。想必是因為可以從小楓那裡得到醬油吧。

「在下熱血沸騰。真想趕快與之一戰。」

「小楓真的很血氣方剛呢……完全不像是精靈。」

另一方面，小楓正無法抑制自己那熱血的靈魂。

「就快到了，看到那個橘色的屋頂了吧？凶暴的雞就在那裡。」

「在那裡啊……能夠讓在下滿足的勇士就在那裡，真是令人十分期待。」

「小楓妳真的是精靈嗎？精靈前面沒有加上『黑暗』兩字嗎？」

對大叔來說，已經分不清她到底是哪種精靈了。

屬於最上等種族的高階精靈是嗜血至此的野獸。大叔已經有種這世上什麼事情都有可能發生，想要放棄思考的感覺了。大叔體悟到，無論是什麼高階種族，說穿了也只是擁有自我與意識的野獸罷了。

逐漸接近目的地的養雞農家後，他們看到了那個。

一個像是傭兵的男人非常突然地從庭院附近被打飛到天空中。發現到那男人一邊如鑽頭般旋轉著一邊往這邊掉下來時，大叔等人立刻離開了現場。

「嗚啊啊啊啊啊啊啊啊啊啊啊啊啊啊啊，嗚咕哇哈！」

傭兵頭部朝下的穿破了地面，一邊旋轉一邊挖掘著大地前進。最後有如在某個村子裡發生的慘劇般，幾乎整個人埋沒在地底下，只有腳露了出來。

「這、這招該不會是旋○迴旋殺？那不是雞嗎！」

「呵呵呵……這裡有強者的氣息。在下就是為了和比自己更強的對手相會而來！」

「是哪來的格鬥家啊！小楓，不可以衝動行事啊！」

四個人無視埋在地底的男人，渾身顫抖。先不提大叔，伊莉絲和嘉內曾一度敗在牠們的手下。要是牠們已經變得比之前更強了，那就代表牠們的成長速度非常快。

狂野咕咕以別種意義上來說的確是魔物。

「這……皮不繃緊一點可不行呢。到底是多強的魔物呢……」

「好想砍，好想揮刀啊……讓在下的太刀嚐嚐鮮血的滋味吧……」

「小楓妳好可怕喔～」

「妳真的是精靈嗎？我已經開始覺得妳是其他種族的了……」

帶著以別種意義上來說渴望著鮮血的野獸，大叔等人踏入了養雞農家。

然而在那裡的，是被破壞得極為悽慘、有如廢墟一般的房子。

庭院裡，被打倒的傭兵們堆成了小山，而在傭兵們上方，無數的雞正以銳利的眼神看著這裡，魄力十足。

＝＝＝＝＝＝＝＝＝＝＝＝＝＝＝＝＝＝＝＝＝＝＝＝＝＝＝＝

【格鬥家咕咕】【斬擊咕咕】【狙擊手咕咕】
【白帶咕咕】【弓手咕咕】【劍道咕咕】

狂野咕咕的突然變異進化種。
擁有凌駕於最終進化型態雞蛇的力量，非常好戰的雞。
是特化為狙擊、打擊、斬擊，令人感到驚奇的雞。
包含白帶在內的三種雞順從強者，就像是排名在上的三隻雞的弟子。
擁有很高的智能，可以在一定程度上理解人類的話語。肉雖不好吃，蛋卻很美味。

＝＝＝＝＝＝＝＝＝＝＝＝＝＝＝＝＝＝＝＝＝＝＝＝＝＝＝＝

「……這不是狂野咕咕耶？該怎麼說，牠們似乎是已經進化過的個體。」

「「啥～？」」

雞群站在被打倒在地的傭兵堆成的小山上瞪著這邊。

就像是不良少年常露出的挑釁眼神，怎麼看牠們都給人一種品行不佳的不良集團的印象。

「唔嗯，在下想與那雙翼有如鋼鐵般熠熠生輝的雞一戰，行麼？」

「不，要對付進化後的個體負擔可是很重的喔？」

「比起那個，那個提出委託的叔叔在哪裡啊？」

大叔先不論，要是委託人不在，伊莉絲等人是無法接下這個工作的。

然而無論在哪裡都找不到重要的委託人。

「沒辦法。既然牠們好像多少聽得懂人話的樣子，就直接問這些雞吧。」

「你認真的嗎……？」

「叔叔，不管怎麼樣事情都不可能會進展得這麼順利的喔？」

「怎樣都無所謂。在下只希望能夠盡快一戰……血……好想見到血啊……」

雖然有個抱持著危險思考的女孩在，但大叔刻意忽視她，站到狂野咕咕的進化種，格鬥家咕咕面前。

「你們的飼主在哪裡？不對，應該說是前飼主吧？」

「咕咕……」

格鬥家咕咕以翅膀尖端指向被打倒的傭兵。那裡倒著一個有如中元節禮盒裡頭會出現的金華火腿般，整個人腫到不行、滿身是血的大叔。

仔細一看，他似乎是全身都持續遭到強烈的毆打，受到了足以讓全身腫脹的損傷。光是他還活著這點就很令人訝異了。

不知道該說他是運氣好還是不好，依據場合判斷，說不定給他一個痛快對他而言才是救贖。

而且不知為何他頭上的愛心圖樣刺青令人留下了強烈的印象。

「這個人好像是委託人喔？還真虧他沒有爆炸呢……」

「你騙人的吧，之前我們見面的時候他是個肌肉健壯的大叔喔？」

「不可能會腫成這個樣子吧？」

格鬥家咕咕從愣住的一行人旁邊走過，以強烈的一腳踢飛了倒在地上的大叔頭部。

「唔咕！努……努們做些……呃模……（你們這些……惡魔……）」

「完全聽不懂他在說什麼呢……真沒辦法，『高級治癒術』。」

「大叔你連回復魔法都會用喔？」

「唉，畢竟是叔叔嘛……會用也是當然的吧～我是沒辦法啦……根本沒學過。是不是該去買卷軸呢？」

受到傑羅斯使用的回復魔法治療，身為委託人的大叔全身上下的腫傷漸漸地復原。

恢復後的樣貌是個肌肉隆隆的光頭大叔。

「波漢先生，你的頭髮怎麼了？之前還很茂密吧？」

「被那些傢伙給拔光了……快點、快點打倒那些傢伙——！」

「以我個人的立場而言，是希望能夠接收那些雞啦。感覺外出時牠們也能幫忙看家防盜。不過啊……你是真的要哭了啊？牠們有這麼難搞嗎？」

「我的雞……你想要就給你吧。打倒牠們，在這裡將在場的所有雞全都打倒，讓牠們看看你有多強！」

「你看到波漢大叔還有眼前這些堆成小山的傭兵們，還覺得牠們不難搞嗎？」

波漢用像是不知道來自哪裡的海賊王臨死前留下的吶喊般的語氣叫他們處理這些雞。

不過傑羅斯根本不想打倒這些雞。他只是想要會產下美味雞蛋的雞而已。從一開始就完全沒有打算要殺掉牠們，不如說因為在原本的世界裡就有養雞，所以他反而想保護牠們。

不過血氣方剛並在修羅之路上直直前進的高階精靈完全不是這樣想的。

「了解！」

由於原本就想與之一戰，她毫無顧慮的將手伸向背後的太刀，以全速向前奔馳。

對手是斬擊咕咕。牠是雙翼擁有白銀光輝，擅長斬擊的雞。

嘴上叼著牙籤的樣子讓牠意外的頗具威嚴。此外，牠也擁有只要將魔力注入長在雙翼的羽毛上，就能使羽毛化為強韌刀刃的能力。

小楓拔出背上的太刀，迅速地以一招斜砍代替打招呼攻了過去，但是隨著一聲尖銳的「鏘！」，太刀被彈開，小楓的姿勢瞬間變得毫無防備。

斬擊咕咕沒有放過這個機會。牠飛到小楓的身側，有如彎了一個直角似地，以高速拉近彼此間的距離，並用雙翼使出斬擊襲向小楓。

「嘖！」

小楓立刻揮動太刀，配合對方斬擊的軌道，以雙刃微微相接的形式擋開了攻擊，往後一跳，拉開距離。接著她又再度拉近和斬擊咕咕間的距離，同時用太刀施展連續攻擊。

——鏘鏘鏘鏘！鏘嗡嗡嗡！

響起了好幾次的金屬撞擊聲。

一人與一雞的斬擊以令人眼花撩亂的速度碰撞著，銀色的軌跡與火花交互飛舞。

雙方激烈的互相交手。

「雖然小楓也很厲害……但那隻雞是怎樣啊～？」

「不管怎麼想那都不是一隻雞該有的強度。那毋庸置疑的是個劍士……」

「突然變異種VS隔代遺傳……還真是場值得一見的勝負啊。」

眼前一進一退的攻防戰仍持續著。

可是大叔此時卻感覺到了些許的氣息，將手伸到了嘉內的頭附近。

「什麼？」

嘉內一瞬間還不知道發生了什麼事，瞭解狀況的時候臉都白了。

大叔的手上握著一支箭矢。

「……這是狙擊手咕咕幹的好事吧。是從哪裡狙擊的呢……」

「牠不是應該會在箭飛過來的方向嗎？」

「從同一個地點狙擊是三流的狙擊手才會做的事喔。牠應該已經移動到下一個狙擊點去了。」

從狙擊時只感覺到些許的氣息這點來看，這雞恐怕極為擅於隱匿自己的行蹤。

既然可以使用弓，那翅膀的骨骼可動範圍應該很廣吧。不如說從骨頭開始就已經不像鳥類，而比較接近人類也說不定。大叔撿起了兩個掉在地上的小石頭，等待著下一次的狙擊。

「嘉內小姐，有辦法復仇嗎？牠們看起來好像不是普通的強耶。」

「沒辦法，我會反過來被牠們打倒吧。完全不覺得有辦法取勝。而且牠們變得比之前更強了……」

「之前是牠們手下留情了？如果是這樣的話我會很失落的～」

小楓雖然不斷反覆地與對方兵刃相向，卻一直無法給予對方關鍵的一擊。同樣的，斬擊咕咕也因為體型小，無法拉近彼此間的差距。

因為體型小，所以動作也快的斬擊咕咕看似占了上風，但小楓也再度以些微的動作化解了斬擊，參

雜著反擊在內，擋下了對方的攻擊。

一進一退的攻防戰以令旁人的目光無法追上的驚人速度持續著，雙方都以完全想像不到是小孩子和雞的劍術與速度壓制著彼此。然而仍無法給予對方致命一擊。斬擊咕咕往後方一跳，拉開了距離。

「明明是一隻雞卻有這樣老練的實力……若是人，想必是享譽高名的武士吧。真是遺憾……」

「咕咕、咕咕咕咕！（劍術之路與是鳥或是人無關。妳這話是對敝人的侮辱。）」

「唔，這可真是失禮了。您也是十分像樣的武士呢……在下打從心底向您致歉。」

「咕咕咕咕咕咕咕咕咕！（若閣下也是武士，口說無憑，以汝之劍來道盡一切吧。這是身為武者的禮儀。）」

不知為何對話成立了。先不管可以聽懂人話的咕咕們，小楓可以聽懂咕咕的話，是因為高階精靈的特性嗎？儘管兩人（？）之間傳出一種緊張的氣氛，但旁觀者們卻是一頭霧水。

小楓將太刀收入鞘中，擺出拔刀術的架式。斬擊咕咕也像是在回應她似地展開雙翼，擺出獨特的架式。

「恐怕會以這一擊分出勝負吧……」

「啊啊……真是可怕的孩子。小小年紀就有這等技術，這樣繼續成長下去的話還得了啊……」

「那個精靈女孩，比到我家來的傭兵們還要強耶……她到底是何方神聖？」

雙方都靜止不動，儘管正在慢慢拉近彼此的距離、處於一觸即發的氣氛下，仍為了使出這一擊而聚精會神。連旁觀者都不禁屏息守護著他們。緊張的氣氛吞噬了這個空間。

一步，又一步。在他們逐漸逼近彼此的同時，周圍的空氣也愈發沉重。對峙的兩人（？）額上流下了汗水，這短短的時間感覺長得有如永遠一般，雙方都將精神集中到了極限狀態。就如同伊莉絲所說的，這一擊將會分出勝負吧。兩人（？）間的緊張程度達到了最高點。

「……無論勝負都毫無遺憾……」

「咕咕、咕咕咕咕咕咕。（明白！那麼就乾脆地……）」

那一刻即將到來。然而在這緊張的狀況下，大叔察覺到了有什麼在暗中行動。

那是從屋頂的另一側，以進化後有如手臂的翅膀搭著弓的狙擊手。狙擊手咕咕正瞄準了這裡。

「一決高下吧！」「咕咕！（一決高下！）」

在兩人（？）行動的同時，狙擊手咕咕也射出了箭。

牠應該是看準了大家正專注於眼前戰鬥的這個空檔吧，但是大叔以指彈迎擊射來的箭矢，更追加了一發，擊向了因狙擊失敗正準備移動，屋頂上那不識趣的雞。

在狙擊手被反狙擊給擊倒，從屋頂墜往地面的同時，兩位劍鬼的太刀（翅膀）正以超高速交錯。

——鏘——————！

太刀與翅膀交會，明明是使劍的戰鬥，卻產生了衝擊波。正好站在小楓被彈飛出去方向的傑羅斯將她接個正著。

斬擊咕咕也一樣被彈飛，摔進了同伙的雞群中。

「小楓沒事吧？」

「嗯，她沒事……只是衝擊的力道似乎很強，讓她失去了意識呢。」

「那隻雞怎麼樣了……幹掉牠了嗎？」

「還活著喔。仔細看看小楓的太刀吧，雖然是名刀，但沒有開鋒。」

斬擊咕咕也暈了過去，不過臉上似乎帶著十分滿足的笑意。

明明只是隻雞，卻意外的是個充滿男子氣概的傢伙。這是題外話，不過狙擊手咕咕瞄準的對象是飼主。不知道是狙擊手的習性使然，還是仍抱有想要殺死對方的恨意，箭尖上還特別用心地塗滿了致死性極高的神經性毒藥。

唯一能知道的，就是狙擊手咕咕是真心想致波漢於死地。

「好了，該打倒的還有一隻……是格鬥家咕咕嗎。」

「我沒辦法。雖然想要復仇，但那種戰鬥我可做不來喔？」

「我也不行！因為我是魔導士嘛。」

既然小楓暈了過去，當這隻雞的對手任務就肯定會落在大叔身上了。

儘管深深地嘆了一口氣，大叔還是與格鬥家咕咕相互對峙。

「可以的話我是希望你們能來我家啦……這樣的話不用戰鬥就可以解決了吧。」

「咕咕咕、咕咕咕咕咕咕咕咕！（看到了那樣的戰鬥後，我也不禁熱血沸騰起來了。就請你陪我過兩招吧。）」

「唉～……真沒辦法……咦、咦～？為什麼我會聽得懂你在說什麼，這是怎麼回事？」

不知為何大叔好像也聽的懂雞的話。這瞬間他彷彿窺見了異世界的神祕之處。

無奈的大叔擺出架式。雖然大叔沒什麼幹勁，但眼前的雞卻興致勃勃地想與人一戰。要是此時拒絕的話想必會傷及對方的自尊，所以只能硬著頭皮當牠的對手了。

不過在對峙的瞬間，大叔便實際感受到格鬥家咕咕有多麼強悍。

令人想像不到這是一隻雞所散發出來的霸氣。牠顯然是個強者，而且強度更勝於其他兩隻。

一瞬間，格鬥家咕咕的身影似乎晃動了一下。

「唔！」

傑羅斯的雙臂交叉，接下了想不到是體型這麼瘦小的雞所發出的強力攻擊。

等他注意到時，格鬥家咕咕已經用那像是手臂般的翅膀揍了過來。大叔差點就要順勢被揍飛到後方好幾公尺遠的地方，但硬是在腿上施力，撐了下來。

「看起來完全想像不到會是這麼沉重的一擊……這樣我得久違的拿出真本事才行了呢。」

大叔的眼中寄宿著危險的光芒。「那個時候的傑羅斯」又再度降臨了。

調整呼吸，開始讓魔力——不，讓氣在身體中循環，強化身體能力。他發動了「拳神」的職業技能，能力也開始從魔導士轉變為武鬥家。

魔導士會利用體內的魔力與自然界中的魔力來行使魔法，格鬥家則會提升體內的氣並使之循環，藉此強化身體的戰鬥能力。由於使用職業特有技巧時會變得無法使用魔法，他現在的身體調整成了專為格鬥戰而生的狀態。也就是說現在的大叔不擅長遠距離攻擊，不過只要是魔法使系以外的技能都可以同時併用，所以沒什麼太大問題。

「要上嘍……」

他一個箭步拉近了與格鬥家咕咕間的距離後，衝勁不減，就這樣踢出一腿。

格鬥家咕咕瞬間向上飛起躲開，而此舉也讓牠暴露在大叔使出的連續攻擊之下。

似乎早已明白此事，格鬥家咕咕也使出相同的攻擊迎擊。

——碰！咚、咚咚咚咚咚咚咚咚咚咚！

幾乎不可能出現在現實生活中的打擊聲響徹周遭。

出拳、防禦、躲開、瞄準破綻，有時強硬地進攻，有時又千鈞一髮地躲開對方的攻擊。

「咕咕！咕咕咕咕咕咕！（好、好強。居然能夠遇到這樣的對手……這是多麼幸運的事啊。）」

「看來你很開心的樣子吶！就這麼想與人一戰嗎！」

「咕咕咕、咕咕咕咕咕咕咕咕咕！（挑戰強者、磨練自己。這就是習武者的宿命啊。）」

「看來你已經做好相當的覺悟了呢！那就讓我見識見識你的力量吧！」

「咕咕咕咕咕！（明白！）」

格鬥家咕咕暫時從格鬥戰中抽身，拉開了距離後，利用自己的速度產生殘影擾亂對手。以高速逼近並使用強烈的踢擊回敬對手。

而大叔順水推舟似地化開了這波攻勢，發現破綻的瞬間便間不容髮地揮出強烈的拳。然而格鬥家咕咕像是算準了這一刻，抓住了他的手臂，想順勢將他摔出去。注意到這點的傑羅斯稍微轉動手臂解開束縛，抽出手臂的同時抓住了格鬥家咕咕，一口氣將牠摔往地面。不過格鬥家咕咕瞬間扭轉身體，重新調整姿勢，就這樣拍動羽翼，脫離至戰鬥範圍外。

「大、大叔他……會不會太強啦？」

「那種程度對他來說輕而易舉吧。畢竟他是『殲滅者』啊。」

「那是什麼危險的稱號啊……那個大叔到底做了些什麼？」

「很多事情……」

「怎樣都好啦，可是小妹妹……那個已經不是魔導士了吧，他到底是何方神聖啊？」

戰況對格鬥家咕咕不利。

但是牠的鬥志不減，不如說還提升了。而且看起來非常開心的樣子。

「喔喔喔喔喔喔喔喔喔喔喔喔喔喔喔喔喔喔喔喔！」

「咕咕咕咕咕咕咕咕咕咕咕咕咕咕咕咕咕咕咕咕！」

兩人再度正面交鋒，以激烈的拳回應彼此。

將氣灌注在雙臂（翅膀）上做強化，互相迎擊彼此的拳頭，生動的打擊聲不絕於耳。

宛如「歐啦歐啦！」或是「喝啊噠噠噠！」那樣某處很有名的故事般，雙方互不相讓地使出彷彿會留下殘影的高速攻擊。那極具威力的拳壓交互飛舞著，已經進入了要是被捲入其中，就算只吃上一擊都不能輕易了事的狀態。

為了不引發這種捲入旁人的悲劇，他們的拳壓互相衝擊抵銷，化為圓形的衝擊波一邊擴散一邊延伸到周圍。

有時他們會拉開彼此間的距離，高高的跳到空中交互踢擊，還一邊在空中出拳，你來我往地落到地面上。

「那個……只要吃上一擊就會死吧？是說大叔不是魔導士嗎？」

「根據我聽說的傳聞，他似乎是極為接近暗殺者的全能高手喔？畢竟是擅長在不知不覺間闖入敵陣中央，利用範圍魔法將敵人給一舉殲滅的魔導士。」

「小妹妹……那個絕對不是魔導士吧。怎麼想都是特種部隊的人吧！」

不斷揮出一擊必殺之拳的大叔，還不知道自己的職業已經被人給否定了。

不過他恐怕也深知自己正是如此，而無法否認吧。因為就算再怎麼說是虛擬的網路世界，他也還是做了不少跟現在類似的事情……

作為補充，由於最後他會徹底的殲滅敵人，所以對於ＰＫ職的人來說是十分恐怖的存在。

傑羅斯與雞之間壯烈的互毆一直持續到了日落時分。

◇◇◇◇◇◇

太陽下山，世界開始被夜幕壟罩之時，格鬥家咕咕由於不斷使出全力應戰的緣故用盡了力氣。然而表情卻十分滿足似地，毫無半點陰霾，像是將自己的一切都用上了，露出了打從心底發出的爽朗笑容（？）。

相對的，大叔連一滴汗都沒流下，反而對自己的體力究竟有多麼不合常理這點感到恐懼。儘管如此他也是認真的與格鬥家咕咕一戰。

只是到了後半他便注意到自己的不對勁之處，察覺到這樣下去無法分出勝負。

明明他是打算使出全力的，卻不知為何仍保有可以冷靜地觀察並思考狀況的餘裕。

光是去想自己要是真要出手會是什麼情形，他就感到暈眩。

而進化後的雞群五體投地跪拜在這樣的大叔面前，表示服從。

「這……是表示你們願意服從於我嗎？」

「咕咕！（正是！）」

「咕咕、咕咕、咕咕！（我們十分感佩於閣下您的強悍。還請您指導我等。）」

「咕咕、咕咕咕咕咕咕咕咕。（我一擊必殺的招式居然被破解了……我的修行還不夠。）」

從狂野咕咕進化而來的雞群擁有尊崇強者的習性。

一旦拜人為師，便會服從師傅到自身已鍛鍊至足以自立的強度後才離巢。

最終會自己創造新的雞群，將習得的技術傳承下去，永無止境地變得更強。

以某方面來說是比雞蛇性格更差勁，最糟的魔物。

「唉，反正可以收下未受精蛋的話我是沒差啦。畢竟我也想要蛋，而且我有鑑定技能，可以分辨受精蛋跟未受精蛋。」

這些雞群之所以叛變的理由就是這個。

原本蛋就是用來傳宗接代的東西，生下來的蛋中有受精蛋與未受精蛋兩種蛋。

如果是未受精蛋的話便無法孵出小雞，被拿去當成食物也無所謂。但是受精蛋是可以孵出小雞的，所以受精蛋被奪走對於雞群來說可是攸關生死的問題。

波漢連這種基礎知識都不知道，毫不在意地收走所有的蛋，所以才會失去在場雞群的信賴，導致最後引發了叛變。真要說起來，這是孩子被奪走的父母的復仇吧。就算這裡是弱肉強食的世界，無論哪種野獸都是很疼愛自己的孩子的。

而且擁有鑑定技能的大叔也不用擔心會被雞群給怨恨。

「波漢先生，飼料要怎麼辦？」

「你如果告訴我你家在哪的話，我可以送過去。這些傢伙不在了以後，我這次要養牛。」

「波漢大叔，你這是話感覺是在找死喔……」

「無論如何，在下的劍術對手都會住在近鄰嗎。值得一會。」

「小楓……妳還想打啊？」

血氣方剛的高階精靈得到了斬擊咕咕這個對手，往修羅之路上更向前邁進了一步。包含大叔在內的三個人只能無奈嘆氣。

這一天，傑羅斯獲得了十三隻雞。牠們會提供雞蛋作為代價，接受大叔的指導。同時也獲得了可以幫忙看家的強力警衛。

這些凶惡的雞的目標到底在哪裡，想要發展到什麼地步仍是個謎。

唯一知道的，就是牠們會以成為最強的野獸為目標，不斷鍛鍊自己這件事。

◇　◇　◇　◇　◇　◇

到家時外面已經完全被夜色給壟罩，舊市區周邊一片寂靜。

傑羅斯以魔石燈點亮屋內，坐在隨意擺放的椅子上。

十三隻雞住在傑羅斯家的庭院，雖然他們會提供雞蛋，但事到如今傑羅斯反而對於這樣是否真的不會出現被害者一事感到有些不安。

因為牠們擁有可以溝通的智能，所以大叔打算之後再慢慢教他們，總之先來準備吃晚餐。這時他發現長袍上沾有長長的頭髮。

色澤清淺通透的頭髮是在抱住小楓時沾上的吧，然而問題並不在那裡。

「唔嗯，已經有『變魔種』、『高階精靈的頭髮』了。只要湊齊剩下的素材，之後再用我的血施加咒印，就能夠創造出人工生命體了……」

想要製造出人工生命體的話材料還不夠。還需要貴重的素材「精靈結晶」才能製作。

「『邪神魂魄』……要不要對四神做些惡作劇，關鍵就在這上頭了呢。到底該怎麼辦呢～唉，這等拿到『精靈結晶』之後再來煩惱好了……反正還有時間。」

大叔並沒有原諒這個世界的神所作的事情。

雖然轉生到了這個世界，但那充其量也只是對原有世界存在的神的道歉，像是因為被抱怨了所以沒辦法才這樣對應，可以隱約看見四神其實做事相當隨便的一面。

而且雖然讓他們轉生了，那些擔心卻都是假的，傑羅斯被丟在了有凶惡魔物生息的魔之領域。既然要轉生的話，明明讓所有被害者出現在同一個地方就好了，然而這卻給人一種四神恐怕是基於「我們都讓你們作弊了，這樣正好吧」的玩樂心態才做出這種行為的感覺。

當然也有像伊莉絲這樣對這個世界樂在其中的人，所以傑羅斯也無意隨意掀起戰亂。但就算如此，他也不打算就這樣算了。

「還真是令人煩惱啊……呵呵呵。」

傑羅斯露出了前所未有的伶俐笑意。而這笑容上壟罩著平常未顯露出的惡意。

像是呼應他暗藏的惡意一般，地下某個以金屬製成的機械發出了令人不快的響聲。他早已做好準備，只要有素材就能行動。

一切都看狀況將會如何發展。

第十五話　大叔被搶走了先機

黑暗籠罩了周遭，在這大多數的人們都已就寢，或是為了療癒工作的疲憊而在享受一時歡快的時候，有個男人為了確認他好不容易獲得的成果，正在自己的房內親手拿起商品確認其價值。在他確定這商品是真貨後，他的嘴角微微上揚，滿意地露出奸詐的笑容。

男人表面上雖是個能幹的實業家，私底下卻是個以非合法的手段流通、販售物品的黑市商人。無論使用什麼手段都會想辦法將目標商品搞到手，也會為了提高商品售價陷害他人，依據狀況不同，也曾多次命令部下處理掉對手。

他拿在手上的，是裝飾有兩顆透明度極高的寶石的首飾。其價值依據出現的場合不同，可能會是難以估算的珍品。這種就算存放在國家等級的寶物庫也不奇怪的東西，在他的不擇手段之下，終於成功的落入了他的手中。

這個首飾的主人已經不在人世了，而首飾本身是有一定程度名氣的東西，所以不可能公然販售，他知道等到明天就會有人開始搜索這個首飾的下落了。

不過就算是再怎麼不合法的東西，還是有許多人想要。他已經先列出了好幾個可能的買家人選，想早點將東西給賣出去。

既然透過非正規的手段取得了商品，將非法的東西帶到國外，趕快脫手才是上策。

「真是的……害我費了不少功夫。明明早點賣給老夫就可以免於一死了。」

他一邊嘲笑著已經不在人世的原持有者，一邊以肥胖的手指拿起首飾，對那令人讚嘆的裝飾露出下流的笑容。

雖然不知道要賣的話價格該怎麼訂才好，但他的荷包想必會變得相當飽滿吧。

畢竟這個首飾是魔導具。而且還是擁有極高的藝術價值，從舊時代的遺跡中發現的珍寶。一想到這東西的價值，他便止不住笑意。

「舊時代的精靈製造的祕寶是多麼美妙的東西啊。呵呵呵……唔？怎、怎麼了……」

忽然感覺到脖子上傳來些許刺痛，他伸手摸向傳來痛楚的位置後，發現那裡刺有一根小小的針。臃腫的男人身上滿是肥厚的贅肉，由於有肥肉擋著，這不是什麼了不起的傷勢，可是他卻迅速地感到身體麻痺，並湧上一股激烈的嘔吐感。

「嘔、嗚……咕喔……嘔……」

他逐漸感到呼吸困難、暈眩及劇烈的頭痛、想吐。儘管想呼救，卻因身體麻痺而無法動彈。他好不容易才理解到自己中了毒針。

不過他也派部下做了一樣的事情，說起來這也是種因果報應吧。

而且這似乎是具有速效的毒物，就算求救也來不及了。男人和至今為止他所殺害的人們經歷了一樣的痛苦，就這樣沒了氣。

在房間的主人死亡，變得沒有任何活人存在的房間中，有個東西微微蠢動著。

像是緩緩滲透出來似地，出現在地面上的是黑色的影子。

影子在原地噁心的蠢動，最終變化成了人型。

現身的是一位年約二十多歲的女性。身穿刻意強調胸口的黑色洋裝，配戴有大量飾品，其姿態完全不遜於貴族婦女。但是她的臉上浮現了不像是會在這種悽慘的現場出現的柔和笑容，靠近男人所在的桌子旁邊拿起了首飾，滿足地點了點頭。

「嗯，真是不錯的東西呢。呵呵呵……可別怪我啊。畢竟這也是我的工作。」

在黑社會中活動一直都伴隨著生命危險。死去的男人也不過就是被別的組織給盯上，然後失去了性命而已。商業上的敵手只是用死亡的形式將這男人給排除了。

「雖然覺得這工作很麻煩，但能拿到這種好東西的話，接下這種工作也不錯呢～唔呼呼。」

儘管殺了人，眼前的飾品仍奪去了她所有的心思。

接著，她拿在手上的飾品忽然就消失不見了。

「既然都來了，就順便拿些其他東西好了，說不定藏在某處呢。」

女人再度潛入影子中，身影消失在這個房間內。

現場留下的只有使用了非法手段、欲望過剩的商人的屍體。

到了隔天早上這個黑市商人的屍體才被發現。可是無法掌握住殺害他的犯人的真面目，結果搜查就這樣陷入了一團迷霧當中。

無論怎麼搜索，都找不到可以當作用來找出犯人線索的證物。

人生因為這個男人而扭曲的被害者們極為欣喜。

◇　◇　◇　◇　◇　◇　◇

早晨，大叔完成了每天都要做的除草工作，開始和雞群一起鍛鍊。

無論是出拳還是踢腿，十三隻雞的動作都十分整齊劃一，進行著像是某處的寺廟會做的基本套路練習。「白帶」、「劍道」、「弓手」三種雞不知為何全都在做相同的套路練習。為了進化成更強的品種日夜不懈地鍛鍊著。

此外，大叔替「格鬥家」、「斬擊」、「狙擊手」這三隻雞分別取了名字，叫做「烏凱」、「山凱」、「桑凱」，讓牠們負責統率其他的雞群。

不知道是不是因為幫牠們取了名字的緣故，感覺這些雞又變得更強了，不過大叔決定不要太在意這件事。這裡原本就是存有魔法等特殊法則的世界，他認為就算出現了具有特定名稱的稀有怪物也不奇怪，所以他便以「就算變強也無所謂，拜託你們生下好吃的蛋」這種令人摸不著頭緒的理由接受了這件事。

獲得名字的三隻雞對他更為忠心，不僅每天為了變強而鍛鍊，也會去幫忙田裡的工作。結果很幸運地，因為其他的雞也變得會來幫忙下田，傑羅斯就不需要另外去僱用人手來幫忙了。而且牠們甚至還會幫忙吃掉害蟲，成了非常重要的存在。

他唯一在意的是包含狙擊手咕咕在內，這些擅長遠距離攻擊的雞群不知道為什麼也在學習格鬥技巧。

「你們幾個為什麼要學格鬥技啊？你們是遠距離支援型的吧……」

「咕咕、咕咕咕咕咕、咕咕！（我等已經體悟到只靠狙擊是不夠的。依據狀況不同，也需要學習近身戰的技巧。）」

「不要變得樣樣通、樣樣鬆就好了。唉，去思考自己想要走哪條路也是修行的一環啦……下次進化時到底會變成什麼樣子呢。」

老實說，完全搞不清楚這些雞在追求什麼，又想要朝什麼目標前進。

由於原本就是在特殊環境下鍛鍊出來的亞種，今後會產生什麼樣的變化都還是未知數。

最近這些雞開始向小楓學習書法、開始下將棋、製作武器等，非常的活躍。雖說魔物有順應環境改變其樣貌的性質在，但對於這些雞今後到底會進化成怎樣的東西，大叔是認真的感到害怕。進化的過程中也有可能會產生被稱為魔王種的強力魔物，說不定哪天在這之中會誕生出非常不得了的東西。

「唔，這幾天內技術又變得更高明了啊……真是強敵。」

「咕咕！咕咕咕咕咕！（敝人還會變得更強！而且這點閣下也一樣吧。出劍的路數又變得比昨天更加刁鑽了。）」

「劍術之路非一日能及。每日的鍛鍊是不可或缺的。更何況有強者在此呢！」

在練習基本套路的雞群旁，墜入修羅之路的高階精靈小楓與山凱正激烈地互砍。看來大叔的身邊聚集了一堆武鬥派的生物。

雖然是不重要的情報，但大叔已經放棄去思考為什麼可以跟雞溝通這件事了。他將所有不明所以的現象都用一句「因為這裡是異世界啊」來帶過。

以某種意義上來說這或許是個明智的決定。

◇◇◇◇◇◇

結束早晨的訓練與田裡的工作，傑羅斯在他心心念念的東西面前，心中一陣感慨。

裝在飯碗中、冒著蒸氣的白飯，以及蓋在上面的雞蛋。沒錯，這就是生蛋蓋飯。

他淋上一些從小楓那裡得到的醬油，將雞蛋和白飯攪拌混合，一邊壓抑著想要快點看到飯變成金黃色的樣子，一邊動著手。

雖然也有點擔心未受精卵會不會有寄生蟲，但透過「鑑定」技能確認過安全無虞後，大叔終於和他掛念已久、熱愛的美食面對面。看著攪拌好的生蛋蓋飯，大叔嚥下一口口水。

「來、來吧……」

像是要認真一決勝負似地，大叔拿起了飯碗，緩緩地將生蛋蓋飯放入口中。

濃厚的蛋香與醬油那甘美的滋味融為一體，至高無上的幸福感在口中擴散開來。原本應該要是這樣的……

這雞蛋確實非常美味，可是……

「這的確很好吃，雖然很好吃，味道卻太濃厚了……有點不太對……缺乏應有的清爽感。」

儘管很美味，卻和他記憶中的生蛋拌飯完全不同。

雞蛋的味道太過濃厚，完全蓋過了醬油的味道。由於醬油力有未逮，所以才會給人一種少了點什麼的感覺。這連隱藏的調味也稱不上，醬油的味道徹底敗給了濃厚的蛋味。

「八百萬神明啊……你們是希望我能夠做出究極的醬油嗎？這不可能啊！我和〇岡大師或海〇大師不同，不是美食專家啊。我頂多只能做出普通的醬油而已……」

和超市賣的便宜雞蛋不一樣，簡直是烏骨雞或頂級雞蛋。不，更在那之上。對味覺貧乏的大叔而言，不太可能做出足以搭配狂野咕咕亞種的蛋的醬油。這實在不是雞蛋該有的味道。這是別種生物的蛋吧。

大叔以前在鄉下生活時，曾經一時興起做過醬油，但味道非常普通。

「這下絕望了……沒想到居然是這種等級的蛋……」

雖說千里之行始於足下，然而這開始的一步前方卻像是有斷崖絕壁阻擋著。就算想要往前邁進，難度也太高了。

「神明已死。我已經什麼都不相信了……」

這話從原本就不相信神的大叔口中說來也毫無說服力。

或許大家會覺得不過是個生蛋拌飯，這也太誇張了。可是只要在海外的深山祕境中住上個幾年，就能體會這種感覺了吧。再怎麼追求日本的簡樸美食，那裡卻有著一道高牆，讓你無論如何都無法重現故鄉的美味。這時要是有一開始看名稱還以為是日本料理，結果卻是完全不同東西的料理出現在眼前，想必便能想像出傑羅斯有多麼絕望了。

他剛剛所吃的生蛋拌飯完全是別的東西。儘管十分美味，味道卻和他所追求的東西完全不同。大叔雖然很擅長技術方面的工作，但扯上食物就跟外行人沒兩樣。就算做得出醬油和味噌，也不是什麼了不起的東西。要以可以搭配這個雞蛋為目標來做出適合的醬油實在太困難了。他的數值再怎麼作弊，也還是有辦不到的事情。

碰上這個世紀難題，大叔的失落有如馬里亞納海溝那樣深。

「做醬油跟味噌需要的東西有小麥、米麴菌、鹽，還有黃豆……黃豆啊……」

他在田裡種了名為「傑克魔豆」的豆子。這種豆子會長成大樹，結出像是石榴般的果實。然而問題在於這個果實中塞滿了綠豆、蠶豆等各式各樣的豆子。雖然裡面最多的好像是黃豆，可是不太確定目前的量是否足夠用來製作味噌及醬油。

他後來查閱圖鑑後才得知，在這個世界的生態系中，植物相關的物種非常奇怪。

「這下……說不定乾脆去拜託別人製作還比較好。感覺這已經不是我一個人可以辦到的事情了。」

他是做得出一般的醬油和味噌，但進化得十分凶惡的雞群們所產下的雞蛋實在太高級了，不上不下的調味料必定會敗下陣來。不過儘管如此仍未放棄的大叔正在加速思考，該怎樣才能獲得所需的調味料。

「至少希望能釀出好喝的酒……但只有這個我是第一次做啊～」

在現代日本，沒有獲得許可的一般民眾是不能私自釀酒的。他只能在幾乎是瞎子摸象的狀態下釀酒，這難度比要製作醬油或味噌還要更高。就算他在鄉下住了很長的一段時間，調味料相關的東西也大多都是用買的，所以要自己製作可說是近乎於有勇無謀的舉動。然而就算如此，他也想追尋故鄉的味道。

擁有能夠做出故鄉滋味的調味料，他才初次有自己向前邁進了一步的感覺。

當然這感覺或許像是一種錯覺，但由於這裡不是地球上的未開祕境而是異世界，所以他對於吃的渴望也膨脹了起來。

「雖然做魚露也行，可是那個在發酵的過程中味道很重，會給鄰居帶來困擾的……」

魚露在發酵過程中臭味非常薰人。要是失敗的話一定會變成臭魚汁，想做也得拿出勇氣才行。大叔儘管一邊煩惱，仍一邊吃著飯。

在他正準備陷入無止境的煩惱迴圈時，烏凱開門進入屋內。

「咕咕！咕咕咕咕咕咕。（師傅，您有客人來訪，該如何處置。）」

「客人？是誰呢。應該沒有說好會過來的客人啊……到底是？」

「咕咕！（在下不清楚。）」

「嗯，我直接去見客吧。說不定是克雷斯頓先生。」

大叔立刻走向玄關，打開門後，只見一位帥氣沉穩的中年男性靜靜地站在門外。

這位簡直像是會在站在哪個酒館的吧檯裡搖晃著雪克杯的男性，是在索利斯提亞公爵家擔任管家的丹迪斯。一位優雅程度僅次於領主德魯薩西斯的紳士。

「哎呀，這不是丹迪斯先生嗎。好久不見了，有什麼事嗎？」

「好久不見了，傑羅斯大人。其實是我家主人德魯薩西斯大人有事非得和傑羅斯大人您見上一面，所以我才像這樣前來迎接您。若是您沒有什麼事的話，還望您能直接跟我到領主館去。」

「是有急事嗎？我是沒什麼事情啦，不過會是什麼事呢。是要委託我做什麼東西嗎……應該不會吧。」

由於讓客人站在門外也很失禮，傑羅斯便請丹迪斯入內。

大叔製作的東西多半都很危險。幾乎沒有那種理所當然十分安全的魔導具，他只會做用了之後會帶來巨大影響的兵器。

當然，只要他想的話也能做些護身用的道具，但他就是提不起興致做那種東西。還在遊戲世界裡時，他就是個嘴上說「藝術就是爆炸！」，然後真的跑去做爆裂物的愉快犯。

他可以若無其事的去做像是某部忍者漫畫中的敵方角色會做的事。

雖然現在的樣貌畢竟不是虛擬角色，他也沒興趣去做那種缺乏常識的事情了，仍無法抹滅他都這把年紀了還在遊戲中做出和恐怖份子相同行為的事實。這算是傑羅斯比較近期的黑歷史。

「哎呀？您在用餐嗎？」

「是啊，因為獲得了不錯的雞蛋。但試吃之後正為了這蛋和調味料的味道不搭而煩惱著呢。」

「調味料嗎？哦，這是醬油嗎？這是東方的島國會做的東西吧。」

「雖然我可以做出普通的醬油，可是咕咕的蛋味道太棒了，會蓋過醬油的味道。要是醬油的味道再濃一點就好了吶～」

「哦？您不是向索利斯提亞商會購買的嗎？我記得商會確實有製造且販售醬油及味噌等調味料才是……」

「……What's？」

大叔的思考瞬間停止了。

「所以說，索利斯提亞商會有在販售這些調味料喔？以前和東方的商人合作，所以在這個國家裡也能製造及販售……您不知道這件事嗎？」

「怎麼會這樣……沒想到在這種意想不到的地方居然有在販售……而且在這之前，你們家的領主大人經手的商品範圍到底有多廣啊？」

「領主大人只要能賣的東西什麼都賣，可以買的東西無論使用什麼手段都要獲得呢。因為東方戰亂不斷，商人和工匠都無法工作，成了難民四處流亡，所以我們就以不錯的條件招攬他們過來了。」

「……德魯薩西斯先生這不是比我還作弊嗎……他果然不是一般人。」

作弊賢者完全敗給了土生土長完美無缺的超級領主。

雖然是題外話，索利斯提亞商會販賣的醬油和味噌，由於其味道連高級料理店都會採用，市場需求極高，作為高級調味料而言非常有名，常被高價收購。

由於和東方所採用的材料本身不同，所以有配合這個國家的狀況加以改良，如今已經可以量產並在市場上廣為流通。製作的專家全都是東方出身的人。

不是作為奴隸，而是視為擁有技術的專家來僱用他們這一點實在非常有良心。

「索利斯提亞商會的格調太高了，讓人很難踏進去呢……店舖本身也設置在一流地段，感覺就算不是我這種人也不太敢進去呢。」

「哈哈哈，畢竟實在不太像是設計給庶民進去的店面呢。每個去過店裡的人都是這麼說的。」

「的確很難說是給庶民去的店呢。不過沒想到在這麼近的地方就有賣醬油跟味噌。德魯薩西斯公爵真是太可怕了。」

把工作和跟女人玩樂當作生存意義的德魯薩西斯公爵。雖不清楚他的經營哲學，但從他不僅可以管好領地，經商也很順利這點來看，可以肯定他擁有不是一句優秀就能道盡的才能。對這位超級天才經營者，大叔感到戰慄與敬畏。

只因為醬油與味噌……

「不過話說回來，到底是找我有什麼事呢～你有聽說什麼嗎？」

「不，主人並未向我提及任何事。啊，只有一件事。」

「什麼事？」

「可以的話，希望您能穿著正式服裝前往……那個，因為夫人們的評價非常不好……」

被這麼一說，由於他平常穿著髒兮兮的灰色長袍，腰上插著兩把劍，外觀看起來極為可疑。不僅沒有比這令人更覺得怪異的裝扮，也不是和領主對談應有的樣子。因為以前他就穿成這個樣子去見領主，所以似乎是完全被兩位公爵夫人給討厭了。無須細想也知道他做了極為失禮的打扮。

雖然他不介意被握有權勢的人給討厭，然而和販售醬油與味噌的商會會長關係變得險惡那可就糟了。只是就算說要穿正式服裝，他也沒有適合的衣服。

思考到最後，他決定全副武裝地去見德魯薩西斯。

「請稍等一下。我去整理一下儀容……」

「真是非常抱歉。畢竟您是大賢者一事仍未公開。」

「沒關係的。不過我有多久沒整理儀容啦……」

他已經有大約七年沒有打理過自己的外表了。

大叔來到洗手間後，立刻刮了未修整過的鬍子，整理任其生長的頭髮。

雖然沒有髮蠟，但他改拿了調合用的植物油出來，鑑定後確認可以拿來代替髮蠟使用。雖然這是搗碎「麥伊爾草的果實」後榨出的油，但這種油不能食用，主要是在製作藥品時少量加入，提升藥品的效果。順帶一提，藥是指治療肚子痛的藥，不過這種油若是攝取到一定量的話，似乎會產生跟蓖麻油同樣的效果。

還好他在做祕藥時會頻繁的使用到，所以手上有很多這種油。

「瀏海就用這個油來整理……後面的頭髮也長長了呢～用『龍髮』綁起來好了……」

他用小刀在刮鬍子，一般來說這種行為是很危險的。

只是大叔連買刮鬍刀的錢都捨不得花，以往都是用菜刀在刮，所以對此意外的熟練。是沒打算買把小剃刀嗎？

接著他從道具欄中取出了整套的裝備。用黑龍的皮膜製成的外套型長袍，還有用黑龍的鱗做成的胸甲。再穿上用黑鎧龍的甲殼做成的裝甲長靴與手甲，外觀看起來就像是武裝後的神父。

儘管穿得一身黑，卻意外地給人一種奇妙的神聖感。施加在各處的精工及裝飾更醞釀出優美且高雅的氛圍。

可是這個裝備曾經過魔改造，還用了一般魔導士就算想要也得不到的貴重素材。若是拿去鑑定，應該會發現這套裝備擁有和傳說級裝備相等的防禦力吧。

而比什麼都更加異樣的，是他手上拿的杖。那是一把以使用稀有金屬製成的大劍為基礎，加上黑龍的鱗與甲殼，外觀看起來極為不祥、有如閃耀著黑色光輝的十字架。

參考寶藏院流使用的十字槍形狀製作而成的外觀，極為強烈地主張著那令人不舒服的感覺。「魔改造魔法杖五四式改」。看起來是槍，卻是作為魔法媒介的杖，是本身就能放出魔法攻擊的亂來武器。

而他的腰上還插著兩把軍用小刀，懷中藏有好幾把投擲小刀。

他之所以會被稱為「黑之殲滅者」，就是因為他穿著這套裝備去開無雙。

「我還是第一次在這個世界打扮成這樣呢……感覺好中二，總覺得很丟臉。」

整理頭髮露出眼睛後，大叔瞇起的眼睛營造出溫和敦厚的印象。

不過只要稍微睜開眼睛，他那細長眼角又上揚的眼睛老實說很可怕。因為他自己也覺得有種冷血的感覺，想必從其他人的眼裡看來也是如此吧。

大叔雖不是美男子，但作為一塊未雕琢的素材來說絕對不算差。

作為最後的點綴，大叔戴上了以黑龍的皮膜、黑鑛蜘蛛、祕銀的纖維編織而成，設計相當有特色的帽子。該怎麼說，他現在看起來就像是會一邊立刻大喊著「阿————門————！」，一邊狩獵吸血鬼的樣子。

單手拿著巨大的魔法杖，大叔走回丹迪斯身邊。

「傑、傑羅斯大人……您這是打算要上戰場去嗎？」

「第一句話居然是這個？唉，以某種意義上來說是戰爭啦。因為不希望公爵夫人們從旁插嘴，所以也想藉此威嚇她們……更重要的是我沒有西裝啊。」

說起來，要是有西裝的話，他也就不會穿這麼危險的裝備了。

從這個世界的人們眼中看來，傑羅斯的裝備都擁有過剩的戰力。不如說他平常穿的衣服還是比較弱的裝備了。畢竟沒有施加過魔改造。

大叔擁有的東西裡，危險的玩意占了大多數。

「您平常到底都在做些什麼？在我看來那是相當危險的武器喔？」

「我平常都在務農喔？啊，你們需要雞蛋嗎？我一個人正好吃不完。」

「狂野咕咕的蛋我們都會固定從信任的農家叫貨，所以目前不缺呢。要不要試著分給孤兒院呢？」

「原來如此……那麼在去領主大人的宅邸前，我先繞過去一下吧。畢竟新不新鮮對雞蛋來說可是關鍵啊。」

大叔的家跟孤兒院不知為何連在一起。

雖然隔著一道牆就能從後門進去，仔細想想小偷不管從哪裡都能夠闖進來。不過這個家有最強最凶猛的警衛在。小偷只會落得被武鬥派雞群們給痛揍一頓的下場吧。

傑羅斯拿著裝有這些雞所生的蛋的容器，和丹迪斯一起走向孤兒院。

大叔輕輕地敲了敲教會的後門，以裡面聽得到的聲音出聲搭話。

「路賽莉絲小姐，妳在嗎？」

「我在，請稍等一下。我這就開門……」

似乎就在附近，路賽莉絲快步跑來開了門，讓大叔入內。

「呃～是傑羅斯先生嗎？」

「是我……這身裝扮果然很奇怪嗎？雖然這設計我還滿喜歡的。」

「不，很適合你喔。那個……看起來有點像是神父或神官的樣子。只是有些醒目。」

「我是魔導士嘛～先不管這個了，這是我們家的雞生的蛋，因為吃不完，所以拿來分你們一些。」

「可以嗎？雞蛋是高級食材，要是拿去賣應該可以賺到不少錢的……」

「沒關係啦。反正我對金錢沒什麼執著，而且有需要的話我去大深綠地帶狩獵就好了。」

大叔的賺錢方式異常殘暴。如果只是要過普通的生活——雖然依據生活品質會多少有些差異——但基本上只要有七個手掌大小的魔石就能過上一年的生活了。

這種程度的話他可以輕鬆賺到，不過因為大叔只想低調的生活，不想做出什麼太醒目的舉動。而且不是傭兵所以也不會有委託找上門，最多也只有飯場土木工程公司會找他去打工。儘管如此他仍有可以輕鬆過上半年以上的收入。

「那我就不客氣地收下了，孩子們也會很開心吧。」

「啊啊～……感覺那些孩子們會說『給我們肉啦，大叔』呢。不帶半點惡意的……」

「抱歉……看來我沒有教好他們……」

「不要太在意這件事比較好喔？畢竟那些孩子們也是基於自己的想法在行動的樣子……雖然動機不太對……」

為了讓將來可以過上開心的生活，現在要好好努力這點是沒錯的。

只是孩子們的夢想非常的現實，而且他們十分單純地朝著目標直直邁進。

反而有些擔心他們會不會因進展得不順利而變得相當落魄。

「路～……可以給我水嗎？我昨晚好像喝多了……」

「哎呀，這不是嘉內小姐嗎。一大早的就做這麼撩人的裝扮啊……對叔叔我來說有些太刺激了呢～」

「呀啊啊啊啊啊啊啊啊啊啊啊啊啊啊啊啊？」

明明是在孤兒院，在當傭兵的嘉內卻不知為何只穿著內衣現身。

這景色對於單身又沒什麼女人緣的大叔來說真是養眼——應該說對眼睛來說太過刺激了。

畢竟只穿著內衣，在大叔發現時就已經太遲了。就算想用兩隻手遮著身體也沒有意義，不如說反而更加強調她那前凸後翹的身材，情色的令人鼻血都差點要噴出來了。

看來似乎有E罩杯的胸部令人目眩神迷。大叔一早便大飽眼福。

「嘉內小姐，怎麼了……啊，『黑之殲滅者』？」

「拜託不要用那個稱號叫我。我已經不是被人叫這種別稱會感到開心的年紀了。」

不知為何連伊莉絲都在孤兒院。「殲滅者」是她極為憧憬的對象，是抱有像是對偶像團體一樣的憧憬情感的存在。

而殲滅者之一的「黑之殲滅者」就在她的眼前。

「叔叔，你要去哪裡打仗嗎？全副武裝呢。」

「我只是有點事情要辦。再說我也沒有西裝之類的衣服啊。伊莉絲小姐為什麼會在教會？」

「啊哈哈哈……因為我們沒錢去住旅館了，所以拜託路賽莉絲小姐讓我們暫時先借住在這裡～要討生活真不容易啊～」

「學個一技之長會比較好喔？光是會調合就很有用了。」

「嗚……因為我都沒在管生產職業，魔法藥什麼的我根本就不會做……」

伊莉絲是專精於戰鬥的魔導士，身上沒有生產職業的技能。就算說是為了享受冒險，然而化為現實世界後光靠傭兵活動來賺取生活費是不夠的。

在認清現實的情況下，伊莉絲照現況是無法生存下去的。

「如果妳想學的話，我教妳一些簡單的調合方法吧？拿去賣至少能賺到住宿費。」

「真的嗎？教我，我現在超級窘迫的！」

伊莉絲碰上財務危機，就代表身為她伙伴的嘉內身上也沒有錢。

而嘉內正躲在牆後，紅著臉蹲在地上。看來覺得自己非常丟臉的樣子。

「嘉內小姐，妳穿成那樣被叔叔給看見了嗎？」

「年輕真好呢～叔叔我可是大飽眼福，但是當事人似乎覺得很不像樣呢。哎呀哎呀，真的很可愛呢～」

「呀啊？」

「叔叔……你這是性騷擾喔？」

「依據這個國家的法律我是不會被告性騷擾的喔。畢竟這就像是意外，我無須負擔任何責任。」

嘉內躲在牆壁後面，臉愈來愈紅，十分消沉。

而看到她不合時宜打扮的大叔卻意外的若無其事這點極為可恨。

反過來怨恨對方的嘉內努力壓抑著因為過於羞恥而不成聲的怒氣。

「傑羅斯先生……還請你不要太欺負嘉內。她平常雖然很大剌剌，但內心可是很純情的。」

「她真的很可愛呢。話說回來，雞蛋你們要現在就拿去料理嗎？如果維持生蛋的狀態，只能保存大約二十天喔？」

「呵呵呵……不要緊的！我早就預想到可能會發生這種事，所以買了冰箱回來。生的食材也可以保存好一陣子。」

「妳是在索利斯提亞商會買的嗎？那個是我先做出來的呢～已經開始販售了啊……德魯薩西斯公爵果然不可小覷。」

想要販售冰箱的提案明明只是在大約三週前提出的，居然已經開始販售了。這行動力令大叔無法掩飾自己的驚訝。因為構造本身很單純，所以不太花錢，但光是要湊齊用來當作製冰的魔法媒介的魔石數量就是件大工程了。真是令人在意他們到底是用了怎樣的手段。

「今天因為我接下來還有事情要處理，不能久留……不過沒有看到孩子們耶？」

「安潔他們去打掃街道了喔。他們想要多少存點錢之後去買傭兵的裝備。」

「他們真的很強韌呢。雖然行動力的來源是那個……」

朝著夢想中的未來奔馳的孩子們非常強韌，卻不知為何有種令人遺憾的感覺。

大叔和路賽莉絲認真的思考起教育究竟為何物。

「總之我把蛋留在這裡了。畢竟人家在等我，我就先告辭了。啊，可以讓我穿過教會嗎？」

「好的。一直以來真的非常感謝你。託你的福，餐桌變得豐盛些了呢。」

「哈哈哈，你們開心就好。那麼我先走了，不好意思，借我從裡面過一下。」

大叔穿過教會內，走向等在教會大門的馬車。

像是要逃離大叔似地，嘉內早已先躲到孩子們睡覺的房間內。

路賽莉絲一直目送大叔到他離去後，為了拿掃把開始打掃，走向置物間。

「……路……妳啊……喜歡那個大叔嗎？」

「妳、妳說什麼？」

「啊～我也這麼想。因為路賽莉絲小姐看叔叔的眼神，簡直就像是新婚妻子一樣。這該不會是妳的初戀吧？」

「新婚妻子？怎麼會……我完全沒有那種意思……嘉內妳還不是很在意傑羅斯先生！」

「啥？我……對男人這種東西……更何況那是個大叔喔？」

「嗯，嘉內小姐也對叔叔有意思呢。感覺妳格外地在意他。戀愛這種事情是跟年齡無關的喔？」

「什麼？才不是……我才沒……」

無論是路賽莉絲還是嘉內都很在意大叔。

不過這還只是一股淡淡的感情，是尚未發展為愛情的小小幼苗。

尚未體驗過初戀的兩人，還沒有注意到自己的心意。

三人在奉祀神明的祭壇前，開心地聊著屬於女孩們之間的話題。

只是她們都忘了，這個世界上有著通稱為戀愛症候群，令人開心又羞恥的恐怖現象存在……說得直接一點就是發情期。

而這戀愛症候群，是會在某一天突然發病的……

第十六話　大叔接受指名委託

領主宅邸位於新市區中央，而這間屋子的其中一部分同時也是索利斯提亞商會的辦公室。這間宅邸從舊市區過去得繞遠路，從身為前領主的克雷斯頓所住的別館出發會比較近一些。而那別館從傑羅斯家步行過去只要約十分鐘左右的距離，想想還是從別館搭馬車前往領主宅邸，在距離上相對近。

問題是就算從舊市區過去再怎麼繞路，利用馬車移動的話時間上還是差不了多少。考慮到從大叔的家到別館需要費力穿過林間小道，和從舊市區過去所需的時間也沒有太大差異。只有穿過有許多人來往的新市區所需的時間是快是慢的差別而已，畢竟要避開行人或停在路邊的馬車也會耗費掉一些時間。

從別館前往領主宅邸的路線，因為在馬車交會往來的路上必須減速慢行，交叉路口也多，還要彎過好幾個街角，自然也會影響到行車時間。而從舊市區過去走的幾乎是直線距離，而且是往來人車較少的道路，所以兩條路線所需的時間是一樣的。只是這次由於有領主宅邸的丹迪斯在，事先考慮到馬車接送的問題，選擇了道路有整修過的舊市區路線。

大叔透過馬車的車窗眺望鎮上的景色，但他的內心其實無法平靜下來。

這馬車的內部就算再怎麼舒適，畢竟還是貴族使用的馬車，充滿了高級感。對於大叔這一介小小市民來說實在是個有些煎熬的環境。從這貴族常用的馬車車窗，大叔看見了眼熟的人。那是隸屬於女性傭兵隊伍的其中一人．雷娜正從旅館中走出的景象，然而她不知為何一臉容光煥發的樣子，跟在她身後走出的五個感覺還是少年的年輕傭兵，個個都面色憔悴到令人心疼的地步。

雷娜露出有些恍惚又帶有一種妖媚感的表情，少年傭兵們則是儘管累得精疲力盡，臉上仍浮現出幸福的神色。這幾個人格外引人注目。

『雷娜小姐……妳到底做了些什麼啊？不，雖然我大概可以猜得到，但為什麼會那麼容光煥發啊？而且那些少年們是發生了什麼事，每個都虛弱到不行喔？妳應該是人類吧？種族不是吸血鬼或是夢魔吧？』

大叔上次看到雷娜是在接受討伐狂野咕咕的任務時，一個沒注意她便不知何時失去了蹤影，從那天後就再也沒看到她的身影。也不在孤兒院。

雷娜在旅館前向憔悴的少年們揮手道別。離去的腳步十分輕快。

看來她把少年們給「吃」了。看那些少年傭兵們光是稍微走一點路就像是要跌倒了的樣子，想必是下半身無力吧。顯然是被做了些什麼很厲害的事情。

「……當作沒看到好了。」

「您說什麼？」

丹迪斯回應他那沒多想便脫口而出的低語。這個早晨，他意識到在認可一夫多妻或一妻多夫的這個世界中，自己的常識是多麼的沒有意義。

少年們既然在當傭兵，就代表他們已經被認可為成年人了吧。

看起來大約十三～十五歲。這年紀足以作為猛獸的標的物，而決定成為一個傭兵踏入社會時，無論發生什麼事，也是他們自己的責任。進入社會後就必須對自己的行為負責，在這個難以生存的世界中，就算是和性格惡劣的妓女或是擁有變態嗜好的人發生關係，也全都會被視為他們自己的責任。這個世界的未成年保護法十分曖昧不清，也還不夠完善。

大叔為少年們獻上哀悼。

雖然心情變得有些低落，馬車仍抵達了領主宅邸。

◇◇◇◇◇◇

「主人，我把傑羅斯先生帶來了。」

「辛苦了，進來吧。」

進入個人辦公室後，只見工作中的德魯薩西斯公爵正在和大把文件奮鬥著。

雖然只是看過堆成小山的文件，在那上面用印的工作，但他用印的速度簡直超乎尋常的快，同時也確實地理解了文件內容的樣子，將有問題的文件分別放成一堆。

幸好兩位夫人似乎不在。

「好久不見了，德魯薩西斯公爵，今天找我有何貴幹呢？」

「嗯，其實是我有事想拜託傑羅斯先生。因為是個有點麻煩的問題，所以我想盡可能的找技術比較好的人來接下這委託，可是在我所知的範圍內，能力夠強的人只有你了。」

「委託啊……總覺得有點危險的氣息呢。」

「你的想法是對的。近期內伊斯特魯魔法學院將會為了展開實戰訓練，帶學生們前往『拉馬夫森林』，然而我就單刀直入的說了吧，我希望你能擔任茨維特的護衛。」

「請讓我了解詳細的狀況吧。既然說要派出護衛，我想那就代表有不明人士在背後作了些什麼吧。」

「嗯，雖然這話說來有些長……但就讓我來說明一下吧。」

事情是從茨維特回到學院後開始的。

他所屬的派系，也就是研究如何用魔法進行國家防衛戰術的惠斯勒派內部爆發了分裂抗爭。而在抗爭中心的，是與茨維特一起追求派系理念的軍事研究派，以及由薩姆托爾領頭，被權力欲望給依附，背地裡蒐集錢財並對周圍施壓的魔法貴族派。

茨維特戳破了薩姆托爾那利慾薰心又拙劣的戰術論調，以此為契機，派系的內部產生了分裂，而且由於對手疑似使用了洗腦魔法，更加深了雙方的對立。

問題是對立的對手薩姆托爾是惠斯勒侯爵家的驕縱次男，而且素行不良，甚至做出完全否定自己的家族所提倡的以魔法戰術保衛國家的構想的行為。

雖然也有當面糾彈他的人在，但他仗著老家的權勢讓對方閉嘴，此外也做了很多極為惡劣的整人行為，從學院的角度來看也是極為麻煩的存在。同樣的，在派系中雖然以血脈而言，他處於校內派系的代表性位置，然而他的地位已經有如風中殘燭，搖搖欲墜。

「惠斯勒家沒說什麼嗎？他們是那個……聽起來好像很冷的傢伙的老家吧？」

「他叫薩姆托爾……惠斯勒家已經允許我們任意處罰他了。過多的抱怨也讓他們受不了了吧，說近

期內就會和他斷絕關係。」

「啊～……因為連對老家都造成了麻煩，所以才拿他不知如何是好啊。」

「都事到如今了。他原本就是個強烈地認為自己很優秀的愚蠢之徒。只要稍微被否定就會惱羞成怒，在背地裡用一些不能解決問題的小手段，就是個人渣。就算扳倒他也不會造成任何人的困擾。」

「所以才會連老家都對他見死不救啊……也就是說他是個不得人疼的笨蛋呢。」

惠斯勒家是和騎士團有著深厚關係的家系，在軍事防衛層面上是國內數一數二的一族。這一族中的人傾向血統主義，和同類組成集團後失控。再加上一樣是血統主義的貴族們，讓情勢更加泥沼化，結果和地下組織勾結，連犯罪行為都做了出來。

惠斯勒家本身是比較好一點，並不認為血統主義的貴族有什麼好的。由於原本就是實力至上主義的家系，就算是同族的人，只要無能就會毫不留情的捨棄，有著這樣冷酷的一面。

就算如此，之所以至今仍未捨棄薩姆托爾，是因為他的母親出身於力量大到令人無法忽視的強大世族，所以才不能隨意的捨棄他。

只是情勢開始急轉直下。因為索利斯提亞派的權勢急速擴大，而負責領頭指揮的正是眼前的德魯薩西斯。他將不管是檯面上還是檯面下的礙事存在都從資金層面上開始摧毀，將有才能的人以相應的待遇迎入自己的派系。此外，他基於興趣而開始經營的商會賺了很多錢，資金方面比其他的派系更為寬裕也是理由之一。

結果有問題的派系資金周轉上變得極為艱辛，現在城裡脫離原有派系後跳槽到索利斯提亞派的魔導士多不勝數。魔導士要做研究相當花錢，然而德魯薩西斯將研究魔法的部門和對外派遣的魔導士部門分開，效率良好地在營運整個派系。

要是沒有隸屬於某個派系就連想做研究都沒辦法的魔導士們，可以因此比較自由的進行研究，或是獲得可以活用魔法的工作機會，所以各派系都陸續出現了跳槽的背叛者。

仗著惠斯勒派名號的無能之輩們，在派系營運的資金開始周轉不靈後，便無法留住大量的魔導士們。陷入了只能被德魯薩西斯玩弄於股掌之間的狀態。

既然魔導士們也是人，就必須賺錢過生活才行。可是待在現在的惠斯勒派下，生活仍然十分困苦。同樣是派系之一的聖捷魯曼派是以研究或是製作魔法藥來自行賺取資金，屬於這一派的人全都是研究職的。

以力量強行奪取資金的惠斯勒派現在無法獲得活動資金，等於沒有餘力照顧派系內的魔導士們。再加上茨維特挺身而出要改革派系，這邊只剩下與其對立的血統主義者。由於血統主義者全都是貴族，說穿了只是些仗著老家的權勢作威作福的傢伙們，根本不可能自己去賺取資金。失勢也是遲早的事。

「原來如此……我大概瞭解了。在那些血統主義的魔導士們眼中，應該是覺得只要解決掉茨維特，就能夠挽回劣勢吧。然後就因此硬是擠出根本沒有的錢來，請親近的犯罪組織派出刺客……」

「因為笨蛋完全不受控制，所以很難對應。明明只要乖乖的就沒事了，但只要嚐過一次權力的滋味，就會對那個位子變得非常執著吶。而且他們親近的地下組織是『九頭蛇』的樣子。」

「九頭蛇？……那個地下組織該不會有好幾個首領吧？就算擊潰了其中一個，也會再產生新的首領那樣……」

「嗯，是很麻煩的傢伙。我也從年輕時就開始跟他們過招，解決了他們十個首領。儘管如此這個組織還是沒被消滅。敵對組織和大多數他們旗下的人都被我拉攏過來……咳！忘記我現在所說的話吧。」

「年輕時……你平常到底都在做些什麼啊？那不是領主該做的事吧。」

也不知道這個領主在背地裡做了些什麼。對於大叔的質問，他也只用一句「人生也需要點刺激」來轉移焦點，結束了這個話題。他說不定以和地下組織對立為樂吧。

「可是你忽然提出了委託呢。是發生了什麼事嗎？」

「前幾天，和剛剛提到的『九頭蛇』對立的黑市商人被幹掉了。房間裡上了鎖，從現場殘留的些許魔力判斷，凶手應該是用了『潛影術』。」

「潛影術」是暗殺者使用的技能，可以潛藏在影子中移動。雖然能夠使用闇魔法的魔導士也能辦到一樣的事，但就算名稱相同，實際上也是不一樣的東西。共通點是無法侵入張有魔法屏障或結界的地方，也就是說這招並非萬能。

基本上來說一般人住的建築物不會施加結界等防護，大多都只會使用魔導具來防止敵人從周圍侵入。同樣因為這個理由，要從某處侵入伊斯特魯魔法學院這件事情本身是有可能的。

「我想他們應該不至於會直接侵入學院內。貴族們都擁有可以持續展開魔法屏障結界的魔導具。要侵入學院內執行暗殺工作的風險太高了。」

「所以才打算趁學院的活動下手嗎……茨維特也真是被麻煩的對象給盯上了呢。」

「因為實戰訓練會請騎士團和傭兵來，作為護衛參加活動。騎士先不論，難保傭兵中不會有刺客混在裡面。所以才需要技術好的護衛。」

「就算可以作為傭兵參加活動，也不一定能夠擔任茨維特的護衛吧？」

「這部分就只能請你想想辦法了。我沒辦法干預學院的指示。如果需要找其他足以信任的人手來幫忙也沒關係。作為正式的委託，我這邊會提供所需的資金。」

大叔十分苦惱。不僅要以傭兵的身份參與活動，還有很高的可能會和護衛對象分開行動。如此一來不想點別的對策可不行。

『做個可以通知我有沒有什麼緊急狀況的魔導具好了……然後把那三隻也帶上吧。對手是石魔像的話一擊就能打倒了，更何況比其他的傭兵們強上太多了。』

大叔想了好幾個對應的方案，開始規劃阻止暗殺行動的計畫。

「看來你願意接下這份工作。」

「畢竟被盯上的是我的學生呢。這我實在不好拒絕吧……」

「茨維特就拜託你了。」

「我會先做幾個方便的裝備起來的。雖然我會盡我所能，但不知道能不能完全阻止對方喔？」

「那也不要緊。不過話說回來……你是打算掀起戰爭嗎？我覺得那套裝備好像太過頭了點。」

「大家都這麼說呢。然而很遺憾的是我沒有正式的服裝，這已經算是比較像樣的衣服了。」

大叔的裝備果然很不自然。就算外觀上看起來是魔導士，這仍是足以視一個國家為對手的凶惡裝備。穿著這種裝備來會見領主，簡直會讓人以為他是來宣戰的。

傑羅斯認真的煩惱起自己該不該準備一套新的西裝了。

「原來如此……好，我希望你去擔任護衛時就穿這套裝備。只要知道傭兵中有能力高強的人混在其中，對手也不敢貿然行動吧。可以在某種程度上牽制對方。」

「……那我可以把臉遮起來吧？因為我不想太引人注目。」

「……這事到如今還有意義嗎？嗯，不過這點就依傑羅斯先生你的判斷為準吧。」

「那個實戰訓練活動什麼時候舉行？」

「兩週後。可以的話我是希望你能在開始的幾天前就出發前往學院。搭船去比較快。」

「我知道了。那麼我現在回去開始準備吧。幸好正好有閒著的傭兵在。」

就這樣，大叔開始準備護衛委託的事情。

儘管覺得很麻煩，但他也不忍心就這樣對茨維特見死不救。

「是說你是怎麼樣獲得學院內的情報的？是將手下混在一般人裡面送進學院中嗎？」

「……這事情你還是不要知道比較好。要踏入檯面下的世界是需要做好覺悟的。」

他沒有要回答的意思，不過從他的話中至少可以得知有個別的諜報人員存在，在不為人知的情況下暗地活動著。這瞬間他體認到德魯薩西斯公爵是絕對不能與之為敵的危險人物。同時也肯定，若公爵是己方，應該沒有比他更為可靠的人了……

能幹的男人身上有許多謎團。無論如何，大叔將與學生們再度相見了。

從這一天開始，傑羅斯就開始製作為了保護茨維特用的道具，不過不用說，他又因為得意忘形而連不必要的東西都做出來了。「黑之殲滅者」可是生產職。

雖然是題外話，但大叔在索利斯提亞商會買了醬油和味噌，甚至連醋都買了。

似乎是比較濃醇的醬油，和咕咕的蛋味道很搭。

這樣剩下的就只有酒跟味醂了，可是大叔不知道味醂的製作方法。

◇　◇　◇　◇　◇　◇　◇

時間稍微倒轉，回到較早的時候。

以連帽斗篷遮住臉的女性走進小巷後，踏入了有些冷清的酒館。

酒館裡一如既往的有些沒有固定職業、品行不良的男人們在喝著酒。

那些男人們看到女性的身影便露出了下流的笑容，然而卻被吧檯邊正在倒酒的老闆給制止了。聽到老闆所說的話，男人們的臉色瞬間發白，只能默默地目送她的背影離去。

女人走到酒館深處後，拉下了隱藏在放滿酒瓶的架子旁的把手。

周遭響起了有什麼東西解開了的聲音，眼前的架子緩緩地向前移動。原來這酒架是一道暗門。

走下出現在架子後的樓梯，在前往地下通路深處的路上前進著。

這曾經在地上的城鎮，隨著時代一起被掩埋在地底下，上面又建了新的城鎮，這裡便作為遺跡殘留了下來。而這些遺跡多半會被犯罪組織拿來當作基地。

沿著被魔石燈照亮的路前進後，來到了古代被當作商人的房子所使用的廢墟。而現在則是僱用她的人所居住的房間。

女人大剌剌地開了門，房裡有幾個男人。

不，那年齡要說是男人還有些太年輕了，從那還有些乳臭未乾的感覺看來，應該是有錢人家的小少爺吧。女人瞥了一眼青少年們，走到了與他們隔著一張桌子坐在對面，身穿西裝的男人身邊，靠在男人的背上。

男人雖然穿著西裝，但其品味卻是令人不敢恭維的一身紫色，手上戴著好幾枚鑲嵌著巨大寶石的醒目戒指，脖子上垂著一條金項鍊。

怎麼看都不像是個正派的人。似乎是黑社會的頭目。

「達令，你在接待客人啊？怎麼，看起來意外的年輕嘛……」

「妳回來了啊……成果如何？」

「輕鬆搞定。面對那種程度的對手也要費上那麼多功夫，達令的部下們到底在做什麼啊？」

「真可靠啊。這樣礙眼的傢伙就少了一個。生意暫時可以由我們獨占了。」

「呵呵呵……太棒了。接下來就會有很多錢進來了呢。」

男人拉住女人的手，憐愛地撫摸著她的肌膚。

看著眼前兩人放閃的對話，無法按耐住焦躁不滿心情的青少年「咚！」地用力捶了一下桌子。與其說他是沒耐心，不如說是無法忍受自己不被人放在眼裡。

「我們還在談生意。你們到底要不要接下這工作啊！」

「小子，想要我們工作的話就學學什麼叫做成熟的應對吧。只要給得出錢，我們無論是誰都會解決掉的。所以呢？你想殺掉誰？」

「這傢伙。往後他會使我們的關係產生裂痕……我希望能趁現在解決他。」

放在桌上的是一張照片。

雖然說是照片，但是利用魔導具將人像複寫在紙上，有如精美的畫作那樣的東西。

不過對於生存在檯面下的人來說，有這一張就夠了。

「哦～……長得滿帥的嘛。他是把你的初戀對象給搶走了嗎？小弟弟。」

「誰是小弟弟啊！你們只要照我說的，把這傢伙殺了就好了！」

「小子，注意你的口氣。我們就算不接你的工作也無所謂喔？最近你們派系的勢力不是在下滑的樣子嗎。資金來源全被擊潰了。」

「唔咕……」

「感到困擾的只有你們，這跟我們一點關係都沒有。別忘了，是看在很照顧我們的仲介商的面子上，我們才會願意跟像你這種小鬼談生意。」

男人看起來完全占了上風似地，已經知道在場所有人的本性和隱情，為了讓對方了解到是誰握有主導權，才會稍微洩露出一些情報。

青少年們也因為對方要是不接受委託就麻煩了，只能乖乖閉上嘴。

在這個時間點就已經可以看出哪一方比較有優勢了。

「不過對手是那個『沉默之獅』的兒子啊。還真是盯上了麻煩的對象呢。」

「哎呀，這個小弟弟這麼有名嗎？」

「有名的是他老爸。我們的組織有一大半都被那傢伙給擊潰了，他是認真的想搞垮惠斯勒派呢……那傢伙可是強敵喔？」

「什麼？公爵家的當家怎麼可能會做那種……」

「閉上你的嘴，臭小鬼。什麼都不知道的傢伙少多嘴。」

他以帶有侮蔑口氣的話語讓青少年閉上了嘴。

地下組織「九頭蛇」過去一度只差一點就能夠掌控住整個索利斯提亞魔法王國檯面下的世界，然而組織卻被僅僅一個男人給逼到即將毀滅的程度。

儘管他們好幾次試著殺掉那個男人，卻不僅遭受對方的反擊，組織裡大部分的人才也被他給搶走了。他很清楚，這次的目標其父親是極為可怕的男人。

由於不會讓對手察覺自己的行動，所以那男人在黑社會中的別稱是「沉默之獅」。最後這別稱也流傳到了一般社會來，大家變得會稱呼他為「沉默之獅」、「沉默的領主」、「最強的把妹高手」。關於最後的別稱，是因為他只要默默的坐在那邊喝酒就會有女人主動和他搭訕，那些帶有嫉妒心的男人們便幫他取了這樣的別稱。

「那傢伙成為公爵家的當家時，我真的嚇了一跳呢……雖然一臉若無其事的樣子，但那傢伙可是比我們還不得了的惡人。我還以為這是什麼笑話呢。就是『那種危險的傢伙，能夠當好一個貴族喔？』的感覺。」

「還真是個很棒的故事呢。都讓人家起雞皮疙瘩了～♡」

「那個男人十分可怕。既然那傢伙行動了，惠斯勒派就已經無計可施了吧。只能放棄了。」

青少年們啞口無言。要是殺了他兒子，下次就會換他父親全力擊潰他們了。

而且以將黑社會的一大勢力擊潰的怪物為敵，他們也感到這負擔對自己來說實在是太重了。最慘的情況下別說派系了，那是連他們的老家都會蕩然無存的危險存在。

「算了，這委託我們就接下了。反正會變成報復目標的是你們。」

「不、不……我們……」

「你們以為事到如今還逃得掉嗎？在你們到這裡來的時候，想必對方就已經知道這件事了吧。那傢伙不僅很會用人，必要的時候自己也會行動。而且那也是極為危險的手段。是個與之為敵非常危險的男人呢……」

青少年們體會到了絕望為何物。他們已經踏下了無法挽回的一步。

為了讓自己等人活下來，不將敵對人士全數剷除是無法安心入眠的。

事到如今他們才得知，自己在毫無意識的情況下闖入了危險之中，與最危險的對象成為了敵人。被人稱呼為小弟弟也是無可奈何的事，因為他們就是連不成熟都稱不上的幼稚。

「唉，解決這個目標的話，也算是對那個男人報了一箭之仇了吧。而且責任全都會落在這些小子們身上，對我們來說一點損失也沒有。」

「哎呀？那麼要接下這個工作嗎？」

「嗯……莎蘭娜，又要再拜託妳出馬嘍？畢竟這些傢伙似乎已經把食材都準備好了呢。」

「真是拿你沒辦法呢。既然達令都這麼說了，我就接下嘍。作為交換，事成之後要請你買很多東西給我喲？」

「喔，要買什麼都行。畢竟妳會為我帶來幸運啊。」

事已成定局。只是想把礙眼的傢伙給剷除，結果卻發現有超乎想像的強者在後頭等著，青少年──薩姆托爾害怕得顫抖不已。到了現在他們才終於知道自己有多愚蠢。然而他們已經沒有後路了。

這是他們自己沒多加思考後的行動所招致的後果，而且無論暗殺行動的成敗與否，他們最終的下場仍是殊途同歸。

儘管如此還是做了無謂努力的薩姆托爾，以某方面來說或許很大膽吧。

第十七話　大叔化為風

「魔導鍊成」主要是鐵匠、鍊金術師或藥劑調合師等職業到達一定熟練程度之後便可使用，可以稱為生產職奧義的技能。

這是一種將素材放在魔法陣中央，一邊注入魔力一邊輸入鍊成過程，便可製作出各式各樣物品的便利魔法，不過真要說起來也不是什麼都能做。能夠省略調合或製作過程的便利性雖然受到重用，但成功率相對較低，而且製造出來的物品無論如何都會比親手製作的品質要來得差。

無論是武器還是魔法藥，雖然都是有效的東西，但要達到能跟親手打造出來的物品擁有同等效果的程度，就必須製作過相應數量的道具才行。有如鐵匠會因反覆打造武器提升自身本領，或者鍊金術師花費時間與精力調合那樣，如果沒有製作過大量物品，「魔導鍊成」就無法做出品質好的東西。

這點無論在異世界或電腦世界都一樣，能夠利用魔導鍊成製做高品質道具的，大概只有深居於法芙蘭大深綠地帶的精靈們吧。

即使如此，只有少數人能執行這項被稱為奧義的魔法技術，就算有人能做到，也會被認定是擁有傳說級實力的魔導士。

就算這個人只能做出很差的東西也一樣。

現在這裡有一位能自由地使用這種終極魔法的人。沒錯，就是大叔。

「嗯……魔封石準備完畢，接著就是壓縮這個魔封石……」

「魔封石」是指內部刻有魔法術式的魔石。

要將魔法封在魔石裡面，就要做與魔導士記住魔法的過程同樣的事情。簡單來說，兩者的差別只有刻畫魔法上去的地方是腦內的深層意識領域還是魔石罷了。因為工序一樣，所以無須花費太大功夫，可是在準備階段必須造出魔法術式，所以無論如何都得手動完成。

幸好在「Sword and Sorcery」時做好的魔法術式或道具製作方法都已經保管在腦內的記憶領域中，隨時可以取出情報製作。

轉生時將所有虛擬角色的資料都化為現實後的這個身體，可以執行所有在電腦世界裡記住的技術。雖然這可能會被人認為是作弊行為，但這些技術也是玩家在遊戲內費時學習磨練得來的，在某種層面上來說也算是血淚交織的努力成果。可以在這個會隨著職業或身體等級補強個人能力的世界裡作弊也是在另一個世界裡用心鑽研帶來的結果。

如果是原本就誕生在這個世界的人，這將是值得歌頌的豐功偉業，但傑羅斯一想到這實際上是在異世界，而且是透過玩遊戲所得來的能力，就覺得這實在是沒什麼好值得誇耀的……不過，在電腦空間內反覆嘗試並修正錯誤一事毫無疑問是他本人的經歷，只是透過轉生到異世界，把他原本生存的世界與遊戲世界內的「人生」給對調了而已。

打倒許多魔物，利用素材製作各式各樣的道具，也的確是在現實中發生的事情。

當然，不會死亡的世界擁有很大的優勢，但死後復活造成的負面影響卻異常地嚴苛，不僅參數會下降，甚至會有好幾個星期都無法正常活動。

這雖然只是以遊戲內的體感時間來計算，可是因為負面效果實在太嚴苛，大多數玩家都會盡可能採取安全的手段。

雖然只是虛擬的，但大多數玩家確實懼怕「死亡」。

就像這個世界的騎士和魔導士會先安排戰略再採取行動一樣，廣大的遊戲世界也跟異世界差不多。「死亡」隨時存在的狀況是一樣的。

雖然這當中多少有點出入（比方說轉蛋機制），但在遊戲內度過的生活毫無疑問地是現實，不需要因此瞧不起自身的能力。剩下的就是看每個人能接受到什麼程度，不過這完全取決於每個人的自由意志。

實際上由於傑羅斯屬於製作東西的生產職，所以他本人在某種程度上還算能夠理解並接受這一點，轉生之後他也曾數度思考過三個世界（原本的世界、遊戲世界與這個世界）之間的關係，同時認為在遊戲中採取過的行動並非完全存在於虛擬空間，而是另一種形式的現實。他甚至懷疑這個世界是否其實是第三個世界。

大叔一邊想著這些，一邊獨自默默地製作道具。

麻煩的是魔導鍊成的事前準備，也就是製作魔封石。

雖說刻劃魔法的工序可以利用事先製作好的卷軸代勞，但問題在於壓縮魔封石。

魔石是魔力經過凝聚壓縮轉化為礦物之後的產物，消耗掉魔力之後會變成透明的玻璃狀，最終粉碎。因為無法支撐魔石本身的存在而崩解。

要防止這點的方法是將同種魔石結合壓縮，提高內含的魔力量，同時也可提高其強度。將魔法術式刻在做為核心的魔石上，並將多個魔石結合，做出一個大型魔封石。接著將魔封石壓縮之後縮小體積，魔封石的效果便能獲得爆炸性的成長。

若要說會什麼問題，就是壓縮的時候魔法術式有可能會扭曲，變得無法維持其效果，但如何克服這些問題，就要看生產職的本事了。

而大叔非常習慣這個工作。就是因為他打造過許多的魔法與道具，執行過這麼多精密作業，才能獲得「大賢者」這個職業。在遊戲內培養的技術，反映在這個世界裡面。

「……仔細想想這還真怪，只要看看在這個世界遇見的人，就能知道確實可以透過升級可以提高身體能力與知識的保有率。但我在遊戲裡面學到的技術，跟這個世界的技術卻這麼的相似……不會吧～」

仔細想想就能發現好幾個奇怪的地方。

例如製作道具，雖然遊戲是一個可以利用五感來感受、非常精緻的ＶＲ虛擬實境世界，但在遊戲之中製作道具時那明確的手感與失敗的感覺將會直接了當地傳遞過來。那有如自己親手製作物品的臨場感太過有趣，足以令大叔沉迷其中。

可是在已經離開原本應身處世界的現在。大叔在製作物品的同時，仍能不斷感受到遊戲世界和這個世界的不協調之處。

那股不協調是從「以地球現有的技術，真的能夠用程式語言打造出那麼精密的世界嗎？」這個想法開始的。

關於遊戲內的世界「弗蘭立德世界」的設定，除了一小部分之外，幾乎與這個世界的自然法則相同。不會對此感到納悶的人才奇怪吧。如果世界的法則與設定相同，那麼遊戲世界就不可能是完全的架空幻想世界。

如果原本以為是架空幻想的世界實際存在，那麼當玩家們死亡的時候，能夠以虛擬角色為基礎重新打造出一個一模一樣的人也不奇怪。畢竟在遊戲裡面有「死後復活」的系統。

雖然會給參數帶來非常嚴苛的負面效果，但玩家最終仍然能復活，同時會失去物品與在死亡區域所獲得的經驗值，最慘的狀況就是失去稀有裝備。在現實生活中雖然無法讓死者復生，但反過來說，若將瀕臨死亡的人與符合這世界法則的虛擬角色融合，以結果上來說便完成了轉生。

不然怎麼可能這麼順暢地完成轉生。之後只要同時用合理的物質打造出在原本世界死亡人們的遺體即可。

「如果是像動畫或輕小說常見的設定那樣，是以這個世界的情報為基礎來製作遊戲的話呢？但為什麼要這樣……就算真的能做到好了，人類真的有辦法將之化為現實的產物嗎？一般來說是不可能的吧～一般來說的話啦……」

如果是能夠取得異世界情報的存在，那應該只能稱之為「神」了。不過，這是否與人們信仰的神相同則不得而知。知道的只有這些神非常閒又很瘋癲，以現在的狀況大概可以稍微預測到諸神世界的情形。就算從自然界法則的觀點來思考，會讓死者轉生，某種程度應該是因為事態非常緊迫吧。

假設這推測正確，「Sword and Sorcery」的世界並非遊戲的可能性也會隨之增加。原本以為是遊戲的世界，其實是諸神打造的另一個世界，若透過「Dream Works」這樣的遊戲機，只將精神轉移到虛擬角色之上，藉此往來異世界，那麼也能說明為什麼他們過去對這些事情從未有過任何疑問了。只要操控認知，就能夠讓他們接受至今為止為何從來沒有產生過懷疑的事情了。

按大叔的推測，就算從遊戲程式的角度來看，「Sword and Sorcery」實在太過精緻，不是以地球上的技術可以打造出的遊戲。這遊戲的情報量多到不管有多少能夠處理龐大情報的超級電腦，也不可能處理得過來，因為連NPC都擁有跟人類一樣的自由意志。假設這個世界真的是程式建構起來的，將會因為無法處理隨時累積下來的龐大情報而過載吧。消耗的電力也太過龐大，並非地球目前的環境下能夠供應的。

不過這只是大叔的推測，沒人知道實際上的狀況如何。

「無論如何，對管理遊戲世界的神來說，邪神的存在應該出乎意料吧～仔細想想，是在不知情的狀況下被塞了一個異世界的神過來，而且還會對自己管理的世界帶來不良影響呢～想要抱怨一下也是當然嘍～」

大叔雖然以從輕小說上面學到的知識來探討這些狀況，然而在沒有決定性證據的情況下，這也只是單純的臆測或妄想。不過在他讀過四神之一發來的郵件後，可以看得出來管理這個世界的女神個性似乎非常不負責任又喜好享樂。因此這些推測可能八九不離十吧。

一邊想事情一邊自言自語的大叔雖然很詭異，但他仍然沒有停下手上的工作，繼續進行製作道具的事前準備。

「好……準備完畢，趕快來做一做吧～」

傑羅斯儘管臆測了很多事情，仍沒有停手，埋頭製作道具。

他要製作的是戒指，不過要是做太多，戴在手指上也只是礙事。因此他將護身用的魔導具做成掛在脖子上的護身符形式。

之前去廢礦山採礦時挖出了大量的素材。所以大叔順便做了一樣的東西打算交給瑟雷絲緹娜，以及自己至今仍未見過的次男庫洛伊薩斯。

從收到的報告來看，庫洛伊薩斯應該是個非常熱衷的研究家，傑羅斯覺得自己應該跟他很合得來。

魔導鍊成在準備階段要做的事情很繁瑣，但準備完畢後就輕鬆了。將東西放在魔法陣上，接著只要操作就可以了。製作的裝備和道具都只是以前做過的東西的劣化版，工作很快就會結束。一旦上了軌道之後，大叔就沒事可幹了。

「沒事可幹了呢～意外地很快就完成了呢……該怎麼辦呢？」

大叔的技術已經到達大師的領域，要從頭製作物品的作業過程異常地迅速。

修復作業因為有不少麻煩的工序，所以他不太做，但他很擅長這類製作的工作。而且在遊戲中製作物品時的手感也確實保留了下來，在這種情況下結束也太沒意思了。畢竟大叔有著每次在進行這種工作時都會想惡作劇一下的壞習慣。所以大叔為了殺時間，開始做起毫不相干的東西來。

貫徹自身喜好的作業持續了整整三天。

◇◇◇◇◇◇

大叔開始準備護衛委託的三天後。

伊莉絲正看著傭兵公會的告示板，尋找有沒有適合的委託工作。

但現有的工作不但每一項都必須出遠門，還有可能會賠錢，如果想賺取生活費，就必須接好幾個地點在附近的其他委託工作，不然根本不划算。可是感覺又無法在期限內完成。

從為金錢所苦的伊莉絲等人的角度來看，距離一長，就必須租借馬車移動，除此之外住宿和用餐也都是開銷，對傭兵階級不高的伊莉絲等人來說，前往任務現場就會讓用來當生活費的活動資金見底了。即使斤斤計較，也只能增加一點生活費，完全無法投宿旅館。老實說她很不想過著一邊完成委託，一邊還要露宿野外的生活。

「嗚嗚……真沒什麼好工作，早知道就學一些生產職的技能起來了。」

伊莉絲的荷包真的很緊。

上一次的「狂野咕咕討伐委託」最後是大叔和小楓完成的，她們沒有賺到半毛錢。而且委託人還把費用交給不是傭兵的那兩人，導致伊莉絲等人無法完成委託。立場上跟被雞群打退的傭兵差不多。

原本住在旅館的伊莉絲等人這三天都先借宿在孤兒院，在大叔和路賽莉絲的好意下分得食物果腹，每天都跑來公會看張貼委託書的告示板。

路賽莉絲一邊在作為孤兒院的教會照顧小孩們，一邊以便宜的價格治療傷患賺取收入，而應該是無業遊民的傑羅斯卻不知為何很有錢，甚至還有餘裕可以發下豪語說「沒錢出去狩獵就好」之類的。更重要的是他過著自給自足的生活，根本不用擔心會餓死。

原本以為這是個令人興奮的奇幻世界，結果仍有嚴酷的現實等著自己去面對。

「這樣下去要什麼時候才能挑戰迷宮呢……唉～」

以這個世界的基準來看，伊莉絲的實力算是前段的吧。然而伙伴雷娜和嘉內比伊莉絲弱上許多。儘管實力不能單靠等級評斷，但身體能力上肯定是等級愈高愈有利。

嘉內因為過於慎重，所以常會選擇討伐對象為弱小魔物的委託。雷娜看起來雖然振作，卻會因為一些小事失控，一個不小心就不知上哪去了。

不過不知為何，她回來的時候都會顯得容光煥發。

可是這樣下去永遠不會變強吧。

因為認識的人裡面有個傑出的作弊玩家，讓伊莉絲覺得認真過著傭兵生活顯得很愚蠢。可是就算她自己出去狩獵，也無法肢解魔物。因為她的技能組成著重在冒險上，所以沒有肢解的技能。再加上她本人也覺得即使自己學會了這類技能，應該也無法肢解魔物。到了這個世界後，現實與遊戲間的差距令伊莉絲十分苦惱。

「說是這麼說，但叔叔還是滿看清現實的呢～相較之下，我……」

已經獲得土地和自用住宅，並開始過著自給自足生活的大叔，他基於本身的思考邏輯，以能實際活下去為前提安排計畫，並加以實踐。不管他平常是什麼死樣子，光是能好好生活下去就算是成功了。與他相比，伊莉絲明天也將過著極為貧困的生活吧。

傭兵最重信用，能夠賺錢養活自己的傭兵都是高等級的傭兵，也就是受到信賴，值得委託者支付如此酬勞的人。

隨著階級向上提升，委託的酬勞會增加，相對的難度也會提高。伊莉絲雖然是高階魔導士，但做為傭兵還有許多不成熟之處，更有無法從打倒的魔物身上剝取素材的致命性問題。有雷娜和嘉內在的話是勉強能夠剝取素材，但只要兩人不在，不管她本身實力有多高，依然只是個半吊子。

「唉……好灰心。異世界跟地球沒什麼不同啊。沒辦法，去找叔叔學鍊金術或調合吧，畢竟之前說好了……」

都事到如今了，伊莉絲才認清現實。即使時代背景有如中世紀歐洲，但既然這裡是現實世界，人要活下去就得工作才行。傭兵生活其實很花錢，比起生活費，武器之類的保養維修費更是驚人。若能有個可以賺錢的副業當然比較好。

這裡不是不吃飯也餓不死的遊戲世界。

對追求刺激生活的伊莉絲而言，她重新體會到在奇幻世界裡仍有著無法改變的現實，灰心喪志地前往大叔家。

◇◇◇◇◇◇

伊莉絲來到大叔家門前。

雞群在庭院練習彼此過招和基本套路，伊莉絲到現在還搞不懂這些奇怪的生物究竟是以什麼為目標。她知道的只有牠們正在為了去見比自己更強的人而做準備。這些雞群擁有打退傭兵的堅強實力，還有只會歸順於比自身強的對象的奇怪習性。牠們會歸順擁有壓倒性強大力量的傑羅斯也是理所當然的事。

此外，牠們作為警衛而言非常優秀，若有小偷隨意闖入，想必會在瞬間慘遭滅口。

畢竟前任飼主可是等級２００的前傭兵，論公會階級則是A，每天跟這樣的對象格鬥，就算不想也會變強吧。等級可不是互相殘殺就會提升的。

伊莉絲輕輕敲了敲傑羅斯家的門。

「叔叔～你在嗎？我是伊莉絲……」

「門沒關，妳可以進來。我現在抽不開身……」

看樣子是在進行某些作業。雖然伊莉絲一度覺得對方好像很忙而猶豫著要不要進去，但她畢竟也要討生活。若不在這時候調整一下方針，就無法前去挑戰迷宮了。

她一邊說著「打擾了～」一邊開門，接著便直接往工房區域走去，只見大叔正在做一個與奇幻世界十分不搭調的東西。

那看起來是某種金屬框架上加裝了引擎的機械。伊莉絲確認了一下隨意堆放在地上的零件和車輪，知道了他正在製作的東西是摩托車。

而且看起來雖然像是越野車，但可能是因為車輪很大，加上還沒裝上外殼，框架本身給人很粗壯的感覺。不過有些地方加裝了看起來像是魔導具的零件。

這很明顯是1000cc的車。就算鑑定外殼零件也沒有名稱出現，但從形狀看來應該是龍的甲殼之類的東西，而且黑到令人覺得邪惡。這摩托車要是完成，某種騎士一邊變身一邊帥氣登場的影像浮現在伊莉絲的腦海中。

大叔徹底的毀了奇幻世界的世界觀。

「……叔叔，你為什麼會開始製作摩托車啊？」

「我認為有需要啊，然後就順著興趣做了起來。之前我和鄰居一之瀨一起拆裝過摩托車，所以我知道所有機械結構，而且這裡是有魔法的世界，所以不用擔心燃料問題。」

「那個人是誰啊！這裡可是奇幻世界耶？是劍與魔法的世界喔，你為什麼要這樣毀壞人家的夢想啊？」

「妳在說什麼？就算是劍與魔法的世界也會有汽車和摩托車登場，甚至就連空中戰艦、飛船、戰鬥機等載具都廣泛地影響了奇幻世界喔？有些作品裡頭甚至有機器人出現耶。」

「唔……的確，但這裡是尚未開發的發展中世界，你何必一下子做出這麼先進的玩意呢。」

這完全是技術作弊。但是因為他本人沒打算販賣，所以應該暫時還能維持中世紀風格的奇幻世界背景吧。只要他想，甚至連戰車都能打造的大叔，一半是基於好玩，才將現代技術徹底用在自身興趣上。

而且因為這只是他的興趣，所以不會產生太嚴重的問題吧。

但慘遭現實擊敗的伊莉絲看到大叔的所作所為，感受到一股絕望的失落感。她知道自己沒有權利批評非常自我中心且完全不懂得看氣氛行事的傑羅斯，但對於想在奇幻世界追求夢與冒險的伊莉絲來說，難以言喻的感情正在她的心中翻滾著。

「話說，今天有什麼事？」

「嗯，因為生活快過不下去了，所以想要叔叔教我鍊金術……不過你好像在忙就是了。」

「妳來得正好。其實我接了一份護衛的委託工作，正想去找妳們一起來。因為這份工作人手多比較方便。」

「護衛委託？是領主大人的護衛嗎？」

「這個嘛……雖然很接近，但護衛的對象不同，其實是……」

接著大叔娓娓道出委託內容。護衛對象是領主的兒子之一茨維特，伊莉絲與大叔等人將以警衛的身分參與伊斯特魯魔法學院的實戰訓練，並在這段期間保護護衛對象。問題在於傭兵們將各別保護不同的學生，不一定有辦法隨侍在護衛對象的茨維特身邊。

因此人手愈多愈好。並且需要藉由彼此保持聯絡的狀態，做好可以隨時趕往現場的準備。伊莉絲等人的任務不單是護衛，同時要成為傑羅斯的耳目，要是發生襲擊案件，需要第一時間通知他，並視情況爭取時間。

幸虧伊莉絲搜索敵人的技能很強，傑羅斯則為了能夠盡快趕往現場而製作了摩托車。

「叔叔，我們根本沒有選擇權吧？你是知道我們正為生活所苦，才接下這份委託的嗎？」

「妳還是可以拒絕喔？畢竟這是一份危險的工作，我不能勉強妳們，我也會派我家最強的那三隻雞出動……」

「三隻雞……要是有那些雞，應該輪不到我們上場吧？」

「最近的鍛鍊讓牠們的等級已經超過３００了，畢竟進化之後會變成雞蛇嘛。而且還擁有很強的抗毒性，以某種意義上來說確實是強力的護衛人選。只是……」

「只是什麼？有什麼問題嗎？是說那些雞是不是比之前更強了啊？」

「因為牠們喜歡戰鬥，很容易過於熱中與其他魔物交手一事，而忘了護衛的工作。畢竟牠們打從骨子裡就是武鬥派……」

「畢竟是雞嘛……可能記性不好吧。」

雖然不至於走三步就把事情全忘光，但這些雞確實有一興奮就不顧周遭的傾向。為了填補這項缺陷，才選上伊莉絲等人肩負起這項任務而已。不過大叔只是抱著輕鬆的心情隨口邀約，即使對方拒絕也無所謂。

「話說其他兩個人怎麼了？不管怎麼想，雷娜小姐和嘉內小姐的生活應該也很窮困吧。」

「嘉內小姐去幫路賽莉絲小姐做事，雷娜則是不知道跑去哪裡做什麼了。」

「我想……應該是去做什麼了吧。之前我看到她跟好幾個青少年一起從旅館出來喔……？」

「應該是無法壓抑高漲的性慾吧……都快沒飯吃了，到底在幹嘛啊。」

先別說嘉內，雷娜似乎是個十分奔放的女人。或是該說忠實於慾望吧。

比起吃成熟的果實，喜歡青澀果實的偏好有些獨特。但在這個世界裡，以某種程度上來說是容許她這麼做的，畢竟男性十四歲、女性十三歲便可結婚。

伊莉絲雖然也到了可以結婚的年紀，但因為她的常識建立在原本的世界道德觀之下，因此有些抗拒，目前還想依照自己的想法生活下去。因此也沒太去思考關於將來的事情。

但這個世界卻有麻煩的戀愛病存在。不管多麼優秀的良藥都無法治好這種病。畢竟這是一種完全沾染在生物基幹上的習性，一旦發病，不光是會失控，一個不小心甚至會變得無法繼續在社會上生存下去。

「之前我也說過，有個副業在會比較好喔。畢竟這裡跟遊戲不一樣。現實世界可是很嚴苛的唷？」

「嗯，我已經徹底體會到了……這是一個只會魔法無法生存下去的世界呢。」

「雖然學習鍊金術也不錯，但妳也稍微學一下怎麼製作魔導具比較好。畢竟只要將輔助魔法灌注在魔石之中，熟練的話就可以迅速地做出性能不錯的魔導具喔？」

「我覺得自己應該可以學會不少東西，但叔叔你不打算拿這些技術賺錢嗎？」

「一旦由我來做，就會有太多糟糕的東西在市面上流通啊～主要是爆裂物跟爆裂物還有爆裂物之類的……沒辦法，爆裂物的效果最好呢～畢竟我最擅長這個了。」

「只有爆裂物嗎？」

「黑之殲滅者」走上了恐怖分子之路。

如果是灌注了輔助魔法的魔導具，他是可以做幾款簡單的，但考慮到這個世界的時代背景，這些魔導具的性能也都太超過了。這麼一來，他很快就會躍升名人堂了。

更重要的是大叔對製作輔助系物品本來就沒有太大興趣。這次是為了因應委託內容，不得已之下才做的，其實他更喜歡做些胡搞瞎搞的東西。例如給予高性能防禦力的同時，追加麻煩的詛咒一類的。大叔只會做這種麻煩的玩意。

在玩遊戲時期，他的口頭禪就是「好了，選吧。要接受性能超強卻附帶凶狠詛咒的東西呢？還是能力微弱，卻只有無聊詛咒的東西呢……」這樣。

因此獲得的外號是「嘲笑他人的旅行商人」或「詭異的旅行商人」。

不過，其真面目卻滿是謎團。

「比起那個，教我一點可以簡單調合出來的東西吧。雖然我有藥草，但完全不知道接下來的調合方法。」

「嗯，是可以啊。傷藥的話應該很輕易就能完成了，只要混入魔石粉末並灌注魔力，就可以提高效果。拿去賣應該可以賺一些錢吧？」

「大概可以賣多少啊？」

「我不知道一般市場的行情。畢竟我不會去買回復藥水一類的玩意。在遊戲裡面也是與伙伴共同製作，所以我反而是以高價販售藥水的那一方。妳有沒有聽說過『詭異的旅行商人』的傳聞？」

「有，那個是叔叔你嗎？我聽說那個旅行商人會賣些很誇張又奇怪的道具。」

「正確來說是『我們』，大家會分頭賺取活動資金喔。真令人懷念……」

伊莉絲重新體認到「殲滅者」們到底有多誇張。

一邊聊著這般無聊的日常會話，大叔一邊教導伊莉絲藥草的調合方法。

雖然這是題外話……不過這一天，伊莉絲學會了生產職的技能「調合」。既然她是魔導士，若能提升調合技能的等級，總有一天可以往鍊金術發展吧。

大叔邊教伊莉絲調合，邊繼續做自己的事情，等伊莉絲學會如何製作傷藥的時候，摩托車也完成了。

傍晚，大叔將摩托車收進道具欄裡，意氣風發地出門了。

後來雖然有傳出「漆黑魔物以超高速穿梭街道」的傳聞，但大叔無從得知。

他超越街道上旅行商人載貨的馬車與騎士團的快馬，誤以為他是魔物的騎士團雖然出動了，卻沒人追得上大叔的摩托車。畢竟馬力相去甚遠，這也是難免的事。

這一天的傑羅斯是高速公路之星。

原本只是想試個車，但興致來了的中年大叔化為了街道上的一陣風。

漆黑的旋風穿過街道，只留下愚蠢的愉悅笑聲——

賢者大叔的異世界生活日記

老師的新娘是16歲的合法蘿莉？ 1 待續

Kadokawa Fantastic Novels

作者：さくらいたろう　插畫：もきゅ

在小學生中找出年滿16歲的合法蘿莉？
第13屆MF文庫J新人賞佳作，歡樂登場！

六浦利孝是個高二生，想當老師的他，必須通過養父——德田院家當家大五郎的考驗，才能加入曾經培育出許多優秀教育者的德田院家擔任教職。然而養父的考驗，竟是從小學生模樣、自稱是他未婚妻人選的四位女孩中，找出唯一的合法蘿莉？

NT$220/HK$68

怕痛的我，把防禦力點滿就對了 1 待續

Kadokawa Fantastic Novels

作者：夕蜜柑　插畫：狐印

防禦力×全點＝無雙!?
怕痛少女悠悠哉哉大冒險！

梅普露缺乏一般遊戲常識，把所有配點都灌到防禦力（VIT）去了。雖然動作緩慢又不會用魔法，卻意外取得特殊技能【絕對防禦】，並以致命施毒技能蹂躪全場？不按牌理出牌讓眾玩家都傻眼的「移動要塞型」最強初學者登場！

NT$200/HK$60

國家圖書館出版品預行編目資料

賢者大叔的異世界生活日記 / 寿安清作 ; Arieru,
Demi譯. -- 初版. -- 臺北市 : 臺灣角川, 2018.03-
冊 ; 公分
譯自 : アラフォー賢者の異世界生活日記
ISBN 978-957-564-078-1(第1冊 : 平裝). --
ISBN 978-957-564-417-8(第2冊 : 平裝)). --
ISBN 978-957-564-615-8(第3冊 : 平裝)

861.57 107000209

Kadokawa Fantastic Novels

賢者大叔的異世界生活日記 3

（原著名：アラフォー賢者の異世界生活日記 3）

2018年12月19日　初版第1刷發行

作　者：寿安清
插　畫：ジョンディー
譯　者：Demi

發行人：岩崎剛人
總經理：楊淑媄
資深總監：許嘉鴻
總編輯：蔡佩芬
編　輯：黎夢萍
美術設計：黃永漢
印　務：李明修（主任）、黎宇凡、潘尚琪

發行所：台灣角川股份有限公司
地　址：105台北市光復北路11巷44號5樓
電　話：（02）2747-2433
傳　真：（02）2747-2558
網　址：http://www.kadokawa.com.tw
劃撥帳戶：台灣角川股份有限公司
劃撥帳號：19487412
法律顧問：有澤法律事務所
製　版：巨茂科技印刷有限公司
ISBN：978-957-564-615-8
香港代理：香港角川有限公司
地　址：香港新界葵涌興芳路223號
新都會廣場第2座17樓 1701-02A室
電　話：（852）3653-2888